grafit

© 2006 by GRAFIT Verlag GmbH
Chemnitzer Str. 31, D-44139 Dortmund
Internet: http://www.grafit.de
E-Mail: info@grafit.de
Alle Rechte vorbehalten.
Umschlaggestaltung: Peter Bucker
Umschlagfoto: Vandystadt, Agentur Focus
Druck und Bindearbeiten: CPI books, Leck
ISBN-13: 978-3-89425-318-9
ISBN-10: 3-89425-318-5
1. 2. 3. 4. 5. / 2008 2007 2006

Gabriella Wollenhaupt

Rote Karte für Grappa

Kriminalroman

|grafit|

Die Autorin

Gabriella Wollenhaupt, Jahrgang 1952, arbeitet als Fernsehredakteurin in Dortmund. Sie mag wilde Tiere, gutes Essen und schöne Männer.

Als Kriminalschriftstellerin debütierte sie im Frühjahr 1993 mit *Grappas Versuchung.* Es folgten: *Grappas Treibjagd, Grappa macht Theater, Grappa dreht durch, Grappa fängt Feuer, Grappa und der Wolf, Killt Grappa!, Grappa und die Fantastischen Fünf, Grappa-Baby, Zu bunt für Grappa, Grappa und das große Rennen, Flieg, Grappa, flieg!, Grappa und die acht Todsünden, Grappa im Netz* und *Grappa und der Tod in Venedig.*

Mehr Informationen im Internet: http://www.gabriella-wollenhaupt.de.

Personen

Beate Schlicht .... stürmt aufs Tor

Anneliese Schmitz .... backt weltmeisterlich

Prof. Rudolfo von Siebenstein ... kriegt die Beine nicht hoch

Der Alte sagte: Das möge Gott erbarmen,
und es sei Ihm immerfort geklagt,
dass das Unrecht sich so breit macht.
Die Turniere, wie sie früher waren, werden verachtet;
dafür sind die heutigen aufgekommen.
Früher hörte man den Herold rufen:
Heißa, Ritter, sei doch fröhlich!
Jetzt ruft man den lieben langen Tag:
Los, jage, Ritter, los, jage, jag! Stich zu, stich! Schlag drein,
schlag zu! Blende den, der vorher sehen konnte!
Hau mir dem den Fuß ab;
schlag mir diesem die Hand ab!
Diesen sollst du mir aufhängen
und jenen Reichen fangen:
Der zahlt uns bestimmt hundert Pfund Silber!

Wernher der Gärtner: *Meier Helmbrecht* (um 1250)

Mir ist es egal, ob es ein Brasilianer, Pole, Kroate, Norddeutscher oder Süddeutscher ist. Die Leistung entscheidet, nicht irgendeine Blutgruppe.

Christoph Daum

Im Fußball bist du entweder Gott oder Bratwurst.

Tomislav Maric

Am Herzen vorbei

Die Nacht war kurz. Ich schreckte aus dem Schlaf, hörte Menschen flüstern. Jemand sagte etwas Beruhigendes, doch er meinte nicht mich. Träumte ich? Der Schmerz in meinem Körper beantwortete die Frage: Ich war wach. Sogar hellwach.

Vorsichtig hob ich den Kopf, durch die Tür fiel Licht ins Zimmer und ich konnte Personen schemenhaft ausmachen, die sich über ein Bett beugten. Jetzt schaltete jemand das Notlicht an. Ich erkannte den Nachtpfleger, den Bereitschaftsarzt und zwei Schwestern. Eine Liege wurde ins Zimmer geschoben.

»Was ist los?«, krächzte ich.

»Alles in Ordnung«, erhielt ich zur Antwort. »Schlafen Sie weiter.«

Die Tür wurde geschlossen und Schritte entfernten sich. Ich lauschte ins Dunkel hinein. Nichts war zu hören. Mein Gefühl sagte mir, dass ich nicht mehr allein war.

Meine letzte Story, geschrieben für das *Bierstädter Tageblatt,* hätte mich fast mein Leben gekostet. So lieb hatte ich unsere Abonnenten nun auch wieder nicht, dass ich für eine gute Geschichte freiwillig ans Himmelstor geklopft hätte. Aber wenn jemand mit einer Waffe vor dir steht und einfach losballert, hast du keine Chance, verschiedene Denkmodelle durchzuspielen.

Zum Glück war es ja nochmal gut gegangen. Tagelang hatte ich zwischen Leben und Tod geschwebt. Die Kugel war knapp am Herzen vorbeigesaust, hatte aber genug Unheil angerichtet. Wie es im Einzelnen in mir aussah, wusste ich nicht, wollte es auch gar nicht wissen. Krankheiten waren dazu da, sie zu bekämpfen, und Unfälle, sie hinter sich zu lassen.

»Jetzt hast du deinen Nachruf auf mich umsonst verfasst«, so hatte ich meinen Chef Peter Jansen begrüßt, als der mich zum ersten Mal besuchte.

»Ich heb ihn auf«, tröstete er mich. »Wie ich dich kenne, ist es nämlich bald wieder so weit.«

»Darf ich ihn mal lesen?«, fragte ich.

»Lieber nicht. Ist mir ziemlich peinlich, was ich über dich geschrieben habe«, antwortete er.

»So schlimm?«, erschrak ich.

»Nein, viel zu nett. Wenn du wirklich die Person in meinem Nachruf wärst, hätten wir es alle leichter.«

»Sehr witzig!«

»Wann kommst du zurück zur Arbeit?«, wechselte er das Thema.

»So bald ich hier raus bin. Dieses Getue hier geht mir auf die Nerven. Ich brenne darauf, mich ins Leben zu stürzen.«

»Welche Wahnsinnsstory hast du denn schon wieder im Kopf?«

»Nein! Keine gefährlichen Storys mehr«, beruhigte ich ihn. »Ich werde meinen journalistischen Ehrgeiz künftig in das *Rezept des Tages* legen und mich aufopferungsvoll um die Vermittlung von heimatlosen Tieren kümmern. Und vielleicht kann ich auch endlich die Serie *Die Frau an seiner Seite* beginnen, mit der ich schon seit Jahren liebäugele. Meine Materialsammlung zu diesem Thema ist inzwischen riesig.«

»Ich glaube, dafür musst du wieder von vorn anfangen«, grinste er. »Die Paare, die du dir damals ausgeguckt hast, sind entweder tot, geschieden oder haben eine Geschlechtsumwandlung hinter sich.«

Flutwelle und Kanzlerin

In Krankenhäusern beginnt der Morgen früher als anderswo. Dieser Rhythmus nervte. Wahrscheinlich glaubten die Mitarbeiter, dass sie schneller fertig waren, je eher sie anfingen, was ja auch irgendwie stimmte, nur für die Patienten wurde der Abend gähnend langweilig und ereignislos. Klar, in fast jedem Zimmer gab es einen Fernseher und man konnte sich in die Radioprogramme einstöpseln, doch beim Fernsehen fielen mir nach der *Tagesschau* bereits die Augen zu und die Musiktitel im Radio waren mir inzwischen so vertraut, als hätte ich sie komponiert.

Immerhin war ich informationsmäßig auf dem Laufenden geblieben: in Deutschland regierte erstmals eine Bundeskanzlerin, Flutwellen und Hurrikans hatten diesmal nicht nur die Dritte-Welt-Bevölkerung dezimiert, sondern auch in den USA gewütet, Terrorschläge waren weiterhin ein Mittel der politischen Auseinandersetzung und Bierstadt, die liebenswerte Metropole zwischen Montanresten und Hightechhoffnungen, war auf dem Weg in die Spaßgesellschaft. *Das neue Bierstadt macht uns Spaß* – dieser schlichte Satz, entsprungen den leistungsstarken Hirnen städtischer Werbestrategen, passte zum geplanten künstlichen See auf der Stahlwerkbrache genauso wie zum schicken futuristischen Bahnhof und der im Sommer stattfindenden Fußballweltmeisterschaft.

Es war erst sechs Uhr in der Früh. Der Nachtpfleger polterte ins Zimmer und trompetete fröhlich: »Guten Morgen, die Damen!«

Damen? Das war eindeutig ein Plural. Ich erinnerte mich

an die Geschäftigkeit der vergangenen Nacht und schaute zum Bett nebenan. Tatsächlich, da lag eine Frau.

»Pascal!«, sprach ich den Mann mit strenger Stimme an. »Soweit ich mich erinnere, bin ich Privatpatientin mit Einbettzimmer und Chefarztbehandlung.«

»War ein Notfall«, erklärte der Pfleger. »Armes Ding. Kein Bett mehr frei. Da wollen wir doch mal nicht so sein, oder?«

Der Gardinenring in seiner Augenbraue blitzte. »Dafür hab ich den Kaffee wieder richtig stark gekocht – extra für Sie, Frau Grappa.«

Er schob das Tablett auf den Nachttisch und guckte dabei ins benachbarte Bett. Ich konnte aus meiner Position nicht viel erkennen – nur einen blonden, wirren Haarschopf.

»Was ist denn mit ihr?«, wollte ich wissen.

»Sie wissen doch, dass ich das nicht sagen darf«, antwortete Pascal. »Es wird wohl noch eine Weile dauern, bis sie aufwacht. Sie hat die volle Dröhnung gekriegt. Könnten Sie nach einer Schwester klingeln, wenn sie sich rührt?«

Ob ich auch so bewegungslos im Bett gelegen hatte wie die Frau neben mir? Ich versuchte, mich zu erinnern, doch da war nicht viel vorhanden im Gedächtnis. Nur verschwommene Bilder, zerrissene Töne und verworrene Gefühle. Venedig mit seinen hohen Gassen und den verfallenen Häusern, kühlen Kirchen und schlechten Restaurants. Gondoliere, die weder attraktiv waren noch schwülstige Kanzonen trällerten, Geschäfte mit überhöhten Preisen und patzigem Verkaufspersonal.

Aber da war auch anderes: Madrigale von Monteverdi, Bilder von Bellini und Tizian und jenes Prickeln beim Anblick eines schwarzhaarigen Machos, der Eissorten erfindet und sie nach meinen Stimmungen benennt. Und dann der Knall, der all das Schöne erst mal beendet hatte.

Ein Stöhnen riss mich aus meinen Gedanken. In dem anderen Bett tat sich etwas. Ich setzte mich auf und schielte zu dem blonden Haargewirr.

Die Frau hatte sich aus der Seitenlage herausgedreht und ich konnte ihr Gesicht erkennen.

Keine Frau, fast ein Kind, dachte ich erschrocken.

Das Mädchen hatte blutunterlaufene und geschwollene Wangen, einen Riss an der Lippe und Druckstellen am Hals.

Ich wollte mich gerade abwenden, da bemerkte ich, dass sie die Augen geöffnet hatte und mich ansah.

»Hallo«, sagte ich, »alles ist gut, machen Sie sich keine Sorgen. Sie sind in Sicherheit.«

Keine Ahnung, ob sie mich verstand. Ich drückte die Klingel und Schwester Rita meldete sich über die Sprechanlage. Schwester Rita saß vierundzwanzig Stunden lang am anderen Ende der Klingel. Sie hieß natürlich nicht so, sondern informierte die einzelnen Pfleger und Pflegerinnen auf den Stationen über die Wünsche der Patienten. Schwester Rita – das waren mehrere Frauen, die im Schichtdienst in der Telefonzentrale hockten. Ich hatte eine Woche gebraucht, um das rauszukriegen.

»Zimmer 33. Sagen Sie Pascal auf der Chirurgischen Bescheid«, forderte ich. »Er soll sofort herkommen.«

Pascal ließ nicht lange auf sich warten, stürzte sofort zu meiner Nachbarin hin, überprüfte den Tropf und nahm ihren Arm.

Das Mädchen begann zu schreien.

Pascal erschrak, ließ die Hand der Patientin los. »Ich hol den Arzt«, brach es aus ihm heraus. »Behalten Sie sie im Auge, ja?«

Seine Gummisohlen quietschten auf dem Kunststoffboden.

Das Mädchen hatte sich wieder von mir weggedreht. Ein

13

anderes Quietschen auf dem Flur näherte sich, ausgelöst durch mehrere Fußpaare. Ein Arzt, Pascal und eine Schwester polterten ins Zimmer.

»Sie sind in Sicherheit«, sagte der Arzt zu dem Mädchen. »Sagen Sie uns Ihren Namen? Wie heißen Sie?«

Aus den Kissen war nichts zu hören.

»Wer sind Sie?«

»Sie ist stabil«, stellte die Schwester fest. Sie hatte Blutdruck und Puls überprüft.

»Sie hat Schmerzen. Geben Sie ihr etwas dagegen«, ordnete der Arzt an. »Und wenn die Kripo wieder anruft, behaupten Sie, dass sie noch schläft. Die rufen jetzt schon alle fünf Minuten hier an.«

»Das Ergebnis des Abstrichs ist gerade aus dem Labor gekommen«, informierte die Krankenschwester. »Liegt alles in Ihrem Büro, Herr Doktor.«

»Was hat sie denn?«, fragte ich.

Erst jetzt nahm mich die Crew zur Kenntnis.

»Sie wissen, dass wir das nicht sagen dürfen«, wiederholte der Doc die Worte des Pflegers. »Rufen Sie uns bitte, wenn sie irgendwas sagt oder sich ihr Zustand verschlechtert.«

Ich versicherte ihm, dass er sich voll auf mich verlassen könne.

Ich wartete, bis alle gegangen waren, aktivierte mein Handy, schlich auf den Flur und rief Jansen an.

»Hast du irgendwas von einem Überfall auf ein junges Mädchen gehört?«, fragte ich. »In den letzten vierundzwanzig Stunden. Die Kripo scheint ein heißes Interesse an dem Fall zu haben.«

Jansen überlegte kurz und antwortete dann: »Ja, da war was. Vergewaltigung. An der Uni.«

»Ich glaube, das Opfer liegt bei mir auf dem Zimmer.«

»Ich hol mal eben die Pressemitteilung.«

Ich hörte es rascheln, dann sagte er: »Dieser Serienverge-waltiger hat wohl wieder zugeschlagen. Der Typ, der sich seit Jahren an der Uni herumtreibt. Erinnerst du dich?«

»Nur dunkel. Aber der hat doch schon lange keine Frauen mehr überfallen, oder?«

»Stimmt. Doch die Fälle sind nie aufgeklärt worden. Moment, hier steht noch was … Sie haben sein letztes Opfer noch nicht identifiziert. Ein junges Mädchen. Blond, eins fünfundsechzig groß. Sie suchen Zeugen. Kann das die Frau in deinem Zimmer sein?«

»Und ob. Es passt alles.«

Prioritäten setzen

Die Kripo rückte am Nachmittag an, die Ärzte hatten sie wohl doch nicht länger abwimmeln können. Wunderbar, denn ich lag an der Quelle und konnte die Ohren spitzen. Es waren eine Frau und ein Mann, sie war ganz offensichtlich der Boss im Zweierteam. Ich stellte mich schlafend.

»Ich verstehe nicht, dass niemand sie sucht«, hörte ich den Kripomann raunen. »Es muss doch auffallen, dass sie gestern nicht nach Hause gekommen ist.«

»Wenn sie eine Studentin ist, dann ist das nichts Besonderes«, widersprach die Frau. »Das Verschwinden der anderen Opfer ist auch nicht gleich bemerkt worden. In den Studentenunterkünften herrscht ein Kommen und Gehen. Wann wird sie ansprechbar sein, Doktor?«

»Da kann ich keine Prognose abgeben«, sagte der Arzt.

Ich hörte, dass sich Schritte näherten, rührte mich aber nicht.

»Wer ist denn das?«, fragte die Frau.

»Eine Patientin«, erklärte der Doc.

»Das überrascht mich aber. Was hat sie?«

»Ärztliche Schweigepflicht – Sie kennen das doch«, konterte der Doc.

»Haben Sie kein Einzelzimmer für die Verletzte?«

»Das nächste freie Zimmer kriegt sie«, versprach der Arzt. »Und jetzt möchte ich Sie bitten zu gehen. Sie sind in einem Krankenhaus und nicht im Polizeipräsidium.«

Während der folgenden Stunden schaute ich einige Male nach meiner Zimmergenossin. Die Gesichtszüge waren inzwischen entspannt und sie atmete ruhiger.

Obwohl es fast Winter war und der Abend früh anbrach, schaffte es die Krankenhaus-Crew, das Abendessen noch bei Tageslicht zu servieren. Pfefferminztee, Fabrikbrot und ein ekelhaft rosafarbener Aufschnitt.

Bestimmt das berühmte Gammelfleisch, dachte ich. Ein neuer Lebensmittelskandal erschütterte gerade die Republik und im Fernsehen wurden entsprechend anregende Bilder gezeigt.

Ich musterte das Essen intensiver. Heute waren die Küchenchefs der Klinik geradezu tollkühn gewesen: Als Beilage gab es nicht die üblichen Mixedpickles, sondern ein paar schwarze Oliven, die eindeutig italienisch wirkten und verführerisch glänzten. Ich schnappte mir eine. Leider war der Kern groß und das Fruchtfleisch durch monatelanges Salzbad und unsachgemäße Lagerung steinhart geworden. Stammen wohl doch eher von einem Olivenbaum aus Mecklenburg-Vorpommern, überlegte ich.

Ein tiefer Seufzer entrang sich meiner Brust und prompt tat meine Narbe weh. Ich schloss die Augen, dachte an eine umfangreiche Kollektion italienischer Antipasti und stand kurz vor einem Speichelsturz. Schnell schnappte ich mir die

Scheibe Wurst und steckte sie in den Mund. Die Realität hatte mich wieder im Griff, sie schmeckte laff und hatte die Konsistenz eines Putzlappens.

»Hallo«, sagte jemand mit matter Stimme.

Ich schob das Tablett beiseite und stürzte zum Nachbarbett. »Hallo«, sagte ich. »Wie geht es dir?«

»Was ist passiert?«

»Darüber reden wir später. Du bist jetzt im Krankenhaus«, erklärte ich. »Und alles wird gut. Du musst keine Angst mehr haben.«

Ich drückte die Klingel und forderte Schwester Rita auf, jemanden vorbeizuschicken.

»Gleich kommt jemand und schaut nach dir«, sagte ich. »Ich heiße Maria, Maria Grappa. Kannst du mir deinen Namen sagen?«

Sie sagte ihn mir und ich wusste Bescheid.

Ich hatte einen Vorsprung vor der Polizei, die den Namen der jungen Frau noch nicht kannte. Zeit genug, um meine neue Geschichte einzustielen. Zum Glück hatte ich mein Handy immer voll aufgeladen im Nachttisch liegen, auch wenn die Pfleger das nicht gern sahen. Ich hatte mit Pascal einen Kompromiss ausgehandelt: Das Gerät war tagsüber meist ausgeschaltet, vom Klingelton hatte ich auf Vibrationsalarm umgeschaltet und bei der Visite versteckte ich es.

Ich schlurfte in den Vorraum, von dem das Bad abging.

Peter Jansen war noch in der Redaktion.

»Sie ist gerade aufgewacht«, berichtete ich. »Und rate mal, wie sie heißt.«

»Grappa! Ich kenne nicht viele Mädchen in dem Alter. Also, sag schon!«

»Margit Sauerwald.«

»Sauerwald?« Ich wusste genau, welche Synapsen in Jansens Hirn miteinander eine Verbindung eingingen. »Die Tochter von Marcel Sauerwald! Und die ist überfallen worden?«

»Scheint so.«

»Und die Polizei weiß noch nicht, wer sie ist?«

»Nein. Die Ärzte haben die Kripoleute hinauskomplimentiert. «

Schweigen am anderen Ende. Jansen überlegte. »Ein Journalist ist auch noch nicht aufgetaucht?«

»Ich hab keinen gesehen.«

»Wenn das die Runde macht«, sagte er, »rennen euch die Kollegen die Bude ein.«

»Verlass dich ganz auf mich«, erwiderte ich. »Ich werde alle vergraulen, die mir die Story klauen wollen.«

»Story? Du bist krank!«

»Jetzt nicht mehr. Ich fühle mich topfit.«

Jansen lachte. »Und was ist mit dem *Rezept des Tages* und der geplanten Ehefrauen-Serie?«

Eine Stunde später traf ich mich mit Jansen in der Cafeteria der Klinik. Die Ärzte hatten nach Margit Sauerwald geschaut und kurz mit ihr gesprochen, sie dann aber wieder schlafen lassen.

»Irgendwie habe ich Probleme mit der Geschichte«, zauderte Jansen. »Es gehört sich nicht, die Notlage eines Menschen auszunutzen und Informationen aus ihm herauszuholen.«

»Sie kann froh sei, dass sie an uns geraten ist«, sagte ich. »Läge jemand von der Blöd-Zeitung in ihrem Zimmer, hätten die sie längst fotografiert oder versucht, alle Einzelheiten aus ihr herauszuquetschen. Es lebe die bürgerliche Tagespresse mit ihren ethischen Grundsätzen!«

»Ich wusste gar nicht, dass du das Wort Ethik kennst«, grinste er schief.

»Mein Wortschatz ist eben umfangreicher, als du glaubst«, entgegnete ich.

»Ich weiß ja, Grappa, dass du eigentlich eine ganz Sanfte und Liebe bist, die nur zu wenig Chancen hat, das zu zeigen. Ich habe übrigens ein Foto von Margit Sauerwald mitgebracht.« Jansen zog einen Umschlag aus der Tasche. »Dazu noch das ganze Zeugs aus dem Archiv und dem Internet über die vielen Vergewaltigungen. Damit du dich einlesen kannst.«

»Gib mir mal das Bild.«

Das Foto zeigte Margit Sauerwald mit ihrem Vater Marcel vor dem Fußballstadion. *Vereinspräsident Dr. Marcel Sauerwald mit Tochter Margit (16) auf dem Weg in die VIP-Lounge,* war zu lesen. Kein Zweifel, das war das Mädchen aus meinem Zimmer.

»Von wann ist das Foto?«, fragte ich.

»Zwei Jahre alt. Die beiden schauten sich damals das UEFA-Cup-Halbfinale an. Ist ja schwer versemmelt worden. War der Anfang der Unglücksserie der Schwarz-Gelben.«

»Wenn die damals sechzehn war, ist sie jetzt achtzehn«, murmelte ich. »Armes Ding. Sie wird Jahre brauchen, um darüber hinwegzukommen – wie alle Frauen, denen so was passiert. Falls sie überhaupt wieder ein normales Leben führen kann.«

»Erinnerst du dich an das Elfmeterschießen damals?« Jansen schwelgte in Erinnerungen. »Ging voll in die Hose. Eine Katastrophe war das!«

»Katastrophe? Ich rede über ein schweres Verbrechen an einem Kind und du hast nichts im Kopf als ein Fußballspiel, an das sich niemand mehr erinnert!«

»Das glaubst aber nur du«, widersprach er. »Nenne diese Jahreszahl einem schwarz-gelben Fan und beobachte, wie sich sein Gesicht verzerrt.«

»Ich werde nie kapieren, was alle Welt an Fußball findet«, seufzte ich. »Ganz normale Menschen mutieren am Wochenende zu so genannten Fans, ziehen sich hässliche schwarzgelbe Klamotten an und rasten völlig aus, weil ein Dutzend millionenschwere Idioten einem Ball hinterhersprintet.«

»Es sind zweiundzwanzig, Grappa«, meinte er mild. »Du hast die gegnerische Mannschaft vergessen. Aber mit dem Rechnen hattest du es ja noch nie.«

»Ich nehme mir die Freiheit, manche Sachen nicht zu wissen«, entgegnete ich. »Schade, dass ich den Artikel nicht selbst schreiben kann. Meinst du, du schaffst das?«

»Ich rufe dich sofort an, wenn mir die Worte fehlen«, versprach er. »Aber meine Schilderung wird nur halb so dramatisch sein, wie es deine wäre, und ihr wird jene brisante Mischung aus Fiktion und Realität fehlen, die deine Storys so unverwechselbar machen.«

Ich hatte keine Lust zu überlegen, ob dieser Satz als Kompliment gemeint war. Wir vereinbarten, Margit Sauerwalds Namen in dem Artikel über den Überfall nicht zu nennen und erst mal abzuwarten.

Ärzte im Rudel und Fluchtpläne

Noch vor dem opulenten Klinikfrühstück schlich ich zum Kiosk und klaute mir eine Sonntagszeitung aus dem Stapel, der vor der verschlossenen Tür abgelegt worden war.

Die Nachtschwester glaubte wahrscheinlich an einen Geist, als ich – die geöffnete Zeitung vor dem Gesicht – den Flur entlangschlurfte. Sie identifizierte mich dann aber doch und fragte perplex, was passiert sei.

»Die neuesten Fußballergebnisse«, erklärte ich. »Ich habe gestern das Spiel verpasst.«

»Ach so.«

Ich verzog mich ins Bett und suchte einen Bericht über den Fall:

Der seit Jahren gesuchte Serienvergewaltiger hat vermutlich wieder eine Frau überfallen. Die Identität des Opfers ist noch nicht geklärt, die Frau liegt schwer verletzt in einem Bierstädter Krankenhaus.

Die Polizei vermutet, dass es sich um denselben Täter handelt, der seit 1994 mindestens sechzehn Frauen überfallen und vergewaltigt hat. Dieser Mann soll zwischen 25 und 35 Jahren alt und mittelgroß sein. Leider gibt es sechs verschiedene Beschreibungen und Phantomfotos von ihm, was die Arbeit der Polizei erschwert.

Der Mann hat sich jedes Mal eine junge Frau ausgesucht, die sich im Umfeld der Universität aufhielt, und sie mit einem Messer bedroht. Da er DNA-Spuren hinterlassen hat, ordneten die Behörden einen der umfangreichsten Speicheltests an, der jemals in der Republik stattgefunden hat: Fast 10.000 junge Männer aus der Umgebung von Bierstadt wurden getestet – ohne Erfolg.

Auch ein extra aus Großbritannien angereister Profiler von Scotland Yard konnte nicht helfen. Der Brite fand nur heraus, dass sich der Täter in Bierstadt und Umgebung gut auskennen muss.

Die Sonderkommission *Messer* hat nach Monaten der Ruhe jetzt wieder einen neuen Fall zu klären – vielleicht werden die Ermittlungen endlich von Erfolg gekrönt. Wir werden weiter über den Fall berichten.

Ich war beruhigt. Der Artikel in der Sonntagszeitung enthielt das Übliche, ich würde mit Besserem und Neuem aufwarten können, wenn ich erst mal wieder an meinem Schreibtisch saß.

Die Tür öffnete sich. Ärzte im Rudel – die Morgenvisite.

Mein Bett stand näher zum Eingang, also war ich zuerst dran.

»Guten Morgen, Frau Grappa. Wie geht es uns denn heute?«, fragte der Chefarzt.

»Mir geht es blendend. Und Ihnen?«

»Wenn es den Patienten gut geht, dann ist mir auch wohl.«

Die Mitglieder seiner Crew lächelten pflichtschuldigst. Jeden Morgen das gleiche Spielchen zwischen mir und dem Doc.

»Wann werde ich entlassen?«, fragte ich. Auch diese Frage stellte ich, seitdem ich aus dem Koma erwacht war.

Er schaute auf das Krankenblatt. »Bald ist es so weit. Nur noch ein paar Untersuchungen.«

Dann wandte sich der Trupp Margit Sauerwald zu. Ich hörte, wie der Chefarzt sie beruhigte und ihr sagte, dass ihre Eltern im Ausland seien, aber den nächsten Flug nach Bierstadt genommen hätten.

Ich musste mich also beeilen, wenn ich etwas erfahren wollte.

»Ich dachte, ich müsste sterben.«

Heute war es ein Vorteil, dass der Abend im Krankenhaus so früh begann. Gegen neunzehn Uhr lagen die Patienten sauber, satt und schon ziemlich still in den Betten.

Gerade wollte ich im Bad verschwinden, als Pascal auf seiner Runde vorbeischaute. Smalltalk, Kissenaufschütteln und Gute-Nacht-Sagen – das war sein abendliches Programm.

Bei Margit Sauerwald hielt er sich etwas länger auf, schüttete ihr etwas Tee ein und senkte das Bett ab. Er stellte ihr eine Frage, bekam aber keine Antwort und verdrückte sich schließlich, nachdem er das Notlicht eingeschaltet hatte.

Gesprächig war die junge Frau nicht gerade. Aber warum sollte sie auch munter drauflosplaudern nach einem solchen Erlebnis?

Ich überlegte, wie ich an Margit Sauerwald herankommen konnte. Das Gespräch von Frau und Frau war keine meiner bevorzugten Übungen, sie brutal auszufragen, gehörte sich nicht. Ich würde – wie so oft – improvisieren müssen.

Doch zuerst musste ich meine Flucht aus dem Krankenhaus vorbereiten. Ich holte die Alltagsklamotten aus dem Spind und packte mein Nachthemd in die Reisetasche. Die Kleider rochen muffig, es waren dieselben, die ich am Tag meines ›Unfalls‹ getragen hatte. Ich stieg in die Hosen, zog den löchrigen Pullover über, an dem noch Blut klebte, und stellte die Schuhe zurecht.

Der Zufall kam mir zu Hilfe. Margit Sauerwald wollte Tee trinken, stieß dabei die Tasse um und sah erschrocken zu, wie die rote Brühe auf dem Bettbezug versickerte.

»Hagebuttentee! Moment, das haben wir gleich.«

Ich tupfte mit einem Papiertaschentuch auf der Decke herum, kam ihr dabei näher. Sie lächelte mich an – dankbar und leicht verstört.

»Ich sehe, dass es dir schon viel besser geht«, plapperte ich drauflos. »Du hast Schreckliches erlebt, aber bald ist alles wieder gut. Und die Polizei wird das Schwein kriegen, das dich überfallen hat.«

Ihr Blick verdunkelte sich. Das war keine Glanzleistung, Grappa, dachte ich. Ich hatte sie an das Verbrechen erinnert und sie machte zu.

Die Hämatome in ihrem Gesicht wirkten im Zwielicht der Notbeleuchtung fast schwarz. Sie sah erbarmungswürdig aus.

»Was ist denn nun eigentlich passiert?«, traute ich mich zu fragen. »Willst du es mir nicht erzählen?«

»Ich dachte, ich müsste sterben«, antwortete sie tonlos.

Eine Stunde später schlich ich mich aus dem Zimmer. Ich hatte alles, was ich wollte.

Auf dem Flur war es ruhig, das Pflegepersonal saß im Aufenthaltsraum, quatschte und qualmte. Auch Pascal befand sich dort. Er war mit der Kaffeemaschine beschäftigt und drehte mir den Rücken zu.

Der Zettel, den ich auf meinem Kopfkissen hinterlassen hatte, würde ihn bei seinem nächsten Rundgang beruhigen und ihm bestätigen, dass ich das Haus auf eigenen Wunsch und eigene Gefahr verlassen hatte.

Ich drückte die Reisetasche eng an den Körper und erreichte schließlich den Aufzug.

Der Lift schwebte heran und öffnete sich. Drei Krankenschwestern wollten ebenfalls nach unten. Sie grüßten, hielten mich wohl für eine späte Besucherin. Ich stellte mich so, dass sie den zerfetzten Pullover nicht sehen konnten, passierte die Pforte und war draußen.

Die Luft war kühl, ein leichter Wind verfing sich in meinem Haar und wuselte es vollends durcheinander. So musste sich ein spanischer Konquistador gefühlt haben, der seinen Fuß auf einen neuen Kontinent gestellt hatte.

Das Leben hat mich wieder, dachte ich.

Auf der Straße vor der Klinik warteten Taxis auf Kunden. Ich nahm mir eins, bat den Fahrer, am Bahnhof vorbeizufahren. Ich brauchte ein paar Lebensmittel und dort hatte ein Lädchen fast rund um die Uhr geöffnet.

In meiner Straße war alles wie immer. Mein Cabrio stand brav geparkt, aber völlig verdreckt in der Parkbucht vor dem Haus unter den großen Platanen. Vögel hatten den schwarzen Lack weißgrau besprenkelt.

Ich öffnete die Wohnungstür, machte Licht, ging gleich durch ins Wohnzimmer und riss die Balkontüren auf. Luft!

In der Küche räumte ich die Notration Lebensmittel aus der Tüte, checkte die Konservendosen und die Pastapackungen – es waren noch getrocknete Steinpilze, Pesto und andere Soßen da. Jetzt brauchte ich noch Musik und einem einsamen, aber auch wunderbaren Abend in Freiheit stand nichts mehr im Wege.

Jansens Päckchen mit den Artikeln legte ich auf den Esstisch, dann setzte ich das Pastawasser auf und entkorkte eine Flasche Rivaner.

Inzwischen war mein Verschwinden aus dem Krankenhaus bestimmt bemerkt worden. Egal, die Klinik war keine geschlossene Anstalt.

Ich dachte, ich müsste sterben, hatte Margit Sauerwald im Krankenhaus gesagt. Anschließend hatte sie mir mit stockenden Worten erzählt, was passiert war. Ich hatte schon einige Male mit Frauen gesprochen, die Opfer von sexueller Gewalt geworden waren, und immer wieder packte mich eine ungeheure Wut, wenn ich an die Typen dachte, die ihre Triebe nicht unter Kontrolle halten konnten und das Leben so vieler Frauen und Mädchen negativ beeinflussten und oft zerstörten. Untherapierbare Wiederholungstäter sollten meiner Ansicht nach lebenslang aus dem Verkehr gezogen werden, und basta.

Mit dem Weinglas in der Hand inspizierte ich meine CD-Sammlung, konnte mich nicht entscheiden. Eine CD, die ich vor meiner Krankenhauszeit gehört hatte, lag noch im Player. Ich hatte keine Ahnung, welche es sein könnte, drückte die Taste und hörte Schuberts Streichquartett *Der Tod und das Mädchen.*

Das passte zu meiner Stimmung und der Story, die vor mir lag. Das Quartett war Schuberts düsterstes Werk. Alle vier Sätze stehen in Moll. Es schildert den musikalischen Dialog zwischen einem jungen Mädchen und dem Tod. Matthias Claudius hatte das Gedicht geschrieben und Schubert ein Lied und das Streichquartett, dessen Klänge jetzt meine Wohnung erfüllten. Wild, jähzornig und aufbrausend. *Ich dachte, ich müsste sterben.*

Ich kramte nach dem Booklet und las das Gedicht.

Das Mädchen:
Vorüber! ach, vorüber!
Geh, wilder Knochenmann!
Ich bin noch jung, geh, Lieber!
Und rühre mich nicht an.

Der Tod:
Gib deine Hand, du schön und zart Gebild,
Bin Freund und komme nicht zu strafen.
Sei gutes Muts! Ich bin nicht wild,
Sollst sanft in meinen Armen schlafen.

Ich drehte den Schubert leiser und rief Jansen an.

»Ist was passiert?«, fragte er sofort.

»Nein, alles paletti. Ich bin raus aus der Klinik«, teilte ich ihm mit. »Und Margit Sauerwald hat mir alles erzählt.«

»Prima. Und was?«

»Der Typ trug eine Maske und hatte offensichtlich auf sie gewartet.«

»Das passt zum Serienvergewaltiger.«

»Stimmt.«

»Was hat er mit ihr gemacht?«

»Das kannst du alles in meinem Artikel lesen. Ich muss erst mal die Informationen auswerten.«

»Gut, Grappa. Waren die Eltern schon da?«

»Noch nicht. Die sind irgendwo im Ausland, sagte der Arzt. Und die Bullen sind heute auch nicht aufgetaucht.«

»Darf ich dich mal was fragen, Grappa?«

»Darfst du, aber ich kann dir auch schon die Antwort auf deine Frage geben: Ich bin fit und kann ab morgen arbeiten.«

»Das meinte ich gar nicht!«

»Was denn?«

»Warum hörst du nur immer diese Jammermusik? Da fällt man ja von einer Krise in die nächste. Leg dir doch mal eine nette Chill-out-Lala in den Player!«

»Ich steh weder auf geistigen noch auf musikalischen Dünnschiss«, erklärte ich. »Außerdem stabilisiert Schubert meine Kampfkraft. Das Stück heißt nämlich *Der Tod und das Mädchen.*«

»Das kenne ich!«, behauptete der Kulturbanause verwundert. »Aus einem Polanski-Film. Merkwürdig! Da ging es auch um eine Vergewaltigung.«

Bierstädter Fußball

Natürlich wachte ich schon gegen sechs Uhr auf. Ich muss mich wieder an meinen Rhythmus gewöhnen, dachte ich. Ich kochte starken Kaffee, sah die Post durch und wartete. Anneliese Schmitz öffnete erst gegen sieben Uhr ihre Bäckerei und schüttete die dampfenden Brötchen in die Auslage.

Ich schmiss mich in Jogginghose und Shirt und sah ziemlich ungebügelt aus – egal. Alle meine Freunde und Bekannten lagen jetzt noch in den Federn und es gab wohl kaum eine Chance, von ihnen mitleidige oder entsetzte Blicke zu ernten.

Ja, es brannte Licht in der Backstube. Die Türklingel gab ihr übliches Schellen von sich, als ich eintrat.

»Bin gleich da«, rief jemand. Ich stutzte: Die Stimme war eindeutig männlich. Schon bog ihr Besitzer um die Ecke.

Der Mann war gerade mal dreißig, so schätzte ich, hatte Mehlstaub im dunklen Haar und den Körper eines Sportlers, wie ich mit Kennerblick feststellte.

»Wo ist denn Frau Schmitz?«, fragte ich.

»Frau Schmitz macht eine Schulung«, entgegnete er. »Ich bin die Vertretung. Was kann ich für Sie tun?«

»Sie macht was?«

»Einen Sprachkurs. Englisch, Brasilianisch und Japanisch.«

»Warum denn das?«, fragte ich verdattert.

»Wegen der Fußballweltmeisterschaft«, erklärte er. »Wegen der vielen Fans, die in die Stadt kommen.«

»Und die holen sich hier die Brötchen?«

»Nein. Tante Anneliese will belegte Brötchen und Kuchen auf der Straße verkaufen. Ganz nah am Kunden. Wir haben uns schon einen Verkaufswagen gemietet.«

»Tante?«

»Ich bin ihr Neffe und werde ihr im Sommer beim Verkauf helfen. Ich heiße Moritz Müller.«

»Was heißt denn Mandelhörnchen auf Japanisch, Herr Müller?«, grinste ich.

»Ach, Sie sind das!«, meinte er. »Die mit den Mandelhörnchen.«

»Ja, genau die. Wann kommt Ihre Tante zurück?«, fragte ich.

»In ein paar Tagen.«

»Dann nehme ich erst mal zwei Brötchen«, sagte ich. »Und Brot brauche ich auch.«

Ich blickte auf die Stelle, an der mein Gesundheitsbrot zu liegen pflegte. Auf dem Schild unter den Laiben stand *Bierstädter Fußball*.

»Ist das das Brot, das früher mal *Drei-Körner-Kruste* hieß?«

»Exakt. Ich habe es umgetauft. Wegen der Fußballweltmeisterschaft.«

»Super Marketingstrategie«, meinte ich. »Sie haben echt was auf dem Kasten, junger Mann.«

»Alles wird nach und nach umbenannt«, erklärte der Neffe. »Ein Name, der mit Fußball zu tun hat, und alles geht ab wie Schmitz' Katze.«

Er nahm die Kugel vom Brett. »Aber es schmeckt genauso, wie Sie es gewohnt sind.«

»Das will ich hoffen«, brummte ich.

»Fünf Euro zwanzig«, sagte er und umhüllte die Fußballkugel mit Papier.

»Haben Sie etwa die Preise erhöht?«, fragte ich. Früher hatte ich für zwei Brötchen und mein Brot fünfzig Cent weniger bezahlt.

»Alles wird teurer durch die WM«, behauptete er.

»Verstehe!« Ich zückte mein Portmonee, kramte nach den Münzen und legte sie ihm passend auf die Theke.

»Danke und schönen Tag noch«, rief er mir nach.

»Ihnen auch. Eine Frage habe ich aber doch noch.« Ich drehte mich wieder zu ihm um. »Was muss ich denn künftig verlangen, wenn ich meine Mandelhörnchen haben will?«

Auch Frau Schmitz mischte also mit beim großen Spiel um Tore, Ruhm und Kohle. Mir schwante, dass sie nicht besonders erfolgreich sein würde, denn die Pfründe waren sicherlich schon längst aufgeteilt. Im WM-Stadion regierte eine Feinkostkette aus München, ein Massen-Caterer und ein USA-Fastfood-Unternehmen fütterten das einfache Volk ab.

Ich stellte mir Anneliese Schmitz und ihren Neffen Brötchen schmierend zwischen Fußballfans und Hooligans vor und musste lachen. Für einen augenzwinkernden Artikel taugte diese Schau allemal!

Beim Frühstück las ich alles quer, was mir Peter Jansen über die Serienvergewaltigungen ins Krankenhaus mitgebracht hatte. Die Ermittlungskommission hatte sich nach jahrelanger Arbeit aufgelöst, der Fall war ziemlich mysteriös. Auf einem Zeitungsfoto war die ehemalige Leiterin der Sonderkommission abgebildet. Beate Schlicht arbeitete inzwischen in einer anderen Stadt, deshalb war sie mir in Bierstadt noch nicht über den Weg gelaufen.

Sechzehn Frauen waren von dem Unbekannten in den vergangenen zwölf Jahren vergewaltigt worden, fünf konnten ihn in die Flucht schlagen – entweder durch heftige Gegenwehr oder weil zufällig Spaziergänger auftauchten.

Er überfiel seine Opfer von hinten, setzte ihnen ein Schweizer Messer an den Hals und brachte sie so dazu, das zu tun, was er wollte.

DNA-Material gab es ohne Ende, die Spuren wiesen eindeutig auf ein und denselben Täter hin. Was ungewöhnlich war: Er hatte ein Gesicht und doch wieder keins.

Es existierten sechs verschiedene Phantombilder von dem Mann, die keinerlei Ähnlichkeit miteinander hatten. Hauptkommissarin Beate Schlicht erklärte das in einem Zeitungsinterview so: *Er versetzt die Frauen mit dem Messer in Todesangst – ein Gefühlszustand, der die Wahrnehmung auf die Überlebensnotwendigkeiten verengt.*

Auf Deutsch hieß das: Der Schock trübt die Beobachtung. Ich machte mir kurze Notizen zu den einzelnen Fällen und mir fiel auf, dass Margit Sauerwald erzählt hatte, dass der Täter beim Überfall eine Maske getragen habe. Kein anderes Opfer hatte eine Maske erwähnt.

Ich las die letzten Berichte: Eine dreiundzwanzigjährige Studentin war im Winter in der Nähe eines kleines Bahnhofs überfallen worden, konnte sich aber retten, weil sie sich heftig wehrte. Alle Opfer hatten ausgesagt, dass der Mann einen Ruhrgebietsdialekt sprach, alle hatten bemerkt, dass er nach Schweiß und Nikotin stank. Die Tatorte ähnelten sich, waren immer in der Nähe von Bushaltestellen oder Bahnhöfen angesiedelt.

Hauptkommissarin Beate Schlicht wurde im *Bierstädter Tageblatt* so zitiert:

An den Haltestellen wird er vermutlich seine Opfer zum ersten Mal sehen. Um nicht aufzufallen, vermeidet er es, dort stundenlang herumzulungern. Seine ›Jagd‹ ist daher zeitaufwändig. Sie findet zu einer Tageszeit statt, wenn nur wenige Menschen unterwegs sind. Das sind Zeiten, in denen er für sein soziales Umfeld nicht erreichbar ist. Das sind Zeiten, die auffallen müssten.

Doch niemandem war aufgefallen, dass der Täter stundenlang auf der Pirsch war. Entweder lebte er allein oder er hatte eine gute Ausrede parat. Jemand, der beruflich reist, jemand, der woanders wohnt und für seine Vergewaltigungen extra ›anreist‹.

Die Ermittler hatten die gesamte Polizeimaschinerie in Bewegung gesetzt, zehntausend Männer mussten Speichelproben abgeben, herausgekommen war nichts – außer Protesten der Datenschützer, heftiger Schelte von Opfern und deren Angehörigen und der Schrift gewordenen Häme der Journaille.

Die Staatsanwaltschaft hatte gerade mal 1.500 Euro Belohnung für Hinweise auf den Täter ausgesetzt. Über zehn Jahre Angst und Schrecken waren dem Staat gerade mal 1.500 Euro wert.

Jetzt hatte der Täter vielleicht den Fehler seines Lebens gemacht, indem er sich ein Prominenten-Töchterlein als Opfer ausgesucht hatte.

Da ich mich für Fußball und die damit zusammenhängenden Merkwürdigkeiten überhaupt nicht interessierte, hatte ich noch nie mit Dr. Marcel Sauerwald zu tun gehabt.

Trotz häufiger Bekehrungsversuche durch Kollegen der Sportredaktion und Männern aus meinem Bekanntenkreis hatte ich die Abseitsregel noch immer nicht kapiert und musste nach dem Heimspiel der Schwarz-Gelben am Montagmorgen die Kollegen jedes Mal dumm fragen: *Wer hat denn jetzt gewonnen?* Und an den Spielern interessierten mich nicht die Sätze, die sie in Interviews absonderten, sondern ausschließlich das attraktive Muskelspiel ihrer jungen Körper auf dem Platz.

Abseits und wieder da

Der vertraute Anblick des Verlagshauses ließ mein Herz einen Hüpfer tun. Ich fuhr auf den Parkplatz, doch mein Stammplatz war belegt, obwohl mein Nummernschild dort als Reviermarkierung angebracht worden war. Ärger stieg in mir hoch, doch ich pfiff mich zurück. Es hatte ja niemand ahnen können, dass ich heute hier auftauchen würde.

Ich stellte mich hinter das gegnerische Auto, sodass es nicht wegfahren konnte. Ich musterte die Karre. Es handelte sich um einen jener missgestalteten protzigen Flitzer, die jenseits des Ozeans erfunden worden waren.

Der Pförtner strahlte mich an. »Die Frau Grappa! Alles wieder klar mit Ihnen?«

»Unkraut vergeht nicht«, brummte ich und drückte den Aufzugknopf. »Gibt es irgendwas, was ich wissen sollte, bevor ich nach oben fahre?«

Er schüttelte den Kopf. »Nicht dass ich wüsste.«

»Wem gehört denn die Corvette, die auf meinem Parkplatz steht?«

»Dem Herrn Harras.«

»Anzeigenabteilung? Kurier? Zeitungsbote?«

»Der ist neu im Sport. Reporter.«

»Verstehe.« Der Aufzug war da.

»Ich muss dann mal«, sagte ich zu dem Pförtner. »Schönen Tag noch. Ach ja ... Wenn der Corvette-Typ wegwill – ich hab ihn zugeparkt. Sagen Sie ihm das.«

»Wird gemacht, Frau Grappa«, grinste er. »Man merkt gleich, dass Sie wieder da sind.«

Bevor ich nach oben schwebte, sah ich noch, wie der Mann hinter dem Tresen zum Telefonhörer griff – wahrscheinlich um den Corvette-Typen zu warnen.

Wenigstens meinen Schreibtisch hatte man mir gelassen. Sogar mehr als das: An die Tischkante hatte jemand ein großes Schild mit den Worten *Willkommen, Grappa-Baby!* geklebt, eine Vase mit Chrysanthemen und ein Teller mit zwei Mandelhörnchen standen neben dem Computer.

Ich schaute mich um. Warum war noch niemand da? Hatte ich mich in der Uhrzeit vertan? Nein, es war halb elf und um elf Uhr pflegte eine Konferenz stattzufinden. Waren die Redaktionsrituale geändert worden?

Plötzlich wurde die Tür aufgerissen und Musik ertönte – und da waren sie alle: vorneweg Peter Jansen, die drei Sekretärinnen Susi, Sara und Stella, der Redaktionsbote Kosmo, die Sportreporter Harry und Mike, die neue Kulturredakteurin, die Volontäre und jede Menge freie Mitarbeiter, von denen einer die Gitarre spielte. Ich war gerührt.

»Da guckst du, was?«, rief Jansen. »Bleib mal eben stehen und sag ausnahmsweise nichts.«

Ich nickte und sagte nichts.

»Eins, zwei, drei!« Jansen fuchtelte mit den Händen und die Gruppe fing an zu singen. Irgendwas mit *Willkommen,*

Grappa und *Wir haben dich vermisst.* Das Lied gipfelte in der Behauptung *Wir freuen uns auf dich;* alles zu der bekannten Melodie eines Gassenhauers. Das Sekretärinnen-Trio hatte eine Flasche Sekt mitgebracht und ging mit Gläsern durch die Reihen.

»Ich danke euch«, meinte ich. »Ich wusste gar nicht, dass ihr mich so lieb habt.«

»Ich habe allen mit schriftlichen Abmahnungen gedroht, wenn sie den Zauber nicht mitmachen«, grinste Jansen. »Hat geholfen, wie du siehst.«

»Du hast deine Leute ja voll im Griff. Nur den Kollegen Harras nicht«, wandte ich ein. »Er arbeitet angeblich im Sport.«

»Oh, hast du ihn schon kennen gelernt?«

»Nicht direkt. Nur seinen Angeberschlitten. Der steht nämlich auf meinem Parkplatz.«

»Harras ist auf Dienstreise«, erklärte Jansen. »Er guckt sich mit einer Delegation der Schwarz-Gelben ein paar Stadien an. Das sind die Plätze, auf denen Fußball gespielt wird – um deiner Frage vorzubeugen. Harras ist aber bald wieder zurück. Du musst deine Ungeduld noch etwas zügeln, Grappa-Baby.«

»Das fällt mir schwer«, meinte ich. »Aber irgendwann werden wir uns schon über den Weg laufen. Soll ich seinen Wagen abschleppen oder gleich verschrotten lassen?«

»Kennst du keine Polen?«, fragte Jansen. »Das wäre die sauberste Lösung – auch versicherungstechnisch.«

»Ich setz die Karre bei eBay rein. Startpreis ein Euro«, kündigte ich an. »Harras freut sich bestimmt, wenn er das Geld kriegt.«

»Ihr werdet euch gut verstehen«, prophezeite mein Chef.

»Wieso? Ist er knackig, dunkelhaarig und charmant?«

»Exakt!«

»Was liest er – außer dem *Kicker* und *auto motor und sport?*«

»Ich hab ihn mal in der Kantine mit einem Roman gesehen. Tolstoi – glaube ich. *Schuld und Sühne.*«

»Der hieß aber Dostojewski«,

»Dann spielt der Tolstoi in der russischen Nationalelf. Es war jedenfalls ein dickes Buch.«

»Wahrscheinlich sind innen die Seiten so herausgeschnitten, dass in die Vertiefung ein Flachmann reinpasst«, vermutete ich. »Diese Burschen saufen doch wie die Löcher.«

»Es geht doch nichts über gepflegte Vorurteile«, grinste mein Chef.

Eine halbe Stunde, ein Mandelhörnchen und ein Glas Sekt später verzog ich mich mit meinen Notizen an meinen Schreibtisch. Endlich herrschte ein bisschen Ruhe.

Die meisten Kollegen waren unterwegs, um Stoff für ihre Zeilen ranzuschaffen, Sara und Stella diskutierten noch die neuesten Ergebnisse der Schüssler-Salz-Therapie und ihre Auswirkungen auf Susi, die in Jansens Vorzimmer thronte und sich gerade nicht wehren konnte.

Wenig später vertieften sich die beiden wieder ins Internet, was den Lärmpegel noch weiter senkte. Sara erweiterte ihren Wortschatz gewöhnlich durch *Bookworm* und Stella loggte sich in ein Forum ein, in dem Frauen daran gehindert werden sollten, sich mit Moslems einzulassen.

Ich fuhr den Rechner hoch.

Der erste Satz war immer der wichtigste. Er musste den Leser sofort an der Kehle packen und ihn durch die restlichen hundert Zeilen hetzen.

Sie ist erst achtzehn Jahre alt und hat das Schlimmste erlebt, was einer Frau zustoßen kann ...

Ich überlegte. Dass es sich um die Tochter Sauerwalds handelte, würde ich in der Überschrift als Knalleffekt platzieren.

Sie ist erst achtzehn Jahre alt und hat das Schlimmste erlebt, was einer Frau zustoßen kann: Sie wurde brutal vergewaltigt. Der Täter ist wahrscheinlich derselbe Mann, der seit über zehn Jahren Mädchen und Frauen in Bierstadt und Umgebung überfällt, misshandelt und missbraucht. Jener Mann, der trotz fieberhafter Suche noch nicht gefunden werden konnte. Jener Mann, der bei jedem seiner Opfer eindeutige DNA-Spuren hinterlassen hat.

Margit Sauerwald, Tochter des Präsidenten des Bundesligisten Schwarz-Gelb 09, beendete gegen 19 Uhr einen Besuch bei ihrer Freundin, die in einem Studentenwohnheim nahe der Bierstädter Universität lebt. Margit Sauerwald begab sich zur Haltestelle, doch der Bus war gerade abgefahren.

Die junge Frau beschloss, zur nächsten S-Bahn-Haltestelle zu laufen, um von dort aus in die Stadt zu fahren. Es dämmerte schon und es begann zu regnen. Margit Sauerwald schlug den Weg durch einen kleinen Wald ein, um die Strecke zu verkürzen. Plötzlich hörte sie Schritte hinter sich, ein Mann folgte ihr. Ehe sie reagieren konnte, wurde sie gepackt und der Angreifer setzte ihr ein Messer an den Hals. Margit Sauerwald begann zu schreien und sich zu wehren, doch der Mann schlug ihr ins Gesicht und warf sie auf den Boden. Die junge Frau fiel mit dem Kopf gegen einen Baum und wurde bewusstlos. Erst spät in der Nacht wurde sie gefunden und ins Krankenhaus gebracht. Dort stellten die Ärzte fest, dass sich jemand an dem Mädchen vergangen hatte. Die Polizei konnte genetisches Material sicherstellen, das mit großer Wahrscheinlichkeit vom Täter stammt.

Ein Ball auf der Hüfte

Margit Sauerwald hatte sich mir im Krankenzimmer anvertraut, im Gegenzug hatte ich ihr verschwiegen, dass ich Journalistin war, und das bescherte mir ein mulmiges Gefühl.

Ich berichtete Jansen von meinen Gewissensbissen, doch er meinte: »Du stellst dich doch sonst nicht so an.«

»Ich will diesen Scheißkerl zur Strecke bringen«, kündigte ich an.

»Grappa! Eine Sonderkommission mit acht Kriminalisten und einem extra eingeflogenen Profiler haben die Fälle nicht geklärt. Und dann kommst du und nimmst dir so was vor …«

»Ich sag ja nicht, dass ich die Serienvergewaltigungen aufklären will«, korrigierte ich ihn. »Ich will nur den Typen, der Margit Sauerwald missbraucht hat.«

»Aber das ist doch derselbe? Oder?«, fragte er.

»Muss nicht sein«, sagte ich. »Der Ablauf der Tat war anders. Der Serienvergewaltiger stinkt – nach Nikotin und Schweiß. Das sagen alle bisherigen Opfer. Aber der Kerl, der Margit überfallen hat, hatte zuvor Rasierwasser aufgelegt. Er ist nicht derselbe.«

»Vielleicht hat er sich für das Millionärs-Töchterlein extra parfümiert.«

»Vergewaltiger rüschen sich für ihre Taten nicht auf«, widersprach ich. »Das sind kranke Monster. Egal, wie sie riechen.«

Es klopfte an Jansens Tür. Sekretärin Susi reichte uns ein Fax herein. Die Pressestelle der Kriminalpolizei schrieb die Tat zum Nachteil der achtzehnjährigen Margit S. dem seit Jahren gesuchten Serientäter zu. Gleichzeitig wurde bekannt gegeben, dass die Ermittlungskommission *Messer* wieder belebt werden würde – unter der Leitung von Hauptkommissarin Beate Schlicht.

»Die Polizei ist anderer Meinung als du«, sagte Jansen nach der Lektüre des Schreibens.

»Sie können sich auch mal irren«, verteidigte ich meine Theorie. »Sie bezeichnen sie noch immer als *Margit S.* Ob die Konkurrenz den vollen Namen schon herausbekommen hat?«

»Die sind auch nicht blöder als wir«, seufzte Jansen. »Aber ein bisschen Vorsprung haben wir trotzdem. Und jetzt ab nach Hause, Grappa. Ruh dich aus. Der Tag morgen wird heftig. Ich hab's im Gefühl.«

Ich folgte Jansens Anweisung und fuhr nach Hause. Alte Klamotten und Fernseher an – der Abend sollte ruhig werden. Ich zappte durch die Sender und geriet an einen Sportkanal. Natürlich spielte auf der Welt immer irgendwer Fußball – live oder aufgezeichnet.

Ballspiele, ob mit Fuß oder Hand, hatte ich schon im Sportunterricht in der Schule blöd gefunden. Sie waren anstrengend, nutzlos und zwangen mich in eine Gruppe von Mitspielern, die leider immer besser waren als ich. Das peinigte mein Ego und deshalb hatte ich mit dem Schulsport früh abgeschlossen.

Dem Ballspiel der Mayas hatte ich allerdings schon als Schülerin etwas abgewinnen können. Die präkolumbianischen Indianer benutzten weder Hände noch Füße, spielten den Ball stattdessen mit der Hüfte und das Tor war ein Steinring, der ziemlich hoch an einer Mauer angebracht worden war. Höhepunkt der Sportveranstaltung war nicht der Sieg der einen oder anderen Mannschaft – sondern dass den Verlierern die Herzen bei lebendigem Leibe herausgerissen wurden.

Ich drückte den nächsten Kanal: Endlosfolgen einer Ärzteserie, die in einem kleinen Krankenhaus am Rande der Stadt spielte und in der attraktive Ärzte und wunderschöne Krankenschwestern segensreich wirkten.

Ich beschloss, meine freundschaftlichen Kontakte zu Krankenpfleger Pascal zu beleben.

Die Durchwahlnummer ins Schwesternzimmer wusste ich noch und er ging prompt an das Telefon. An seinem gepressten Atmen erkannte ich, dass er an einer Zigarette zog. Komisch, in den Krankenhaussoaps wird nie geraucht, dachte ich.

»Alles klar, Pascal?«, fragte ich forsch. »Ich hatte leider keine Gelegenheit, Ihnen Lebewohl zu sagen. Das wollte ich jetzt nachholen. Und mich natürlich bedanken – für die aufopferungsvolle Pflege.«

Er roch den Braten nicht. »Das ist aber nett von Ihnen, Frau Grappa«, freute sich Pascal. »Aber – einfach so abzuhauen? Der Chef war natürlich stinkig. Der hätte Sie gern noch dabehalten.«

»Das liegt bestimmt an meinem Charme und nicht daran, dass ich privat versichert bin«, mutmaßte ich.

Pascal kapierte den Superwitz und kicherte. Ich meinte, die Metallösen in seinem Gesicht scheppern zu hören.

»Wie geht es denn der Kleinen in meinem Zimmer?«, kam ich zur Sache.

»Eigentlich ganz gut. Die Eltern sind heute da gewesen.«

»Wie ist der Sauerwald denn so? Als Vater und Mensch?«

»Der rauschte hier rein und hat gleich getobt«, erzählte der Pfleger. »Margit soll jetzt in eine Privatklinik. Wir sind ihm natürlich nicht gut genug. Morgen wird sie verlegt. Auch wegen dem Rummel. Journalisten und so.«

»Wohin wird sie denn gebracht?«, fragte ich.

»In die *Privatklinik von Siebenstein*.«

»Kenn ich nicht«, stellte ich mich desinteressiert. »Ich wünsch ihr auf jeden Fall alles Gute. Bestellen Sie ihr das?«

»Yep, Frau Grappa. Wird gemacht. Und passen Sie auf sich auf.«

Nachdenklich legte ich den Hörer auf.

Wie würde Sauerwald reagieren, wenn er den Namen seiner Tochter am nächsten Morgen im *Bierstädter Tageblatt* lesen würde?

Ich schaute auf die Uhr. Das Regionalmagazin des WDR begann in wenigen Minuten. Ich drückte die richtige Programmtaste. Natürlich war das erneute Auftauchen des Serienvergewaltigers Hauptthema der Fernsehsendung. Doch kein Wort darüber, wer das neueste Opfer war.

Dafür hatten die TV-Leute Hauptkommissarin Beate Schlicht als Studiogast eingeladen. Der glatzköpfige Moderator bemühte sich redlich, von der Frau etwas zu erfahren, was nicht schon im Film erwähnt worden war, aber vergebens. Frau Schlicht sagte entweder, dass sie aus ermittlungstaktischen Gründen nichts sagen könne, dass sie nichts wisse oder nichts sagen wolle. Nach drei Minuten gab der Fernsehmann auf und bedankte sich für das »erhellende Gespräch«.

Beate Schlicht war ein harter Brocken, das war mir jetzt klar. Eine kleine, drahtige Frau mit rappelkurzem schwarzem Haar, die knappe Sätze liebte, als hätte sie Angst, für jedes überflüssige Wort einen Euro zahlen zu müssen.

Ich rieb mir die Hände: Noch hatten wir die Identität des Opfers exklusiv. Ob das allerdings wirklich ein Grund zur Freude war, musste sich noch herausstellen.

Privatklinik von Siebenstein. Irgendwo hatte ich den Namen schon mal gelesen. Die Internet-Suchmaschine verwies mich auf die Homepage des Krankenhauses.

Im Mittelpunkt unserer Arbeit stehen die Menschen, die sich vertrauensvoll in unsere Obhut begeben. Die Privatklinik Prof. Rudolfo von Siebenstein gewährleistet eine bestmögliche medizinische und pflegerische Versorgung. Das ist auch unser erklärtes Ziel: Wir wollen ein Gesundheitszentrum sein, das den Patienten ein Höchstmaß an Heilungschancen bietet.

Die Philosophie ›Panta Rhei‹: ›Alles bewegt sich, alles ist im Fluss‹, bedeutet für uns: ›Alles bewegt sich bei uns um Sie‹. Damit wir diesem Anspruch auch in qualitativer Hinsicht gerecht werden, steht Ihnen bestausgewiesenes Fachpersonal sowohl im ärztlichen, pflegerischen als auch im Hotelbereich zur Verfügung.

Das Haus lag zwischen einem Hügel und einem See, verfügte über ein privates Ufer und eine ausgezeichnete Küche.

Erholen bei gutem Essen und in schöner Landschaft – eigentlich genau das Richtige für mich, dachte ich. Lange Spaziergänge am Seeufer, sich den ganzen Tag um den eigenen Körper kümmern und kümmern lassen, gepflegte Dialoge mit betuchten Mitpatienten – was konnte es Schöneres geben?

Das Telefon klingelte und riss mich aus meinen Seniorenfantasien. Es war Jansen.

»Wir bekommen gerade eine Meldung von einem Bluthund«, sagte er. Er bemühte sich, ruhig zu sprechen. »Toninho ist entführt worden. Ich hoffe, ich muss dir jetzt nicht erklären, wer das ist.«

Schwarze Gazelle und schlechtes Gewissen

Toninho, der Star der Schwarz-Gelben. Brasilianer: samtene schwarze Haut, Körperbeherrschung pur, Spieltrieb überdimensioniert, Kampfgeist je nach Laune ausgeprägt. Die Fans beteten ihn an. Oft spielte er nur für sie: schaute nach jedem Pass und jedem Tor auf die Ränge, hob die Arme und ließ den Unterleib kreisen. Frauen kreischten verzückt und musterten verstohlen ihre Männer. Auch die männlichen Fans verziehen der *schwarzen Gazelle von Rio* immer wieder Jähzorn, Faulheit, Unpünktlichkeit, Fehlpässe, Schwalben und Blutgrätschen.

Toninho Baracu. Ihm wurde nachgesagt, auf Partys mit jeder hübschen Frau zu flirten. Dass er auch bei den Frauen und Freundinnen seiner Mannschaftskameraden eine satte Trefferquote zu haben schien, machte die Frage nach seinen Feinden fast überflüssig.

»Wie ist das genau passiert?«, fragte ich.

»Er war der Letzte im Duschraum. Die anderen Spieler waren schon draußen. Nach ersten Ermittlungen sollen ihn drei maskierte Typen abgepasst und einfach kassiert haben.«

»Nackt?«, fragte ich interessiert.

Jansen überhörte meine Frage und berichtete weiter: »Draußen stand ein Lieferwagen vom Catering-Service. Klappe auf, Toninho rein und weg.«

»Catering-Service?«

»Nur ein Täuschungsmanöver. Der Wagen war geklaut.«

»Sauerwald hat jetzt zwei Probleme«, stellte ich fest. »Eine geschändete Tochter und einen entführten Starkicker. Was ihn wohl mehr berührt?«

»Keine Ahnung, dazu kenne ich ihn zu wenig. Lass uns abwarten, wie sich alles entwickelt, ja?«, versuchte Jansen, mich zu bremsen. »Vielleicht ist die Entführung nur ein Jux seiner Kumpel. Die Brasileros haben ja manchmal einen merkwürdigen Geschmack. Erinnerst du dich noch an den angeblichen Überfall in Rio?«

Nein, tat ich nicht. Jansen half mir auf die Sprünge. Toninho war zum letzten Saisonbeginn nicht rechtzeitig aus seiner Heimat zurückgekehrt, hatte einen Überfall als Grund angegeben. Eine Lüge, denn eine brasilianische Zeitung präsentierte ein Foto des Spielers – wie er in einem Pool mit vier jungen Frauen herumplanschte.

Toninho war nach seinem Eintreffen vom Vorstand der Schwarz-Gelben mit einer Geldstrafe belegt worden. Das wiederum hatte den kaffeebraunen Adonis so geärgert, dass er während der folgenden Spiele in einen Streik trat und sich auf dem Platz wenig bewegte.

»Lass uns morgen weiterreden, wie wir die Sache angehen«, meinte Jansen. »Und jetzt ab ins Bett, Grappa.«

Doch mir war noch nicht danach. Für diese Jahreszeit war es heute ungewöhnlich mild gewesen. Ich öffnete die Balkontür und atmete die kühle, aber nicht kalte Luft ein. In den Balkonkästen waren die Blumen vertrocknet, lediglich Lavendel und Minze hatten durchgehalten. Ich ließ meinen Handrücken über die Minze gleiten und sog den wunderbaren Geruch ein.

Aus einem erleuchteten Fenster im Haus gegenüber tönte Musik. Die Sängerin hatte eine tiefe Stimme und der Schmerz um eine verlorene Liebe wurde von einem Solo-Saxophon geteilt. Zwei Menschen umarmten sich im Schummerlicht und ich dachte an meinen letzten Lover, den Venezianer mit dem Faible für Eis, Essen und Erotik.

Ruf mich bitte an, hatte er geschrieben, *ruf mich an, sobald es dir besser geht. Besser noch, besuche mich.*

Das Lied gegenüber war zu Ende gesungen, das Licht ging aus.

Michelangelo ging immer sehr spät ins Bett. Ich stellte mir vor, wie es sein würde, jetzt mit ihm zu sprechen und ihn zu fragen, ob seine Einladung ernst gemeint gewesen war.

Nein, das war keine gute Idee. Ich hatte in den nächsten Wochen viel zu viel zu tun. Langsam wurde mir kalt und ich ging ins Zimmer zurück.

Er hätte genug Gelegenheit gehabt, sich nach meinem Befinden zu erkundigen und mit mir zu sprechen. Er hatte alle meine Telefonnummern.

Ciao, bello, dachte ich. Mein venezianisches Abenteuer war vorbei. Es war keine Liebe gewesen, nur gegenseitige Anziehung auf Zeit.

Ich wollte mich ablenken, fuhr den PC wieder hoch und googelte nach Toninho.

Der fünfundzwanzigjährige schwarze Brasilianer mit dem goldenen Fuß. Toninho, der zwanzigjährige Millionenverdiener, Toninho, der lustige Familienmensch, der vom Feiern genauso viel verstand wie vom Geldausgeben. Ein hübscher Kerl, der nicht nur Begehrlichkeiten bei Frauen wecken dürfte, sondern auch Neid bei Männern. Dass er eine pechschwarze Haut hatte, machte ihn einem bestimmten politischen Spektrum nicht eben sympathisch. Er hatte etwas erreicht – trotz Hautfarbe und Herkunft. Sich mit zwanzig aus einem Slum in Südamerika bis in eine weiße Villa im Bierstädter Süden hochgearbeitet zu haben – dazu gehörte nicht nur Glück, sondern auch Können und eine außergewöhnliche Begabung.

Ich geriet auf die schwarz-gelbe Fanseite. Im Galerie-Bereich konnten die Anhänger des Vereins ihre Fotos von Spielen und Spielern veröffentlichen. Die Gelegenheit wurde heftig genutzt, es gab über dreißig Seiten mit mehreren hundert Fotos.

Zum Glück hatte der Webmaster Ordnung hineingebracht. Unter dem Buchstaben T wie Toninho waren alle Fotos anzusehen, die mit dem Stürmerstar zu tun hatten. *Toninho privat* – hieß eine Dokumentenmappe.

Ich klickte darauf – und staunte: Margit Sauerwald und Toninho, eng umschlungen auf der Tanzfläche einer angesagten Diskothek. Der Hobbyfotograf hatte sogar einen Text dazu geschrieben:

Unser Toninho am Tag vor dem Champions-League-Halbfinale nachts um ein Uhr in der Disko Aida mit Margit Sauerwald, der Tochter des Präsidenten. Toninho kippte einen Drink nach dem anderen und bekam am Tag danach die Beine nicht hoch: Er verschoss einen Elfmeter und wurde vor der ersten Halbzeit ausgewechselt. Na, dann Prost!

Das klang nicht besonders begeistert. Ich holte mir die Spielkritik auf den Schirm. Im Diskussionsforum bekam Toninho ebenfalls sein Fett weg: *Die Gazelle mutiert zur lahmen Ente* war noch eine der schmeichelhafteren Bemerkungen.

Immerhin wusste ich jetzt, dass es zwischen Margit und dem entführten Fußballer eine Verbindung gab.

Auf dem Bild lachte Toninho in die Kamera. Er hatte beide Arme um Margits Körper geschlungen: die eine Hand auf ihrem Rücken, die andere ein bisschen unterhalb davon – fast schon auf dem Po. Eine besitzergreifende und sehr selbstbewusste Geste. Sie hatte ihre Wange an seine Brust gelegt.

So sieht eine verliebte Frau aus, dachte ich und seufzte.

Schwarz und rot

Die Temperaturen hatten sich in der Nacht wieder daran erinnert, dass das Jahr dem Ende zuging, und es hatte zu regnen angefangen. Ich verließ das Haus früher als gewöhnlich, wollte vor den anderen in der Redaktion sein, um die Agenturmeldungen durchzusehen und die Faxe zu checken.

Auf dem Weg zum Parkplatz erwischte mich eine feuchte Windböe und ich bedauerte, dass ich meine zahlreichen Schirme immer irgendwo vergaß. Ich hasste dieses Wetter, es machte mich depressiv und übel gelaunt. Die Nacht war zu kurz gewesen, ich hatte schlecht geschlafen und in den Phasen des Wachseins eine Sinnkrise bekommen, in der ich mir immer dieselben Fragen stellte: Wer bist du, wo willst du hin und was soll der Scheiß?

Du wirst alt, Grappa, dachte ich, und deine Kräfte schwinden. Du bist schon alt, Grappa, dachte ich weiter, und deine Kräfte sind schon weg. Sieh der Wahrheit endlich ins ungeschminkte Auge.

Immer wenn mich eine Depression im Griff hatte, waren meine Sinne so aufgestellt, dass sie genau das registrierten, was mich noch tiefer runterzog.

Legionen von schönen, jungen Frauen waren gerade heute auf der Straße unterwegs, mit schlanken Körpern, langen Beinen und guter Laune.

Ich versuchte, sie keines Blickes zu würdigen, als ich an ihnen vorbeifuhr, und rief mich zur Disziplin. Jedes Alter hat seinen Vorteil, nur leider fiel mir spontan keiner für meine aktuelle Lebensphase ein.

Ich bog auf den Parkplatz des Verlagshauses ein. Wahrscheinlich blockiert die Angeberkarre von diesem Harras noch immer meinen Parkplatz, grummelte ich vor mich hin und war bass erstaunt, dass ich mich irrte. An dem Nummernschild, das den Platz als den meinen markierte, hing ein Zettel: *Sorry, wusste nicht, dass Sie wieder da sind. Harras.*

Der Typ gönnte mir noch nicht mal einen mittleren Wutanfall, den ich gerade jetzt hätte gebrauchen können, um mich abzureagieren.

Ich stellte den Wagen ab und ging zum Eingang. Harras hatte seinen Wagen direkt davor abgestellt – im absoluten Halteverbot.

»Guten Morgen«, begrüßte ich den Pförtner.

»Der Herr Harras fährt gleich wieder weg«, antwortete er. Er hatte beobachtet, dass ich die Corvette gemustert hatte. »Damit die Zeitungswagen Platz haben.«

»Ist ja okay, ich sag doch gar nichts ... Einen schönen Tag noch.«

»Selbst auch.«

Ich wartete auf den Lift.

»Frau Grappa?« Es war wieder der Pförtner.

»Könnten Sie ein Paket mit nach oben nehmen?«, fragte er. »Vielleicht ist ja was Wichtiges drin. Der Bote kommt doch erst um elf. Und ich kann hier nicht weg.«

»Klar.« Ich ließ mir das Paket aushändigen. Es war mittelschwer und an die Redaktion des *Bierstädter Tageblattes* adressiert. Ich schob es in den Aufzug und schwebte nach oben.

Im Großraumbüro war noch niemand. Das Paket gehörte auf Stellas oder Susis oder Saras Schreibtisch. Sie waren für das Öffnen der Post zuständig, falls nicht gerade etwas Wichtigeres anlag.

Auf dem Boden lag ein Stapel Zeitungen. Ich hatte die heutige Ausgabe des *Bierstädter Tageblattes* noch nicht gelesen. Irgendjemand in meinem Haus klaute mir neuerdings die Zeitung aus dem Briefkasten.

Toninhos Entführung war natürlich der Aufmacher, mein Artikel über Margit Sauerwald war darunter gerutscht.

»Gefällt Ihnen mein Stil?«, fragte eine Stimme.

Ich drehte mich um. Er war groß, vollschlank, trug Brille, Halbglatze und Vollbart.

»Harras?«, krächzte ich.

»Genau. Und Sie sind Frau Grappa, die Frau, die ihr Leben für das *Tageblatt* aufs Spiel gesetzt hat.«

»Geht es nicht ein bisschen weniger theatralisch?«, fragte ich. »Ich werde ja so rot wie Ihr Pullover.«

»Gefällt er Ihnen? Meine Tante ist ein Strickgenie und ich bin ihr liebstes Versuchskaninchen.«

»Jedenfalls wird kein Lkw Sie überrollen – auch nicht bei schlechter Sicht.«

Er lachte dröhnend. »Sie entsprechen ja wirklich Ihrem Ruf. Wollen Sie einen Kaffee? Ich koche gerade welchen.«

»Ja, gern.«

Er schlurfte in Richtung Küche. Seine Hosen waren ausgebeult und zu lang, die Farben des Strickteils waren das Aufwühlendste an dem ganzen Kerl. Jansen hatte mir etwas von attraktiv und dunkelhaarig erzählt. Ich seufzte. Das Leben legte mir mal wieder eine harte Prüfung auf.

Aber Kaffee kochen konnte er. Harras verriet auch gleich das Rezept: Einen Löffel Kakao ins Kaffeemehl rühren und schon bekam die Brühe eine orientalische Note. So saßen wir zwei allein im Großraum, hielten je einen Becher in der Hand, schlürften und tauschten ein paar Kaffeetipps aus.

»Sie müssen es mal mit Caramel- oder Schoko-Sirup versuchen«, riet ich. »Einen guten Schuss in die Milch, alles aufschäumen und dann starken Espresso drüber – ist einfach genial.«

»Hört sich gut an.« Harras' Oberlippenbart war so lang, dass er die Haare bei jedem Schluck untertauchte, um sie dann mit der Zunge abzuschlecken, bevor die Tropfen auf sein Hemd fielen.

»Ist was?«, fragte er irritiert.

»Manche schlürfen den Kaffee, andere kippen ihn wie einen Schnaps, noch andere lassen ihn erst mal kalt werden und trinken ihn dann«, erklärte ich. »Und dann gibt es noch die, die darin baden.«

»Meine Mutter ist gerade auf Mallorca.« Er hatte verstanden, worauf ich anspielte, und grinste. »Sie schneidet mir immer den Bart. Wir müssen ihre Rückkehr abwarten, Frau Kollegin.«

»Okay. Ich werde mich in Geduld fassen. Aber jetzt mal zur Sache: Glauben Sie an eine Entführung? Oder will der kleine Toninho nur spielen? Alle Welt foppen? Um dann mit viel Getöse zu Sambaklängen wieder aufzutauchen?«

Harras guckte skeptisch und überlegte.

»Zuzutrauen wäre es ihm schon. Brasilianer haben eine merkwürdige Auffassung von Humor. Aber etwas Wichtiges spricht dagegen, dass er spielen will, wie Sie es ausgedrückt haben. In einer Woche soll er ins Trainingslager der brasilianischen Nationalelf. Das ist Toninho sehr wichtig, denn er liebt sein Land.«

»Kennen Sie ihn persönlich?«, wollte ich wissen.

»Wie man als Sportreporter einen Spieler eben kennt. Ich hab seine Karriere von Anfang an verfolgt. Ein Weltklasse-Stürmer. Für satte fünfundzwanzig Millionen eingekauft, obwohl er noch am Anfang seiner Laufbahn steht.«

»Unfassbar!«

»Was?«

»So viel Geld für einen Balltreter. Leute, die was im Hirn haben, verdienen niemals so viel.«

»Ist eben alles eine Sache der Nachfrage. Brot und Spiele. Wie früher. Das Volk will etwas geboten bekommen.«

»Das ist aber schon ganz lange her«, meinte ich. »Ich dachte, die Menschheit hätte sich seit dem Römischen Reich weiterentwickelt.«

»Nein, hat sie nicht. Waren Sie schon mal im ausverkauften Stadion?«

»Meinen Sie das Teil, das bald nach einer Versicherung benannt werden soll?«

»Die brauchen das Geld. Da ist von sechzig Millionen die Rede.«

»Mich ekelt das an«, sagte ich. »Geld, Geld und nochmals Geld.«

»So läuft das nun mal. Sollen wir uns nicht duzen?«

Das kam zu plötzlich und zu unverblümt.

Harras hatte mein Zögern bemerkt. »Muss ja nicht heute sein, verehrte Frau Grappa«, lächelte er. »Ich ahnte ja schon, dass ein Kaffee nicht ausreicht, um Madame milde zu stimmen. Muss mich wohl etwas mehr ins Zeug legen.«

Ganz schön frech, dachte ich. Und ironisch sein kann er auch.

»Da habt ihr beiden euch ja schon kennen gelernt«, freute sich Jansen, der in den Raum gekommen war. »Schade, ich hätte die Vorstellung gern übernommen.«

»Lass mal, Chef. Wir brauchen keinen Zeremonienmeister«, rief ich.

»Hallo, Jansen. Du hast doch behauptet, dass Frau Grappa zickig ist«, sagte Harras.

»Und? Ist sie doch auch meistens«, ging Jansen auf den Ton ein.

»Sie ist charmant und nett.«

»Alter Schleimer!«, frotzelte Jansen. »Wann heiratet ihr?«

»Der Mann kocht einen genialen Kaffee«, mischte ich mich ein. »Nur das allein zählt.«

»Aha. So bist du also rumzukriegen! Ich dachte, dazu braucht es schwarze Locken, dunkle Samtaugen und geile Eissorten.«

»Die Eiszeit ist vorbei«, meinte ich. »Ich bin wieder zu den Mandelhörnchen zurückgekehrt.«

Harras machte ein fragendes Gesicht, er konnte ja nicht

verstehen, worauf wir anspielten. »Ich muss dann mal los«, sagte er, als die Enthüllungen ausblieben, und zupfte sich den Pullover zurecht. »›Gott‹ Sauerwald gibt eine Pressekonferenz. Wahrscheinlich erklärt uns der Präsident, dass alles nur ein Jux war und Toninho besoffen in irgendeinem Edelpuff herumlag.«

»Irgendwie hab ich das Gefühl, dass der Fall nicht so einfach liegt«, zweifelte ich.

»Du musst wissen, dass Grappa das zweite Gesicht hat – wenigstens manchmal«, klärte Jansen den Reporter auf.

»Ich will dann mal. Bis später.« Harras schlurfte aus dem Büro.

»Enttäuscht?« Jansen hatte meinen Blick bemerkt.

»Nein. Er scheint ganz okay zu sein. Aber hattest du nicht gesagt, dass er attraktiv sei?«

Mein Chef grinste und wollte antworten, doch er kam nicht dazu. Ein Schrei gellte durch den Raum. Er kam von Stella. Sie hatte ihren Arbeitstag damit begonnen, die Post zu öffnen, und dazu gehörte auch das Paket, das mir der Pförtner überreicht hatte.

Stella starrte in den Karton. Sie war bleich, ihr Gesicht zeigte Abscheu und Entsetzen. Jansen und ich stürzten zu ihr.

In dem Karton lag eine durchsichtige Plastiktüte, wie Hausfrauen und andere Menschen sie zum Einfrieren von Lebensmitteln benutzten. Ich schaute genauer hin, sah etwas Rotes und Dunkles – in der Tüte befand sich ein Fuß!

»Oh, Mann«, stöhnte ich und wandte mich ab.

Jansen sagte nichts, sondern griff zum Telefonhörer und tippte eine Nummer.

Eine halbe Stunde später glich die Redaktion des *Bierstädter Tageblattes* einer belebten Bahnhofsvorhalle. Die Kriminalpolizei unter Leitung von Anton Brinkhoff war angerückt.

Der Hauptkommissar war genervt, denn Stella war schreiend zusammengebrochen und wimmerte nur noch vor sich hin. Susis und Saras Aufmunterungsversuche zeigten wenig Erfolg.

»Kann mal jemand die Frau hier rausbringen?«, fragte der Hauptkommissar in die Runde. »Bei dem Geplärre kann ich keinen klaren Gedanken fassen!«

Susi und Sara führten ihre Kollegin in eine nahe gelegene Einzelzelle.

»Tausende sitzen im Stadion und ich kriege den Ball an den Kopf«, brabbelte Stella – gestützt von ihren Kolleginnen – auf dem Weg hinaus.

Der Geräuschpegel sank. Jansen war bleich, hatte sich in einen Stuhl fallen lassen. Schweiß perlte auf seiner Stirn.

Auch mir ging es nicht besonders gut. Der Blick in den Karton hatte genügt, um festzustellen, dass der abgehackte Fuß sehr groß und sehr schwarz war und in einem roten Lackschuh Größe 46 steckte.

»Denkst du, was ich denke?«, fragte Jansen.

»Toninho«, sagte ich.

»Genau.«

»Wenn der Fuß ihm gehört, ist es mit seiner Karriere vorbei.«

»Du bist ein verdammt schlaues Mädel!«

»Da sagst du mir nichts Neues«, meinte ich. »Bei den Paralympics ginge es eventuell noch.«

»Sehr witzig!«

Brinkhoff steuerte auf uns zu.

»Schön, Sie zu sehen, Frau Grappa«, sagte er freundlich. »Und kaum sind Sie wieder fit, ist hier der Teufel los. Gibt es da eine Verbindung?«

»Für eine gute Story tue ich fast alles«, gab ich zu. »Aber in diesem Fall bin ich unschuldig, ich lehne körperliche Gewalt gegen Männer ab.«

»Grappa setzt mehr auf psychische Blessuren«, ergänzte Jansen.

Brinkhoff lächelte. »Wirklich? Immerhin haben Sie das Paket auf den Schreibtisch gestellt.«

»Ich hab's von unten mit raufgebracht«, erklärte ich. »Wenn das reicht, um den Fall zu lösen, dann nehmen Sie mich fest.«

»Du warst das, Grappa?«, fragte Jansen mit gespieltem Entsetzen.

»Ja. Ein Vergeltungsakt«, gestand ich. »Vor drei Monaten hat sich Stella mal geweigert, für mich Kaffee zu kochen. Ich wollte, dass es sie mal so richtig gruselt.«

»Haben Sie irgendeine Ahnung, warum dieser Fuß an das *Tageblatt* adressiert war?«, fragte Brinkhoff.

Jansen und ich schüttelten gleichzeitig den Kopf.

»Was passiert jetzt?«, fragte ich.

»Das, was immer passiert. Das Paket wird von den Kriminaltechnikern untersucht und der Fuß kommt in die Gerichtsmedizin.«

»Könnte es Toninhos Fuß sein?«, fragte ich.

»Nur weil er schwarz ist? Sie haben wirklich eine blühende Fantasie! Die Sache kann auch ins Rotlichtmilieu hineinspielen«, meinte der Hauptkommissar.

»Oder alles hat mit der islamischen Weltrevolution zu tun. Oder mit Ufos und Außerirdischen«, überlegte ich. »Aber Sie werden's schon rauskriegen. Und ich helfe Ihnen dabei.«

»Ist das eine Drohung oder ein Versprechen?«, fragte Brinkhoff.

»Ein Entgegenkommen«, antwortete ich. »Bisher hat unsere Zusammenarbeit doch immer super geklappt, oder?«

»Da kann man mal wieder sehen, wie unterschiedlich Sachverhalte wahrgenommen werden.«

Eine halbe Stunde später waren die Polizisten abgezogen und alles war wie immer.

»Ist das jetzt meine Story?«, fragte ich Jansen.

»Fürs Erste ja. Du hast das Paket angeschleppt«, meinte er. »Sechzig Zeilen. Aber halt dich zurück.«

»Du kennst mich doch!«

»Eben.«

Ich grinste schief.

Auf dem Weg in mein Büro lief mir Harras über den Weg.

»Ich hab schon gehört, was passiert ist«, sagte er atemlos. »Ein schwarzer Riesenfuß in einem roten Schuh. Und ich wette mit Ihnen, dass er Toninho gehört.«

»Da brauchen Sie nicht zu wetten«, meinte ich. »Alle Welt ist der Meinung und die Polizei wird es auch sein, wenn sie eine Genanalyse gemacht hat.«

»Ob er noch lebt?«

»Der Fuß? Nein!«

»Der Mann!«

»Keine Ahnung. Aber so was übersteht man nur, wenn man danach fachmännisch versorgt wird. Die Rechtsmediziner kriegen bestimmt raus, ob der Fuß post mortem abgetrennt oder der *schwarzen Gazelle* bei lebendigem Leibe abgehackt wurde.«

Harras sah mich entsetzt an, stöhnte und legte die Hand auf den Magen.

»Kotzen Sie nicht in den Flur, Harras«, bat ich.

»Toninho wird nie wieder spielen können!«, rief er.

»Ja, armer Kerl«, murmelte ich. »›Zuerst hatte er kein Glück, und dann kam auch noch Pech dazu.‹ Wer hat das nochmal gesagt?«

»Jürgen Wegmann.«

»Müsste ich den kennen?«

»Nicht wirklich. Einmal Platz zwei im UEFA-Cup – das war 1993 mit den Schwarz-Gelben.«

Nicht zu viel Ethik

Der Pförtner des Verlagshauses konnte den Überbringer des Paketes, das er mir in die Hand gedrückt hatte, nicht beschreiben.

»Es lag auf der Treppe vor der Tür«, berichtete er.

»Und Sie haben wirklich niemanden gesehen?«, fragte ich. Die Loge war verglast und bot eigentlich einen guten Überblick. Außerdem waren Kameras installiert, die jeden, der sich dem Gebäude näherte, beobachteten.

»Ich musste mal kurz weg, aufs Klo«, erklärte der Mann. »In diesen Minuten muss es passiert sein.«

»Und die Kamera? Werden die Bilder irgendwo aufgezeichnet?«

»Nein. Das wurde zu teuer. Die Geräte sollten abschrecken – mehr nicht.«

»Wann haben Sie das Paket denn entdeckt?«

»So gegen sieben Uhr morgens«, gab er an. »Ich kam vom Klo zurück und da stand es. Ich hab's reingeholt und Ihnen später mitgegeben – aber das wissen Sie ja.«

»Wenn nochmal so ein ähnliches Paket kommt, sehen Sie sich den Überbringer genau an«, bat ich.

»Jedenfalls wird ab heute wieder alles aufgezeichnet«, sagte der Pförtner und deutete auf ein paar Kassetten, die auf dem Tischchen lagen. »Anweisung der Polizei.«

Eine Stunde später kam die Meldung über die Agenturen. Die Polizei hatte den Namen unserer Zeitung nicht bekannt gegeben, doch die Kollegen hatten natürlich ihre Quellen.

Das Handy klingelte.

Ich war überrascht, dass Beate Schlicht, die Leiterin der Ermittlungskommission *Messer,* in der Leitung war. »Jetzt weiß ich auch, wer im Bett neben Frau Sauerwald lag«, blaffte sie mich an. »Ist das Ihre Auffassung von Journalismus? Ein traumatisiertes Opfer für eine Geschichte auszubeuten?«

»Sie hat mir alles freiwillig erzählt«, verteidigte ich mich. »Ich muss mich vor Ihnen für nichts rechtfertigen.«

»Haben Sie ihr denn gesagt, dass Sie Journalistin sind?«

Ich überhörte die Frage. »Sie sollten endlich mal anfangen zu arbeiten«, ging ich ebenfalls in die Offensive. »Zehn Jahre suchen Sie den Kerl schon – mit null Erfolg.«

»Legen Sie sich nicht mit mir an!«

»Soll das eine Drohung sein?«

»Nur ein gut gemeinter Rat«, sagte Beate Schlicht. »Ich habe der Familie Sauerwald übrigens geraten, Sie und Ihre Zeitung zu verklagen.«

»Und wie heißt das Delikt?«

»Das wird Dr. Sauerwald schon wissen, er ist ja schließlich Jurist.« Sie wartete meine Reaktion nicht ab und beendete das Telefonat.

Die wird nicht deine beste Freundin werden, dachte ich. Leider musste ich mir eingestehen, dass Beate Schlicht ein bisschen Recht hatte. An das Interview mit Margit Sauerwald war ich nicht sauber herangekommen.

Jansen unterbrach meine Selbstzweifel und kam ins Zimmer. »Hier ist die Pressemitteilung der Polizei«, sagte er und reichte mit ein paar Seiten Papier. »Steht aber nicht viel drin. Wie immer. Noch nicht mal, dass der Fuß schwarz und der Schuh rot ist.«

»Da sind ja sogar die Agenturmeldungen ausführlicher«, stellte ich fest. »Warum landet das Paket ausgerechnet bei uns?«

»Der Täter hat eben gewartet, bis du wieder fit bist«, unkte Jansen. »Er weiß, dass seine Probleme bei dir in den besten Händen sind.«

»Nein, es muss einen anderen Grund geben«, meinte ich. »Merkwürdig auch, dass keine Forderungen gestellt wurden. Entführer wollen Geld.«

»Hier liegt der Fall eben anders«, sagte Jansen. »Wenn Toninho den Islam beleidigt hätte, würde ich an Vergeltung glauben. Aber so? Das Einzige, was Toninho kann, ist Fußballspielen. Und auch das nur, wenn er will.«

»Er ist ein Frauenheld«, wandte ich ein. »Vielleicht hat er eine Frau zu viel flachgelegt und ist dem falschen Mann ins Gehege gekommen. Und jetzt schreibe ich meinen Artikel.«

Wenn der Postmann kein Mal klingelt: Wem gehört der schwarze Fuß im roten Schuh?

Wahrscheinlich würde wieder keiner das Spiel mit Zitaten aus dem Filmreich begreifen. Ich überlegte kurz, ob nicht ein gedämpfterer Ton angebracht sei, entschied mich aber dagegen. Jansen würde schon meckern, wenn ich übertreiben sollte.

Das Paket wurde im Morgengrauen von einem Unbekannten vor dem Verlagshaus abgestellt. Ein unauffälliger, quadratischer Pappkasten, adressiert an die Redaktion. Doch als die Redaktionssekretärin die Post öffnete und den Inhalt sah, gefror ihr das Blut in den Adern: In einer durchsichtigen Plastiktüte befand sich ein abgetrennter Fuß.

War es eigentlich ein rechter oder ein linker Fuß gewesen? Leider hatte ich das Bild vom Inhalt der Tüte nicht mehr so genau in Erinnerung.

Das Körperteil gehörte nach ersten Erkenntnissen einem Mann, der im wahrsten Sinne des Wortes auf großem Fuß lebte: Er hat mindestens Schuhgröße 45. Weitere Auffälligkeiten: schwarze Hautfarbe und ein ungewöhnlicher Schuhgeschmack. Der Fuß steckte in einem knallroten Lackschuh mit hohen Absätzen.

Die Spurensicherer der Kriminalpolizei beschlagnahmten die Sendung und brachten den abgetrennten Körperteil in die Gerichtsmedizin. Zu wem er gehört und ob sein ehemaliger ›Besitzer‹ noch lebt, ist noch nicht bekannt.

Gerüchte, dass die Sendung mit der Entführung des brasilianischen Fußballspielers Toninho in Zusammenhang stehen könnte, wollte die Polizei nicht kommentieren, bevor eine Analyse vorliegt.

Jansen segnete den Artikel ab und wir entschlossen uns, ein Bild des Stürmers zu veröffentlichen. Unter dem Porträt würde geschrieben stehen: *Gehört der amputierte Fuß der schwarzen Gazelle von Rio? Noch immer keine Spur von Toninho.*

Den Rest des Tages surfte ich im Internet. Vielleicht gehörte das Amputieren eines Fußes zu einem mir unbekannten Ritual.

Es gab viele Einträge zu Amputationen jeglicher Art, aber nichts brachte mich weiter. Es gab sogar ›Rezepte‹. Diese waren allerdings nicht so ganz ernst gemeint und stammten von einer Halloween-Seite:

Aus einem Kilo Schweinemett wird ein großer Fuß geformt. Je nach Geschicklichkeit kann man die Zehen sehr detailliert oder eher modellartiger ausformen. Als Zehennägel kann man zugeschnittene Zwiebelschichten verwenden. An der Stelle, wo sich der Amputationsschnitt befindet und der Knochen zu sehen sein sollte, wird eine Lauchstange hineingesteckt.

Soll es richtig ekelhaft sein, kann man auch noch etwas rote Le-

Da ich Anhängerin traditioneller Kochrezepte bin, überstieg das meine Schmerzgrenze. Die Beschäftigung mit Rezepten stimulierte aber trotzdem meinen Appetit. Ich schaute auf die Uhr. Ich hatte noch genügend Zeit, etwas Leckeres einzukaufen. Schweinemett stand jedoch nicht auf der Einkaufsliste.

Ein Bett für Margit

Was bleibt Frauen ohne Ehemann oder Liebhaber, Haustier und anderen Anhängseln anderes übrig, als sich mit gutem Essen und schönem Trinken zu verwöhnen? Mit zwei schwer bepackten Tüten schleppte ich mich die Treppen hinauf.

Der Aufzug war auf irgendeiner Etage stehen geblieben. Das Flurlicht funzelte, eine Lampe war kaputt. Schon im ersten Stock ging mir die Puste aus.

Vor meiner Wohnungstür setzte ich die Tüten ab und kramte in der Handtasche nach meinem Schlüssel. Prompt ging das Licht ganz aus, ich hatte meine Hände in der Tasche und fingerte weiter nach dem Schlüsselbund. Ein Geräusch schreckte mich auf. Schnell drückte ich den Lichtschalter und sah eine Gestalt. Sie kauerte auf der Treppe.

»Was machen Sie denn hier?«, fragte ich entgeistert. Im Krankenhaus hatte ich sie geduzt, aber nun kam mir das plötzlich deplatziert vor.

»Ich wusste nicht, wohin«, sagte Margit Sauerwald.

Ich schloss die Wohnungstür auf.

Sie hatte sich erstaunlich schnell erholt – von den blauen Flecken war nicht mehr viel zu erkennen. Jetzt sah sie dem Foto auf der Fanseite im Internet ähnlicher – eine junge, hübsche Frau, einfach gekleidet und fast unauffällig.

»Warum kommen Sie gerade zu mir?«, fragte ich.

Unsere kurze Bekanntschaft im Krankenhaus konnte wohl kaum dazu geführt haben, mir zu vertrauen. Ich hatte sie ihre Geschichte erzählen lassen und war danach verschwunden, ohne mich zu verabschieden. Und am nächsten Tag hatte ich mein Wissen der Öffentlichkeit mitgeteilt. Nicht gerade die klassische Grundlage für eine Freundschaft.

»Sie haben im Krankenhaus doch gesagt, dass Sie mir helfen wollen.«

Ja, das hatte ich gesagt. Dahingesagt. Um an Informationen zu kommen.

»Sie wissen ja wohl inzwischen, dass ich bei einer Zeitung arbeite«, ging ich in die Offensive.

»Ich habe den Artikel gelesen«, antwortete sie. »Es ist mir aber egal, was über mich geschrieben wird.«

»Ihrer Familie ist das bestimmt nicht egal. Warum sind Sie nicht bei Papa und Mama?«

Sie schwieg.

»Wann haben Sie zuletzt was gegessen?«, wechselte ich das Thema.

»Heute Morgen.«

»Dann kommen Sie mal mit in die Küche«, schlug ich vor. »Es geht ganz schnell. Ich werfe nur ein paar Leckereien auf die Teller. Wollen Sie ein Glas Wein?«

Sie lehnte ab.

Ich griff zum Messer, schnitt das Brot, legte Käse, Wurst und Schinken auf das Brett und goss mir ein Glas Wein ein. Der Chianti war gut, wärmte mein Inneres und nahm etwas von meiner Anspannung.

»Greifen Sie zu«, bat ich. »Und dann erzählen Sie endlich, warum Sie hier sind.«

Die ersten fünf Minuten passierte nichts – wenn man von den Bewegungen, die der Nahrungsaufnahme dienten, absah. Margit Sauerwald stürzte sich auf die Sachen, als habe sie ein paar Tage nichts mehr zu essen bekommen.

»Ich bin abgehauen«, sagte sie.

»Aus dem Krankenhaus?«

»Nein. Aus dem Krankenwagen. Mein Vater wollte mich verlegen lassen, in eine Klapse. Und als die Typen mal pinkeln mussten, bin ich getürmt.«

»Und wann war das?«

»Am Vormittag.«

»Wissen Ihre Eltern, wo Sie sind?«

»Das ist denen sowieso egal.«

»Wir müssen sie informieren«, meinte ich.

»Müssen wir nicht«, sagte sie hart.

»Ich führe kein Hotel!«

»Nur für ein paar Tage«, bat sie. »Dann kann ich bei einer Freundin unterkommen.«

»Sie bringen mich in Teufels Küche. Ich habe keine Lust, mich mit Ihrem Vater anzulegen.«

»Ich bin volljährig und kann machen, was ich will.«

»Und Ihre Mutter? Können Sie sich ihr nicht anvertrauen?«

»Mutter macht, was Vater sagt. Er duldet keine Widerworte.«

»Nette Eltern«, meinte ich.

Mir fielen die Gerüchte ein, die sich um die Ehe des schwarz-gelben Präsidenten und seiner Frau drehten: Er machte, was er wollte, hatte eine Affäre nach der anderen und sie war die standesgemäße Frau an seiner Seite – natürlich luxuriös ausgestattet und gut versorgt. Die bürgerliche Zwangsehe in einer ihrer schrecklichsten Varianten.

»Dann nehmen Sie sich ein Hotelzimmer.«

»Nein. Erst mal bleibe ich hier. Das ist sicherer. Hier sucht mich keiner.«

»Haben Sie heute Zeitung gelesen?«, fragte ich.

»Ich hatte Besseres zu tun.«

»Es gibt eine Entführung«, berichtete ich. »Toninho Baracu, auch die *schwarze Gazelle von Rio* genannt. Der beste Stürmer, den die Schwarz-Gelben je hatten.«

Der Nervenzusammenbruch kam nicht. Margit Sauerwald fragte nur: »Was ist genau passiert?«

Ich gab ihr einen Kurzbericht von den Ereignissen, sie hörte nur stumm zu.

»Einig Leute halten das alles trotz allem für einen Scherz«, erklärte ich und nahm einen Schluck Wein. »Toninho ist ja oft zu Späßen aufgelegt.«

»Das ist kein Spaß«, meinte sie leise. »Und es passt alles zusammen.«

Ich horchte auf. »Was passt zusammen?«

Sie antwortete nicht.

Irgendwas geht da vor, dachte ich, und sie ahnt, was es ist.

»Es gibt ein Foto von Ihnen beiden«, sagte ich. »Arm in Arm in einer Diskothek.«

»Kann sein«, murmelte sie. »Ich erinnere mich an kein Foto.«

»Moment, ich hole es.«

Ich reichte es ihr.

»Ach, ja. Das war im *Aida*. Da hat uns so ein Typ verfolgt, der dauernd geknipst hat. Wir sind ihn kaum losgeworden. Wo haben Sie das Bild gefunden?«

»Im Internet. Auf der Homepage des Fanclubs. Sind Sie denn nun mit Toninho zusammen oder nicht?«

»Keine Ahnung«, antwortete Margit. »Ist man mit jemandem zusammen, wenn man mit ihm geschlafen hat?«

»Nicht zwangsläufig.« Mir fiel Toninhos Ruf als Casanova wieder ein. Er wurde allerdings immer mit gleichaltrigen oder älteren Frauen in Zusammenhang gebracht, nicht mit achtzehnjährigen Mädchen.

»Es ist noch was passiert«, sagte ich. »Etwas Schlimmes.«

Ich berichtete von der Paketsendung.

Sie hörte mir mit offenem Mund zu und ich sah Entsetzen in ihren Augen.

»Es steht noch nicht fest, dass es Toninhos Fuß ist.«

»Das habe ich nicht gewollt!«, schrie Margit.

»Was haben Sie nicht gewollt?«

Keine Antwort, nur Schluchzen.

In dem CD-Spieler lag noch der Schubert. Ich drückte auf *Play* und die Geigen begannen mit dem Dialog zwischen dem Mädchen und dem Tod.

»Schöne Musik«, flüsterte Margit. »Was ist das?«

Ich erklärte es ihr. »Hören Sie, wie das Mädchen den Tod bittet, es noch nicht zu sich zu nehmen?«

Mit geschlossenen Augen hörte sie die CD bis zum Ende an.

»Ich bin schrecklich müde«, sagte sie, als die letzten Noten ausklangen. »Haben Sie ein Bett für mich?«

Margit Sauerwald verzog sich ins Gästezimmer. Ich hatte in mein Spontan-Übernachtungs-Set gegriffen, ihr ein T-Shirt und eine neue Zahnbürste gegeben.

Das habe ich nicht gewollt! Was hatte sie damit gemeint?

Ich hatte noch keinen Nerv, mich ins Bett zu begeben, und aktivierte die Glotze.

Der Sportkanal zeigte die Zusammenfassung eines kürzlich stattgefundenen Fußballspiels: Türkei gegen Schweiz. Ich verfolgte das Ende der zweiten Halbzeit des Qualifikationsspiels für die Weltmeisterschaft. Die Schweizer schlugen sich tapfer, die Türken tobten und schimpften – auf dem Platz und auf den Rängen.

Der Reporter sprach von der »Hölle von Istanbul«. Die Schweizer siegten schließlich mit 4:2 und mussten um ihr Leben fürchten. Die Türkei durfte nicht an der Fußball-WM teilnehmen, und das schien eine nationale und persönliche Katastrophe für alle türkischen Männer zu sein.

Nach dem Schlusspfiff flüchteten die Eidgenossen in die Kabine. Enttäuschte türkische Fans warfen Gegenstände auf den Platz, ein Spieler bekam von einem türkischen Sicherheitsmann einen Tritt in den Unterleib und musste mit dem Krankenwagen weggebracht werden. Ein Schweizer Trainer wurde von Wurfgegenständen getroffen und kassierte ein blaues Auge. Fußball war anscheinend kein Spiel, sondern eine todernste Sache.

Jetzt fielen mir doch die Augen zu. Ich überzeugte mich, dass es im Gästezimmer ruhig war, und verzog mich ins Schlafzimmer.

Ich sah, dass mir jemand eine SMS geschickt hatte. Sie stammte von Peter Jansen: *Margit S. verschwunden. Gruß Jansen.*

Ich simste zurück: *Margit S. bei mir. Gruß Grappa.*

Ninho tanzt Samba

Moritz Müller, der Mann mit der vorübergehenden Lizenz zum Brotbacken, packte mir am Morgen auf meinen Wunsch vier statt zwei Brötchen ein.

»Besuch?«, fragte er.

»Sie sind genauso wissbegierig wie Ihre Tante«, muffelte ich.

»Ein Mann kann es nicht sein«, ließ er nicht locker.

»Und warum?«

»Weil Ihre Haare wirr um den Kopf stehen und Sie noch nicht zurechtgemacht sind.«

»Danke, dass Sie nicht direkt gesagt haben, dass ich scheiße aussehe«, muffelte ich. »Sind alle Bäcker so verdammte Plaudertaschen? Und jetzt her mit den Brötchen.«

Ich legte ihm zwei Euro auf die Theke.

»So schlimm ist das mit Ihren Haaren auch wieder nicht«, meinte Moritz Müller tröstend.

»Heißen Dank.«

»Die Sache mit dem abgehackten Fuß ist ja cool. Meinen Sie wirklich, dass er dem Spieler gehört?«

»Woher soll ich das wissen?«, gähnte ich. »Kann ich endlich mein Frühstück haben? Ich habe nicht alle Zeit der Welt.«

»Als Junge hab ich in der Amateurjugend der Schwarz-Gelben gekickt«, erzählte er. »Ich war gar nicht schlecht. Aber dann hab ich mir einen Kreuzbandriss eingefangen. Ziemlich kompliziert war das. Und später habe ich …«

»Mein Mitleid gehört Ihnen – voll und ganz«, unterbrach ich seine Lebensbeichte. »Aber geben Sie mir endlich meine Brötchen! Oder muss ich erst einen Striptease hinlegen, bevor ich die Tüte kriege?«

»Lieber nicht«, grinste er und musterte mich.

»Das hab ich jetzt aber auch verstanden!«, spielte ich die Empörte.

»Hier ist Ihr Futter«, sagte er und reichte mir die Tüte. »Tante Liesel hat mir schon gesagt, dass Sie nie Zeit haben.«

»Wann kommt sie endlich wieder?«

»Wenn sie weiß, was Mandelhörnchen auf Japanisch heißt.«

Margit Sauerwald saß am Küchentisch. Sie hatte Kaffee gekocht und sich in meinen Bademantel eingekuschelt. Ihr Haar war feucht und sie hatte erneut Schuberts Streichquartett aufgelegt.

»Guten Morgen«, sagte ich. »Wie haben Sie geschlafen?«

»Ganz gut.«

»Ich habe uns frische Brötchen geholt.«

»Toll.«

Gesprächig war sie nicht gerade.

»Kriege ich auch eine Tasse Kaffee?«

»Klar.«

Ich ging zum Schrank und holte mir einen Becher.

»Wie soll es weitergehen?«, fragte ich.

Sie antwortete nicht, sondern starrte vor sich hin. Oder lauschte sie der Musik?

»*Gib deine Hand, du schön und zart Gebild*«, rezitierte ich. »*Bin Freund und komme nicht zu strafen. Sei gutes Muts! Ich bin nicht wild, sollst sanft in meinen Armen schlafen.*«

Sie sah mich verständnislos an.

»Das ist ein Teil des Gedichtes, nach dem Schubert die Musik komponiert hat«, erklärte ich.

»Und wie geht die Sache aus?«

»Ein Happyend gibt es wohl nicht«, erklärte ich. »Aber der Dichter hat es nicht endgültig gelöst. Es bleibt offen, ob der Tod das Mädchen kriegt.«

»Will das Mädchen denn sterben?«, fragte sie.

»Nein, will sie nicht. In dem Gedicht sagt sie: *Vorüber! ach, vorüber! Geh, wilder Knochenmann! Ich bin noch jung, geh, Lieber! Und rühre mich nicht an.*«

»Manchmal wollen auch junge Menschen sterben«, wandte sie ein. »Und die Alten hängen am Leben.«

»Sicher. Aber zum Trübsalblasen besteht kein Grund. Sie haben zwar Schlimmes erlebt, aber das ist vorbei – muss vorbei sein.«

»Das eine ist vorbei«, sagte sie mit Tränen in den Augen. »Und schon kommt das Nächste.«

Mein Blick fiel auf das *Tageblatt* auf dem Küchentisch.

Heute hatte der Zeitungsdieb Zurückhaltung geübt. »Haben Sie die Zeitung schon gelesen?«

»Ja. Die Geschichte mit dem Fuß steht drin.«

Ich nahm die Brötchen aus der Tüte, holte Butter und Marmelade aus dem Kühlschrank und stellte alles auf den Tisch.

»Warum sollte jemand Toninho den Fuß abhacken?«, murmelte Margit.

»Es ist doch noch nicht sicher, dass es sein Fuß ist.«

»Er gehört ihm.«

Ich horchte auf.

»Der rote Lackschuh«, sagte sie und schlürfte etwas Kaffee.

»Was ist damit?«

»Es ist seiner.«

»Ein roter Lackschuh mit hohen Absätzen?«

Margit Sauerwald begann, hysterisch zu lachen. »Es war nur Spaß. Für den Karneval. Ninho besitzt ein rotes Tanzkostüm – mit Korsett, falschen Brüsten und Netzstrümpfen und diesen roten Schuhen. Er hat sie sich extra anfertigen lassen.«

»Verstehe. In dieser Größe kriegt man die nicht in jedem Laden.«

»Er hat Samba getanzt. Und sich Orangen ins Korsett gesteckt. Es war wirklich lustig, glauben Sie mir!« Jetzt hatte sie Tränen in den Augen und ihre Stimme war laut, kurz vorm Abkippen in einen Nervenzusammenbruch.

»Ich glaube Ihnen ja«, versuchte ich, sie zu beschwichtigen.

»Sie müssen ihn finden!«, schrie sie. »Vielleicht lebt er ja noch!«

»Die Polizei sucht ihn doch fieberhaft.«

»So einen Fuß kann man doch wieder annähen, oder?«

»Sicher. Wenn sie ihn frisch halten. Und der Rest des Körpers noch lebt.«

Margit Sauerwald hatte den Kopf auf den Tisch gelegt und schluchzte.

»Die Polizei macht eine DNA-Analyse. Ich fahre gleich in die Redaktion und sehe nach, ob das Ergebnis schon vorliegt. Und nun verraten Sie mir, was Ihnen Ninho bedeutet. Er ist für Sie mehr als eine Affäre, oder?«

»Ich liebe ihn«, gestand sie.

»Und er?«

»Er liebt mich auch.«

»Und die anderen Frauen?«

»Die spielen keine Rolle.«

Journalisten übertreiben

»Was hat die Sauerwald bei dir zu suchen?« Jansen empfing mich nicht gerade freundlich. »Warum gehst du nicht an dein Handy?« Es folgte: »Bist du komplett verrückt geworden?«

Das waren gleich drei schwierige Fragen auf einmal und ich hatte keine Lust, sie zu beantworten.

»Lass uns einen Kaffee in der Kantine trinken«, bat ich, denn die Redaktion füllte sich langsam und die Kollegen bekamen schon spitze Ohren, weil Jansen so in Fahrt war.

Er stimmte zu und wir verzogen uns an einen Tisch, der etwas abseits stand.

»Ich verstehe dich nicht, Grappa«, regte er sich weiter auf. »Die Polizei sucht das Mädchen! Sie ist auf dem Weg zu einer Privatklinik verschwunden, vielleicht sogar entführt worden – so steht es wenigstens in der Pressemitteilung.«

»Ich hab sie jedenfalls nicht entführt«, meinte ich. »Sie saß plötzlich auf meiner Treppe und ich habe sie reingelassen – das ist alles.«

»Und was wollte sie?«

»Sie ist unglücklich und wollte mit mir reden.«

»Klar. Deine warme, mütterliche Ader.«

»Die Ironie kannst du dir sparen«, meinte ich verärgert. »Ich hätte sie am liebsten zum Teufel gejagt. Die Kleine ist voll gestört, was ja auch kein Wunder ist. Kaputte Familie und dann noch dieser Kerl im Wald.«

»Und was hat dich – außer deinem guten Herzen natürlich – bewogen, sie nicht zum Teufel zu jagen?«

»Sie ist mit Toninho befreundet«, erklärte ich. »Behauptet, dass sie ihn liebt.«

»Die beiden ein Paar? Toninho hat es mit vielen Frauen getrieben«, gab Jansen zu bedenken.

»Das heißt gar nichts«, entgegnete ich. »Du weißt doch am besten, wie solche Geschichten zu Stande kommen. Journalisten übertreiben halt gern mal, wenn sich ein Promi mit jemandem sehen lässt.«

»Wie gut, dass du da ganz anders bist, Grappa!«

Ich überhörte den Spott. »Stimmt. Aber Margit ist nicht irgendein Groupie, mit dem Toninho sich abgegeben hat. Und sie hat Bemerkungen gemacht, die mich stutzig machen.«

»Und die wären?«

»Sie sagte: *Alles passt zusammen,* und: *Das habe ich nicht gewollt.*«

»Was meint sie damit?«

»Wenn ich das wüsste! Ich habe sie gefragt, leider ohne eine Antwort zu bekommen.«

»Was meinst du, wie es weitergehen soll?«, fragte mein Chef. »Soll die Polizei weiter nach der Sauerwald fahnden? Und irgendwann in deinem trauten Heim eine Razzia veranstalten?«

»Ist ja gut. Sie ist über achtzehn und kann machen, was sie will. Aber ich teile Brinkhoff mit, dass sie bei mir ist.«

Es war nur fair, Margit Bescheid zu sagen. Sie sollte wissen, dass ihr Verschwinden nicht unbemerkt geblieben war und dass ihre Eltern sich Sorgen machten. Ich rief meine eigene Nummer an, doch sie ging nicht ans Telefon. Sollte ich zu Hause vorbeifahren?

Die Entscheidung wurde mir abgenommen. Jansen trat in mein Zimmer und legte mir eine Mail der Staatsanwaltschaft auf den Tisch.

»Die Pressekonferenz zu dem Fuß ist schon in einer halben Stunde. Du musst dich beeilen, wenn du noch einen der besseren Plätze abkriegen willst.«

Adjektive Emotionen

Pressekonferenz im Polizeipräsidium. Das Thema lautete: *Ermittlungsstand im Fall eines amputierten Fußes zum Nachteil eines Unbekannten.* Ich liebte diese Polizeisprache! Sie war so wunderbar originell und voll von poetischer Kraft.

Simon Harras wollte mich begleiten – wegen des sportlichen Aspekts der Sache. Ich fügte mich, bei passender Gelegenheit würde ich Harras schon aus dem Feld schlagen.

»Am besten lassen Sie mich machen«, schlug ich ihm vor, während wir mit dem Lift zu dem Besprechungszimmer hochfuhren.

»Klar, Sie sind der Boss«, sagte Harras und grinste.

Hinter uns trabte der Fotograf. Er hieß Wayne. Der Lohnknipser gehörte zu den so genannten Bluthunden, die vierundzwanzig Stunden am Tag den Polizeifunk abhörten, um noch vor den Bullen oder der Feuerwehr am Ort eines Verbrechens oder Unfalls zu sein.

Neuerdings hatten diese Kollegen aufgerüstet und sich kleine, leistungsstarke Digitalkameras zugelegt, mit denen sie bewegte Bilder drehen konnten – um sie an Fernsehsender zu verkaufen. Das führte zu einem Überangebot an bluttriefenden Bildern, einem unschönen Gerangel an Tat- und Unfallorten und einem Dumping-Preiskampf.

Im Konferenzraum der Polizeipressestelle wurden die Plätze schon knapp. Die Kamerateams machten sich ordentlich breit und wedelten mit weißen Zetteln vor den Objektiven. ›Weißabgleich‹ hieß das Getue und es sollte verhindern, dass der Oberstaatsanwalt eine grüne Gesichtsfarbe bekam und die weißen Hemden in Pink gesendet wurden.

Zwei Plätze für das *Tageblatt* – sie waren mit Pappschildchen gekennzeichnet. Harras und ich setzten uns.

»Und ich?«, fragte Wayne.

»Du bist jung, du kannst stehen«, sagte ich. »Außerdem wirst du fürs Arbeiten bezahlt, Süßer, und nicht fürs Sitzen.«

Wayne starrte begehrlich auf die Fabrikplätzchen und die Thermoskannen im Rotchina-Look, die gewöhnlich Kaffee und Tee enthielten, trollte sich dann aber.

Harras füllte auch mir eine Tasse mit Kaffee und bekleckerte sich das Hemd.

»Mist!«, entfuhr es ihm und er versuchte, die Flüssigkeit mit einer Papierserviette wegzutupfen.

»Macht doch nichts«, meinte ich. »Passt doch gut zum Muster.«

Es wurde ruhiger im Zimmer, der Oberstaatsanwalt und sein Begleittross rückten an. Auch Hauptkommissar Anton Brinkhoff gehörte dazu.

Wayne boxte den Kameramann des WDR zur Seite und knallte das Stativ auf den Boden. Jetzt hatte er freie Sicht. Ich nickte dem Knipser anerkennend zu.

»Wieder einmal ist es ein schreckliches Ereignis, das uns hier zusammenführt«, begann der Oberstaatsanwalt. Er gehörte zu der neuen Garde der Ermittler, unter fünfzig mit Intellektuellen-Touch.

Er vermied den Polizeijargon und garnierte seine Sätze mit Adjektiven, die Emotionen widerspiegeln sollten: *schrecklich, furchtbar, grauenhaft, bedauerlich, ungeheuerlich.*

»Die gerichtsmedizinische Untersuchung hat den schrecklichen Verdacht bestätigt«, fuhr der Oberstaatsanwalt fort. »Es handelt sich um den rechten Fuß eines Mannes in noch jungem Alter. Der Fuß wurde post mortem amputiert. Das Opfer dieses schändlichen Angriffs war also schon tot, als das Unfassbare geschah.«

»Ist es Toninhos Fuß?«, fragte Harras.

Der Oberstaatsanwalt überhörte die Frage. »Der Fuß wurde mit einem glatten Werkzeug abgetrennt. Unsere Kriminaltechnik geht von einem Beil aus. Die Hautfarbe des bedauernswerten Opfers ist schwarz, die Schuhgröße des Schuhs, mit dem der Fuß bekleidet war, beträgt sechsundvierzig.«

Er machte eine Pause und schaute zu Brinkhoff.

»Meine Damen und Herren, wir haben Ihnen den Schuh mitgebracht und hoffen auf Ihre Hilfe als Multiplikatoren«, übernahm der Hauptkommissar das Wort. »Wer hat diesen Schuh schon einmal gesehen, wer hat ihn hergestellt, wer kann etwas über ihn sagen?«

Brinkhoff zog den Lackstöckel aus einer Plastiktüte und stellte ihn auf den Tisch. Sofort stürzten sich die Kameraleute und Fotografen darauf, im Licht der Blitze glänzte das rote Lackleder verführerisch.

»Bei der Untersuchung der Plastiktüte sind Fingerabdrücke festgestellt worden«, erklärte der Oberstaatsanwalt. »Doch leider haben wir die Abdrücke nicht in unserer Kartei.«

»Wie haben Sie denn auf dieser glatten Fläche Spuren finden können?«, fragte ein Kollege von der Deutschen Presseagentur.

»Das macht man mit Ninhydrin macht man das«, rief Wayne.

Da will einer ganz schlau sein, dachte ich.

»Der hat wohl *Medical Detectives* gesehen«, flüsterte Harras.

»Ninhydrin funktioniert leider nur auf rauen Oberflächen – wie zum Beispiel Papier«, stellte Brinkhoff klar. »Wir benutzen für glatte, nicht saugende Oberflächen Cyanacrylat, das ist so eine Art Sekundenkleber. Die Fläche wird damit bedampft. Die Dämpfe reagieren auf Schweißspuren, die durch die Haut abgesondert werden. Das Cyanacrylat legt sich auf die Papillarlinien, trocknet ein und so entsteht ein Abdruck, der sozusagen unverwüstlich ist.«

»So weit der Ausflug ins Reich der Kriminaltechnik«, meldete sich der Oberstaatsanwalt wieder zu Wort. »Natürlich haben wir sämtliche Schuhmacher und Hersteller von Kostümen im Visier. Aber eine solche Befragung dauert ihre Zeit. Und jetzt zu dem Punkt, der Sie sicherlich am meisten interessiert. Gehört der amputierte Fuß dem vor einigen Tagen entführten brasilianischen Staatsbürger Toninho Baracu?«

»Und? Isser's nu?«, krümelte Harras. Er hatte einen Keks im Mund.

»Sie wissen ja, dass eine eindeutige Zuordnung nur durch einen genetischen Fingerabdruck möglich ist. Wir haben genfähiges Material vom Fußballbundesligaverein Schwarz-Gelb 09 erhalten – es befand sich auf einem noch nicht gereinigten Trikot des Herrn Baracu. Deshalb können wir mit Sicherheit sagen, dass die DNA-Struktur des Fußes zu der beschlagnahmten Probe passt. Es handelt sich um den Fuß des vermissten Spielers.«

Das überraschte zwar niemanden mehr, trotzdem setzte Getuschel ein.

»Rechnen Sie mit Unruhen während der Fußballweltmeisterschaft?«, fragte ein Sportreporter des Fernsehens. »Immerhin spielt Brasilien in Bierstadt gegen Japan.«

»Das sind ja noch ein paar Monate hin«, stellte Brinkhoff fest. »Bis dahin ist der Fall bestimmt aufgeklärt.«

Nach der Pressekonferenz erklärte ich meinen Kollegen: »Ich muss hier im Haus noch einen Besuch machen.«

»Hat das mit dem Fall zu tun?«, fragte Harras misstrauisch. Bluthund Wayne lauerte im Hintergrund und spitzte die Ohren.

»Nein«, behauptete ich.

»Wirklich nicht?«

Meine Stimme sollte ehrlich klingen. »Ich schwöre es! Und jetzt – ab in die Redaktion, ihr beiden Hübschen.«

Skandalreporter und Straftäter

Der Hauptkommissar hauste noch immer zwischen seinen abgewohnten Büromöbeln, die ich schon seit Jahren kannte. Sogar die Verlagsleitung des *Tageblattes* hatte sich vor zwei Jahren dazu überreden lassen, die Redaktionsräume mit neuen Schränken und Schreibtischen auszustatten – der Staat schien weitaus geiziger zu sein, wenn es um ein angenehmes Ambiente für die bei ihm abhängig Beschäftigten ging.

Auf dem Besucherstuhl allerdings lag ein hellrotes Kissen.

»Neu?«, fragte ich.

»Genau.«

»Da hat Vater Staat sich aber nicht lumpen lassen.«

»Ikea. Sonderangebot. Zwei Euro. Ich hab's bezahlt.«

Ich setzte mich.

»Was kann ich für Sie tun?«

»Ich dachte, wir plaudern ein bisschen«, sagte ich.

»Wie nett. Nur so?«

»Sicher.«

Ich schielte auf seinen Schreibtisch, da stand ein Bilderrahmen – früher waren es immer zwei gewesen. Das Foto zeigte einen schwarzen Hund. Vor ein paar Monaten hatte da auch das Bild der Frau des Hauptkommissars gestanden.

»Zu Hause alles okay?«

»Wie man's nimmt«, sagte Brinkhoff prompt. »Meine Frau hat mich verlassen, aber dem Hund geht es gut.«

»Na dann. Margit Sauerwald ist übrigens bei mir.«

»Was? Es läuft eine Fahndung nach ihr.«

»Ich weiß. Deshalb erzähle ich es Ihnen ja.«

Brinkhoff griff zum Telefonhörer und wählte eine Nummer. »Frau Schlicht?«

Er teilte seiner Kollegin mit, dass sie die Suche abblasen solle, und bat sie in sein Büro.

»Wie ist sie eigentlich so?«

»Frau Schlicht? Sie ist eine gute Polizistin.«

»Obwohl sie so erfolglos ist?«

»Manche Fälle sind eben schwierig zu lösen – auch wenn es auf den ersten Blick nicht so scheint.«

Es klopfte an der Tür, Brinkhoff rief: »Herein!«, und schon stand Beate Schlicht in der Tür. Sie zuckte nicht mit der Wimper, als sie mich sah.

»Margit Sauerwald saß gestern Abend vor meiner Wohnungstür. Ich hatte natürlich keine Ahnung, dass sie aus dem Krankenwagen abgehauen ist«, erklärte ich, nachdem uns Brinkhoff einander vorgestellt hatte.

»Und warum kommt sie gerade zu Ihnen? Wegen des schmeichelhaften Artikels über sie?« Die Ader an der Schläfe der Polizistin pochte.

»Das muss wohl an meiner einfühlsamen und herzlichen Art liegen«, lächelte ich. »Diese verzogenen Luxuskinder sind ja oft erschreckend vereinsamt.«

»Ich verstehe«, sagte Schlicht trocken. »Aus der kalten Einsamkeit einer Luxusvilla in die warme Bude einer der berüchtigtsten Skandalreporterinnen der Gegend.«

Frauenflüsterer und Elend pur

Im Großraumbüro saß Sekretärin Sara gelangweilt vor einem PC-Spiel, Kollegin Susi schrieb eifrig Mails an einen virtuellen Verehrer, der sich *Frauenflüsterer* nannte. Stella telefonierte mit ihrem Exmann, der in der Kur eine Millionärin aus Dunkeldeutschland kennen und lieben gelernt hatte.

Die Telefone in der näheren Umgebung klingelten verzweifelt, doch keine der Damen sah sich aktuell in der Lage, die Gespräche anzunehmen. Mittagspause war eben Mittagspause, darauf legte auch der Betriebsrat großen Wert. Ich verkniff mir die üblichen Bemerkungen, sie fielen ohnehin nicht auf fruchtbaren Boden. Irgendwann gaben die Anrufer auf und die Klingelei hatte ein Ende.

Ich checkte meine Mails, versuchte noch einmal, Margit vorzuwarnen, doch sie ging wieder nicht ans Telefon. Vielleicht war sie auch schon wieder weg, bei der Freundin untergekrochen, von der sie gesprochen hatte.

Durchs Fenster beobachtete ich, dass Wayne, der Bluthund, aus seinem Schlitten stieg und sich dem Eingang des Verlagsgebäudes näherte.

Kurze Zeit später fläzte er sich auf dem Stuhl vor meinem Schreibtisch.

»Und? Wie sind die Bilder geworden?«, fragte ich.

»Bestens«, grinste er. »Ist ja aber schon ein Ding, das da.«

»Was?«

»Alles. Toninho war der einzige Spieler, der noch was rei-ßen konnte«, fuhr Wayne fort. »Und gerade dem hacken sie den Huf ab. Ob da noch weitere Teile unterwegs sind?«

»Wird sich rausstellen.«

»Ist eigentlich ganz schön eklig«, redete sich Wayne warm. »Da kommt jemand mit einem Beil und haut zu. Schaut dir dabei genau in die Augen. Du siehst dein eigenes Blut spritzen. Und du siehst, wie der Typ mit deinem Fuß in der Hand abhaut. Und dann der rote Schuh. Gruselig, oder?«

»Hast du nicht zugehört? Der Fuß ist nach dem Tod ab-gehackt worden. Post mortem – wie wir Lateiner sagen.«

»Ach so.«

»Lustig ist das aber trotzdem nicht«, räumte ich ein. »Man sagt ja, dass die Seele eines Toten noch ein paar Stunden in der Leiche bleibt.«

»Sag ich doch.«

»Weißt du etwas über Toninho? Irgendwas? Du kommst doch ganz schön rum in Bierstadt. Wo hat er abends einen drauf gemacht? Wo hat er seine Bräute abgeschleppt? Wo hat er es mit ihnen getrieben?«

Kollegin Susi hatte den *Frauenflüsterer* weggeklickt und lauschte unserem Gespräch. »Wollt ihr einen Kaffee?«, frag-te sie.

»Aber immer«, antwortete ich überrascht. Bislang war bei ihr die Aufforderung zum Kaffeekochen einer Verletzung der Menschenwürde gleichgekommen.

Wayne kratzte sich am Kopf und sah ihr nach, wie sie da-vonstöckelte. Sie trug einen engen kurzen Rock über einem breiten Po und wiegte sich in den Hüften.

»Du scheinst ihr Typ zu sein«, raunte ich ihm zu.

»Wirklich?« Wayne hatte pechschwarze Haare, die an den Schädelseiten abrasiert waren. Den Rest der Mähne hatte er zu einem langen Pferdeschwanz gebunden, der bis über die Schultern fiel.

»Klar. Aber du hast einen harten Konkurrenten, den *Frauenflüsterer*.«

»Wie hart?«, grinste der Bluthund.

»Nach dem, was er schreibt – ziemlich hart«, verriet ich. »Was ist nun mit Toninho? Wo hat er mit den Frauen geflüstert?«

»Der hing oft in so 'ner Nobeldisko rum.«

»Im *Aida*«, sagte ich. »Das ist bekannt. Sag mir mal was, was ich noch nicht weiß.«

»Ihm gehörten ein paar Läden in Bierstadt«, erzählte Wayne. »Oder er war dran beteiligt. Ein Puff im Norden. Den Namen weiß ich grad nicht. Hinterm Baumarkt und gegenüber von einer Holzhandlung. Holz-Elend.«

»Holz-Elend?« Ich verstand Bahnhof.

»Die heißen eben so. Der Besitzer. Elend wie Glück.«

»Elend passt nicht zu Glück«, widersprach ich. »Glück passt zu Pech. Elend passt zu Kummer. Und Pech zu Schwefel.«

»Ich versteh kein Wort.«

»Macht nichts«, sagte ich aufmunternd. »Wie heißt du eigentlich mit Nachnamen, Wayne?«

»Mein Name ist Pöppelbaum. Wayne Pöppelbaum.«

»Pöppelbaum«, wiederholte ich langsam und grinste.

Susi brachte den Kaffee – in den Hüften wiegend wie ein Katamaran in schwerer See.

»Bitte!«, strahlte sie und stellte die Becher auf den Tisch.

»Danke, Susi«, lächelte ich. »Das ist übrigens Wayne. Special Agent Wayne Pöppelbaum. Mit der Lizenz zum Knipsen und Frauenflüstern. Er ist mir bei der Aufklärung des Mordes an Toninho behilflich.«

»Wenn mal was ist, Mädels«, sagte Wayne und schüttelte

sein Haar für uns. »Dann ruft mich einfach an. Hier ist meine Karte.«

Wayne Pöppelbaum. Auf der Karte prangte nicht nur der Name, sondern auch der Titel *Videoreporter, 24 Stunden erreichbar – auch an Sonn- und Feiertagen.*

»*24 Stunden erreichbar*«, las Susi atemlos. »Haben Sie denn keine Familie?«

»Ein Mann wie ich muss Prioritäten setzen«, meinte Pöppelbaum und klemmte seinen stahlblauen Blick in ihren Ausschnitt. »Und jetzt ciao, ihr Süßen. Ich muss.«

Er dampfte ab – nicht ohne das Haar fliegen zu lassen. Ich glaubte, die Gehirnzellen an die Hirnschale prallen zu hören.

»Geiler Typ«, strahlte Susi. »Hat er wirklich keine Familie?«

»Doch. Seine Mutter koordiniert die Einsätze, die beiden Schwestern machen die Abrechnungen und Oma putzt das Büro.«

Lunaversichert und einzelgeteilt

Kurz vor Feierabend war der Vertrag perfekt, das Westfalenstadion verlor seinen Namen und wurde für 60 Millionen Euro in *Luna-Arena* umbenannt.

Luna war der Name eines Versicherungskonzerns, eine der wenigen Branchen, denen es in unserem Land noch gut ging – vermutlich weil sie gute Rechtsabteilungen hatten, die im Schadensfall Zahlungen verhinderten.

Natürlich waren die Fans empört, doch Sauerwald und seine Führungsriege hatten die Finanzen des Vereins in den letzten Jahren gnadenlos gegen die Wand gefahren. Der *Schwarz-Gelb 09* war der einzige börsennotierte Fußballverein Deutschlands. Der Wert der Aktie hatte bei der Ausgabe bei elf Euro gelegen – inzwischen betrug er nur noch knapp zwei Euro. Überteuerte Einkäufe mit immensen Ablöse-summen und Millionengehälter für Spieler und Funktionäre hatten den Verein Richtung Konkurs getrieben.

Toninho war einer der letzten Millionencoups gewesen, die der Präsident abgesegnet hatte. Vor einem halben Jahr war der Brasilianer für weitere zwei Jahre verpflichtet wor-den. Kostenpunkt: vierzig Millionen Euro.

Harras und Jansen kümmerten sich um die Neuigkeit, die mich nur insofern interessierte, als sie ein Beweis für das jahrelange Missmanagement von Sauerwald & Co war.

Ich machte mich auf den Weg nach Hause. Meine kleine Bäckerei hatte noch geöffnet, ein Ciabatta-Brot würde mir und Margit sicherlich gut schmecken. Wahrscheinlich hatte der Neffe es schon weltmeisterlich umgetauft und es hieß inzwischen *Latte italiano*.

»Ich hab was für Sie«, sagte Moritz Müller, als er mich er-blickte.

»Hoffentlich ein schönes Weißbrot.«

»Auch. Aber hier! Ich habe Ihnen *Hangetsus* gebacken.« Er reichte mir einen Teller.

»Mandelhörnchen?«, fragte ich verdattert.

»Mandelhörnchen auf Japanisch heißt *Hangetsu* – über-setzt: Halbmond.«

»Wegen der Form?«, schloss ich blitzschnell.

»Genau.«

»Aber es fehlt was«, nörgelte ich. »Die Schokolade an bei-den Enden.«

»Haben Sie schon mal was von einem Halbmond mit Schokoenden gehört?«

»Nö. Aber die sind das Wichtigste.«

»Okay. Das nächste Mal. Ich schenke Ihnen die hier.«

»Das ist aber lieb. Und jetzt noch eine *Latte italiano*, bitte.«

Moritz Müller dachte kurz nach und reichte mir ein Baguette.

»Ist zwar 'ne Latte aus Frankreich – aber ist eh fast derselbe Teig.«

Margit Sauerwald war verschwunden. Von einer Nachbarin erfuhr ich, dass am Nachmittag eine gepflegte Dame mittleren Alters mit einem großen Wagen vorgefahren war.

»Ich hab ihr gesagt, dass Sie auf der Arbeit sind, Frau Grappa«, erzählte die Frau. »Doch dann drückte jemand die Tür auf und sie war drin. Ein bisschen später kam die Dame mit einem Mädchen raus.«

Ich war zu spät gekommen, Mutter Sauerwald hatte ihre Tochter eingefangen. Meine exklusive Informationsquelle war vorläufig versiegt.

Frustriert öffnete ich eine Flasche Wein, zerschnitt das Baguette, holte etwas Käse aus dem Schrank und mümmelte mein Abendbrot.

Es klingelte. Irritiert hob ich den Kopf – das war nicht der Ton meines Handys, das war auch nicht die Türschelle. Ich folgte dem Sound und gelangte ins Wohnzimmer. Auf dem schwarzen Sofa lag ein Handy, das ich noch nie gesehen hatte.

Margit muss es hier vergessen haben, schoss es mir durch den Kopf. Auf dem Display war keine Nummer zu sehen. Sollte ich das Gespräch annehmen?

Ich verkniff mir den Reflex und überlegte, was ich mit dem unerwarteten ›Geschenk‹ anfangen sollte. Das Klingeln hatte aufgehört.

Der Akku war nur noch halb voll, und wenn er erst leer sein würde, kam ich an keine Informationen mehr heran. Zuerst drückte ich die Telefonbuchtaste. Ich notierte alle Namen und Nummern, ohne über sie nachzudenken, dann überprüfte ich die SMS, schrieb auch hier Nummern und Texte ab und zuletzt sammelte ich die Nummern der gewählten, angenommenen und abgewiesenen Gespräche. Jetzt musste ich nur noch die Sprachnachrichten auf der Mailbox checken.

Die Zeit lief. Meine Aktionen hatten den Energiespeicher des Gerätes viel Kraft gekostet. Ein paar Minuten später schaltete sich das Mobiltelefon tatsächlich aus.

Ich studierte meine Listen: Das Telefonbuch enthielt viele Frauen- und nicht ganz so viele Männernamen und die dazugehörigen Telefonnummern, auch Toninhos Namen hatte ich gefunden.

Im SMS-Ordner waren nicht viele Nachrichten gespeichert und auf den ersten Blick waren sie belanglos – bis auf eine: *Acordei com um aperto no peito e percebi que a distancia nao destruira o nosso amor …*

Das war Portugiesisch. Ich verstand nur die Begriffe *distancia* und *amor* wegen ihres romanischen Wortstamms, *Entfernung* und *Liebe, destruira* musste etwas mit dem Verb *zerstören* zu tun haben. Toninho hatte die SMS vor drei Wochen an Margit Sauerwald gesendet.

Trotz der späten Stunde konnte ich es mir nicht verkneifen, mir ein *Hangetsu* zu gönnen. Gar nicht übel, was der Neffe da zusammengemengt hatte!

Mütterlicher Besuch

Mitten in der Nacht schreckte ich hoch. Das war kein Handy oder das Festnetztelefon, das Geläut kam von der Tür. War Margit Sauerwald zurückgekommen?

Verschlafen schlich ich zur Sprechanlage. »Ja?«

»Erika Sauerwald. Ich muss Sie sprechen, Frau Grappa.«

»Wissen Sie, wie viel Uhr es ist?«, fragte ich.

»Das weiß ich.«

Fieberhaft überlegte ich.

»Ich habe schon geschlafen und bin auf Besuch nicht eingerichtet«, versuchte ich, Zeit zu gewinnen.

»Bitte! Es ist wichtig!«

»Geben Sie mir fünf Minuten«, sagte ich. »Dann lasse ich Sie rein.«

»In Ordnung.«

Ich rannte zum Fenster und schaute hinaus. Da unten stand sie. Erika Sauerwald hatte sich eine Zigarette angesteckt – im Licht der Glut konnte ich ihr Gesicht erkennen.

Schnell räumte ich die Blätter beiseite, auf denen ich die Informationen aus Margits Handy notiert hatte, das Mobiltelefon landete in einer Schublade.

Im Bad warf ich mir kaltes Wasser ins Gesicht, kämmte mich und setzte die Brille auf, fertig. Schon klingelte es wieder. Die Dame konnte es anscheinend kaum erwarten.

Erika Sauerwald hatte müde Augen, blondiertes, dichtes Haar und ein fast faltenfreies Gesicht. So glatt, dass dies nicht das Resultat einer guten Hautcreme sein konnte. Ich tippte auf einen versierten Schönheitschirurgen.

So oder so war sie eine schöne Frau: hohe Wangenknochen, fein geschwungene Lippen, die Augen mandelförmig, ein Gesicht von slawischem Ebenmaß, das im schlechtesten Falle nichts sagend, im besten ausgesprochen anziehend wirkte. Mutter und Tochter sahen sich sehr ähnlich.

»Bitte, setzen Sie sich«, sagte ich. »Möchten Sie etwas trinken?«

Sie lehnte ab. Die Finger der linken Hand waren in einer roten, teuren Handtasche verkrallt.

»Haben Sie sich verletzt?«, fragte ich, denn die rechte Hand steckte in einem weißen Verband.

»Ja.«

»Golf oder Tennis?«, konnte ich mir nicht verkneifen zu fragen.

»Beim Gärtnern«, konterte sie. »Ich habe Rosen geschnitten.«

Ihr Parfum hatte trotz der späten Stunde durchgehalten und der Raum füllte sich mit einem Geruch, der mich unangenehm berührte – er war schwer und dumpf.

»Wollen Sie vielleicht den Mantel ablegen?«

»Ich bleibe nur kurz«, sagte sie und schaute sich ungeniert um. »Die Klinik wäre der bessere Ort für Margit gewesen als diese Wohnung. Margit braucht Ruhe – nach allem, was geschehen ist. Was hat sie bei Ihnen gewollt? Was hat sie Ihnen erzählt?«

»Sie hat Schlimmes erlebt«, entgegnete ich. »Ich war in der Klinik die Erste, die mit ihr geredet hat. Vielleicht ist sie deshalb zu mir gekommen.«

Erika Sauerwald sah mich zweifelnd an. »Sie kann mit mir über alles reden. Dazu braucht sie keine Frau wie Sie, eine, die sie hintergangen hat.«

Ich hatte keine Lust zu widersprechen. Auf dem Leder ihrer Handtasche bemerkte ich frische und alte Kratzer, die wohl von ihren Fingernägeln stammten.

»Ich möchte, dass Sie sich von Margit fern halten.«

»Ich habe ihre Nähe nicht gesucht – sie kam zu mir.«

»Ab einem bestimmten Alter werden Mutter-Tochter-Beziehungen kompliziert«, sagte sie. »Das wissen Sie ja bestimmt.«

»Nur theoretisch«, meinte ich. »Ich habe zwar keine Kinder, aber eine komplizierte Mutter. Wo ist Margit jetzt?«

»In der Klinik natürlich. Dort, wo ihr geholfen wird.«

»Ist sie freiwillig dort?«

»Natürlich. Verstehen Sie eigentlich, was das bedeutet für

ein Mädchen? Vergewaltigt zu werden von so einem Drecks-kerl?«

»Meine Vorstellungskraft reicht aus, glauben Sie mir.«

»Was ist das für ein Land, in dem ein Verbrecher über zehn Jahre lang ungestraft über Frauen und Mädchen herfallen kann?« Erika Sauerwald hatte eine jener Frauenstimmen, die beim Heraufschrauben der Lautstärke schrill und unerträglich wurden.

»Die Polizei ermittelt unermüdlich und es gibt einen genetischen Fingerabdruck«, sagte ich. »Vielleicht kommt es ja diesmal zu einer Festnahme.«

»Was hat Ihnen Margit über Toninho erzählt?«

»Nicht viel. Sie musste die Nachricht erst mal verdauen. Ich glaube, sie war verliebt in ihn.«

»Ja, das war wohl so. Aber er war ein Schwein, ein verdammter Hurenbock!«

»Was soll das denn heißen?« Mit einem solch heftigen Gefühlsausbruch hatte ich nicht gerechnet.

»Was soll das wohl heißen? Dass er sie unglücklich gemacht hat.«

»Dann können Sie ja froh sein, dass er tot ist«, entgegnete ich. »Und jetzt entschuldigen Sie mich – ich habe morgen einen schweren Tag und muss schlafen.«

Nachdem sie gegangen war, lüftete ich das Zimmer. Erika Sauerwalds Parfum hatte sich schwer und klebrig auf meine Möbel gelegt. Mich schauderte.

Sie hat Angst, resümierte ich, Angst, dass irgendetwas an die Öffentlichkeit kommt, was ihr reiches und bequemes Schmarotzerdasein jäh beenden könnte. Aber was konnte das sein?

Margit hatte sich nicht vollständig in das Luxusleben integrieren lassen – so schien es mir. Plötzlich glaubte ich zu wissen, was sie an Toninho fasziniert hatte: Er strahlte

Lebensfreude, Ursprünglichkeit und Überlebenswillen aus, hatte sich hochgeboxt und aus eigener Kraft und aufgrund seines Talentes als Ballzauberer die Wellblechhütte in einem Slum bei Rio verlassen können.

Ein bisschen Slum hätte der kleinen Sauerwald vielleicht auch nicht geschadet, dachte ich.

Weltweit und stadtnah

Acordei com um aperto no peito e percebi que a distancia nao destruira o nosso amor.

Diesen Satz hatte Toninho an Margit Sauerwald geschrieben. Ein Kollege vom *Tageblatt* war mit einer Brasilianerin verheiratet und so hatte ich bereits vor der Redaktionskonferenz die Übersetzung vorliegen: *Ich bin mit einem Druck in der Brust aufgewacht und habe gemerkt, dass die Entfernung unsere Liebe nicht zerstören wird.*

Wie rührend. Aber leider auch nichts sagend. Zwei junge Menschen im Liebestaumel.

Die morgendliche Besprechung rauschte an mir vorbei. Fast. Als Peter Jansen über die Vorbereitungen der Fußballweltmeisterschaft sprach, fiel der Name Theo Böhme. Nicht dass er mir da schon etwas gesagt hätte. Theo Böhme – so schloss ich aus der Diskussion – besaß eine Marketingagentur namens *Weltweit*. Diese Firma hatte die Stadt sozusagen gekauft und bestimmte, was im kommenden Sommer in Bierstadt geschehen würde.

Es gab eine so genannte Bannmeile, innerhalb der nur die Dinge verscherbelt werden durften, die durch eine ausdrückliche Erlaubnis von der Agentur zugelassen worden waren. Ob es sich um Bier oder Bratwürste, Konzerte, Ausstellungen, Stadtmärkte oder Hotelzimmer handelte. Brauereien, die mit Wirten in der Bierstädter City seit Jahren Ausschankverträge abgeschlossen hatten, kündigten Klagen gegen das Verbot an.

An diesem Morgen lernte ich völlig neue Begriffe: *Host City B-Event Sponsoring, Public Viewing Event, Hospitality-Pakete.*

»Die Fifa rechnet damit, dass nach Deutschland rund zehn Milliarden Euro fließen«, berichtete Peter Jansen. »Davon werden auch die Unternehmen in den zwölf Ausrichterstädten profitieren. Allein die Tourismusbranche rechnet mit einem Plus von rund sechs Millionen Übernachtungen.«

Natürlich fiel davon nur ein Zwölftel an Bierstadt, aber immerhin. Theo Böhme, Chef der Eventagentur *Weltweit* würde ein paar Wochen lang König von Bierstadt sein.

»Und wieso gerade Theo Böhme?«, fragte ich. »Wieso nicht Lieschen Müller oder Karl Piesepampel?«

»Weil Theo Böhme der Schwager von Marcel Sauerwald ist«, sagte Simon Harras. »Deshalb.«

»Wie bitte?« Ich war schockiert.

»Nun reg dich nicht auf, Grappa«, mahnte Jansen. »Böhme muss ordentlich was an die Fifa abdrücken, der behält die ganze Kohle nicht allein für sich. Die Fifa ist die Sau, die durchs Dorf gejagt werden muss.«

»Ein bisschen was wird ja wohl für Böhme übrig bleiben. Wie ist es denn zu der Auftragsvergabe gekommen?«

»Er hatte halt das beste Angebot«, meinte Sportreporter Harras. »Und gute Kontakte zur Fifa.«

»Durch wen wohl?«, eiferte ich mich. »Marcel Sauerwald schustert seinem Schwager einen Millionenauftrag zu. Hat mal jemand nachgeschaut, wann Böhme die Agentur gegründet hat?«

»Die Agentur gibt es schon ein paar Jahre«, sagte Jansen. »Also kein Grund zur Beunruhigung.«

»Stimmt. Aber Böhme hat sie erst vor einem Jahr gekauft«, grinste Harras.

»*Weltweit* hat bis zum Kauf durch Böhme nur ein paar
kleinere Sachen veranstaltet«, erzählte die Kulturtante.
»Konzerte im Henßler-Haus mit irgendwelchen vergessenen
Gitarristen, schlappe Openair-Musik am Kanal oder auch
mal eine Lichtschau im Energieforum, die ganze zehn Zuschauer angelockt hat.«

»Nichts Tolles also«, stellte ich fest. »Bisschen Musik,
bisschen Tanz und jetzt die Fußballweltmeisterschaft. Das
dürfte die Lizenz zum Gelddrucken sein. Wie blind muss
man eigentlich sein, um nicht zu merken, dass hier etwas
oberfaul ist?«

»Die Fifa ist der Abzockerclub«, meinte Harras. »Hat
Jansen ja eben schon gesagt.«

»Wann begreifst du endlich, Grappa, dass wir in einem
kapitalistischen Staat leben?«, sagte Jansen. »Und der funktioniert perfekt, weil alle ihr Schäfchen ins Trockene bringen
können. Und die, die in die Röhre gucken, bekommen noch
so viel Brosamen ab, dass sie keinen Drang verspüren, zur
Waffe zu greifen und die Revolution auszurufen.«

Jansen hatte Recht. Ich konnte nicht jede Art von Korrupti-
on und Filz bekämpfen, mich nicht um jedes Eine-Hand-
wäscht-die-andere kümmern. Mein Job waren die Polizei-
und Kriminalgeschichten, und fertig!

Den Rest des Arbeitstages beschäftigte ich mich mit den
Abschriften der verschiedenen Verzeichnisse aus Margit
Sauerwalds Handy. Ich telefonierte ein paar Nummern ab,
geriet auf Mailboxen mit den verschiedensten Ansagen und
Sprüchen, manchmal meldete sich auch jemand und ich
täuschte eine falsche Verbindung vor.

Toninho, im Telefonbuch als *Ninho* abgekürzt, war natürlich nicht erreichbar. *Theo* war wohl Onkel Böhme, und das war's auch schon.

Aber eine Nummer schien mehr Geheimnis zu bergen: *CLUB* – stand da. Ich wählte, doch niemand meldete sich, noch nicht einmal ein Anrufbeantworter.

Spanisches Flair

Das *Salinas* in der Bierstädter City behauptete von sich, ein gemütliches spanisches Restaurant zu sein, eine originale Tapas-Bar – ausgestattet mit mediterranem Flair und den besten Fingerhäppchen, die die Stadt zu bieten hatte.

Jeden Abend, nachdem die Kaufhäuser und Läden rundherum geschlossen hatten, strömte das Einzelhandelspersonal zum Chill-out oder zur After-Work-Party hierher.

Frauen redeten über die Typen, die herumlungerten, und die Männer checkten ihrerseits ab, was abends und nachts so gehen könnte.

Auch heute. Die Bude war verqualmt, fast wäre ich mit einem Kellner zusammengeprallt, der eine Schale mit frittierten Tintenfischringen durch den Raum schleppte.

»Holà«, meinte er in perfektem Spanisch und legte in Deutsch nach: »Bist du allein?«

Ich schüttelte den Kopf, denn ich hatte Wayne Pöppelbaum im weniger gut einsehbaren Teil des *Salinas* entdeckt.

»Hi, Special Agent«, grinste ich. »Was macht dein Fan Susi? Bist du nun ihr neuer Frauenflüsterer?«

»Nee, lass mal«, winkte er ab. »Alles schön und gut. Aber ein Mann wie ich verträgt keine feste Beziehung.«

Wayne trug das Haar heute offen, was ihm das Outfit eines satanischen Hohepriesters gab.

»Wein?«, fragte Pöppelbaum.

»Immer.«

Er schnippte mit den Fingern nach der Kellnerin. Das machten spanische Machos wohl so.

»Deine Stammkneipe?«, fragte ich.

»Eher eine Informationsbörse«, antwortete er. »Hier kriegst du Sachen mit, du glaubst es nicht.«

»Dir glaub ich fast alles«, sagte ich.

»Vor drei Wochen gab's genau vor der Tür eine Schießerei«, erzählte der Bluthund. »Ich war als Erster da, weil ich schon hier saß. Türkische Waffenhändler gegen albanische Menschenhändler. Und ich habe alles mit meinem Baby festgehalten.« Fast zärtlich legte er seine Hand auf die Digi-Kamera.

»Und wer hat gewonnen?«, fragte ich.

»Unentschieden. Die Bullen kamen zu früh. Aber ein Albaner blieb liegen. Beinschuss.«

»Und sonst?«, wollte ich zu einem anderen Thema kommen.

Die Kellnerin brachte den Wein – abgefüllt in einem irdenen Krug. So konnte man das Etikett wenigstens nicht sehen.

»Ich hab mal die Lauscher aufgestellt«, sagte Wayne. »Toninho ist nicht nur an ein paar Läden beteiligt, sondern er wollte sogar noch welche aufmachen. Direkt an der Bannmeile. Kennst du *Don Prosecco*?«

»Nicht persönlich.«

»Theo Böhme. Schwager vom Sauerwald. Der wollte ihm das Geschäft nicht gönnen. Praktisch, dass Toninho jetzt weg ist, oder?«

»Allerdings.« Ich nahm einen Schluck Rotwein. Er war zu kalt. »Toninho wollte Böhme also in die Suppe spucken?«

»Und wie. Mädchen vom Zuckerhut, geile Bars mit geilen Drinks – und alles an Böhme und der Fifa vorbei. Zehn Meter weg vom Sperrbezirk.«

Waynes Infos waren interessant, aber nicht elektrisierend.

»Toninho hat eine große Sippe«, plapperte Pöppelbaum weiter. »Onkel, Tanten und Brüder. Die hätte er eingeflogen und dann echt Geld gescheffelt.«

»Klar, dass das Böhme nicht passt«, murmelte ich.

»So isses.« Pöppelbaum schaute zufrieden.

»Meinst du, er steckt hinter der Entführung?«

Der Special Agent zuckte die Schultern. »Wär doch 'ne Idee, oder?«

»Und warum verschickt er Toninhos Fuß? Das passt doch gar nicht.«

»Doch, tut es. Weil Böhme von sich ablenken will. Es soll so aussehen, als sei ein geheimnisvoller Killer am Werk.«

»Wie heißt nochmal der Laden im Norden?«, fragte ich. »Der Club gegenüber der Holzhandlung?«

»*Club Nachtschicht.*«

Der Bluthund sollte weiter die Augen und Ohren offen halten und durfte mich jederzeit anrufen. Er störte ja niemanden, der Wert auf ein bürgerliches Familienleben legte.

Das war ein Vorteil des Single-Daseins: Ich war die Erste, die Licht anmachte und das Radio einschaltete. Nichts und niemandem verpflichtet, kein *Wie-war-dein-Tag-Schatz?* und keine Nörgelei, dass das Essen erkaltet, die Kinder frech waren und keine Frage von der beliebten *Wo-kommst-du-denn-jetzt-noch-her?*-Qualität.

Klar, es fehlten Ansprache, Kuschelschulter und Sex. Aber dafür konnte ich Musik hören, so oft und so laut ich wollte, verlottert herumstreifen und mich mit Buch oder Zeitung aufs Sofa werfen und mich meinen Gedanken hingeben.

Zu Hause las ich die Zeitungen quer; ich hatte, um zu verfolgen, was in der großen weiten Welt geschah, zwei überregionale Zeitungen abonniert. Auch hier kam man natürlich nicht an der Weltmeisterschaft vorbei. So war in den *WM-Notizen* der *Süddeutschen* heute Folgendes zu lesen:

Die Katholische Frauengemeinschaft Deutschlands befürchtet, dass vor der Fußball-WM Zwangsprostitution und Menschenhandel zunehmen. Massensport und Prostitution hätten leider mehr miteinander zu tun, als man allgemein vermute. Die Gemeinschaft appellierte an Bundespräsident Horst Köhler und den Vorsitzenden der deutschen Bischofskonferenz, Karl Kardinal Lehmann, sich zu diesem Problem zu äußern. Es sei damit zu rechnen, dass mehr als 30.000 Frauen, vornehmlich aus Osteuropa, zur Prostitution in die deutschen WM-Städte gebracht würden.

Die Welt zu Gast bei Freunden – so der Slogan der internationalen Fußballschau – jetzt machte der Satz wirklich Sinn.

Ich wählte erneut die *Club*-Nummer aus Margit Sauerwalds Handy-Telefonbuch. Es meldete sich jemand mit einem schlichten »Ja, bitte?«.

Ich fragte, ob ich mit dem *Club Nachtschicht* verbunden sei, und die Stimme bejahte. Nachdenklich legte ich den Hörer auf.

Selbst wenn der Starfußballer an dem Laden beteiligt war: Warum hatte ein achtzehnjähriges Mädchen aus gutem Hause die Nummer eines Bordellbetriebes in seinem Handy gespeichert?

James Bond aus Rio

Ich ging wieder früh in die Redaktion, hatte noch nicht gefrühstückt und begab mich – mit Zeitungen eingedeckt – in die Kantine. Dort turtelte die Wirtin mit ihrer neuen Liebe. Der Mann brachte und holte seit Jahren die Getränkekisten, jahrelang hatten sich die beiden so gut wie nicht zur Kenntnis genommen – bis zu jenem Tag, als es beim Austausch von Leergut funkte.

Ich nahm mir ein Brötchen mit Käse und Gewürzgurke aus der Auslage, warf einen Euro in den Kaffeeautomaten, wartete, bis der Becher voll war, und verzog mich an einen Tisch, möglichst weit entfernt von dem verliebten Paar. Benahm ich mich auch immer so bekloppt, wenn ich entflammt war?

Wenn das hier vorbei ist, dachte ich, machst du Urlaub. Vielleicht in Brasilien. Da sind nicht nur die Frauen locker drauf, sondern auch die Männer. Triebhafte Machos sind das, die von einem Mädchen nur das eine wollen, warnten mich die Gespenster aus dem Nonnenkloster, in dem ich zur Schule gegangen war. Oft will ich aber auch nur das Eine, schleuderte ich den Geistern entgegen. Diese verzogen sich beleidigt.

Jemand stieß mit Schwung die Kantinentür auf. Simon Harras. Er trug eine neue Kreation seiner Tante am Leib – unzählige Punkte in Bonbonfarben, die jeder Fernsehstörung zur Ehre gereicht hätten.

»Jetzt kommt Stimmung in die Bude«, polterte er los. »Beziehungsweise Samba. Ein Sonderermittler aus Rio rückt an, um nach Toninho zu suchen. Die halten unsere Polizei für unfähig.«

»Die haben es gerade nötig«, hielt ich die deutsche Nationalflagge hoch.

»Ich kenne den Mann, den sie schicken«, behauptete der Reporter. »Ein Wahnsinnstyp! Der ist so was wie James Bond auf Brasilianisch.«

»Bestimmt auch so ein Macho mit Ego-Problemen«, seufzte ich. »Und woher kennen Sie den Mann?«

»Eckermann ist Fußballfan. Genau wie ich. Wir sind uns

vor Jahren in Rio auf einem Workshop begegnet. Er hielt einen Vortrag über Ethik im Fußball.«

»Das muss aber ein kurzer Vortrag gewesen sein«, brummte ich.

»Wieso?«

»Hat Ethik nicht was mit Moral zu tun?«, vergewisserte ich mich.

»Theoretisch schon.«

»Eben. Theoretisch. Sieht der Kerl wenigstens gut aus?«

»Ich sehe besser aus«, grinste Harras und kratzte in seinem Bart herum. »Und ich trage die schöneren Pullover.«

Jansen wollte ein Foto von der Anreise des James Bond für Arme – und zwar exklusiv. Die fest angestellten Knipser waren unterwegs zu Terminen und nicht erreichbar.

»Ich ruf den Bluthund an«, schlug ich vor. »Pöppelbaum.«

»Was findest du nur an dem Typen?«, fragte Jansen.

»Sein bester Charakterzug ist, dass er vierundzwanzig Stunden im Dienst ist. Keine Mittagspause, keine 37,5-Stunden-Woche. Und er ist dankbar, wenn er für mich arbeiten darf.«

Pöppelbaum erwartete mich am Airport. Da in Bierstadt keine Flüge aus Brasilien ankamen und abgingen, musste der Mann aus Rio die Stadt über einen Zubringerflug erreichen, und das ging nur über München.

»Wir warten hier in der Halle«, schlug ich dem Fotografen vor. »Geh du ganz nach rechts, ich bleibe links. Dann können wir ihn sehen, wenn er anrauscht. Du hebst den Arm, wenn du einen siehst, der aus Brasilien kommt.«

»Und wie sieht einer aus, der aus Brasilien kommt?«, fragte Wayne.

»Er trägt einen Lendenschurz und hat Papageienfedern im Haar«, meinte ich ernst.

»Echt?«

»Heilige Einfalt! Achte einfach auf Brinkhoff, der holt ihn nämlich ab«, rief ich ihm im Laufen zu. Obwohl der Flughafen nicht besonders groß war, gab es mehrere Flugsteige. Durch die Verglasung konnte man den Sicherheitsbereich einsehen.

Die Tafel zeigte an, dass die Maschine aus München vor wenigen Minuten gelandet war. Schon strebten angekommene Passagiere dem Ausgang zu. Ich stürzte auf eine Mutter mit Kind zu und fragte, ob sie aus München käme. Sie bejahte. Ich wollte einen Blick mit Wayne tauschen, konnte ihn aber nicht entdecken, da sich die Halle nun mit Menschen gefüllt hatte. Der Trottel suchte wahrscheinlich am falschen Flugsteig.

»Frau Grappa«, sagte eine Stimme in meinem Rücken. Es war Brinkhoff.

»Hallo, Herr Brinkhoff«, sagte ich. »Wollen Sie jemanden abholen?«

»Sieht so aus«, antwortete er. Seine Blicke wanderten hinter das Glas, schienen sich aber nirgendwo festzuhaken.

Nun bemerkte ich im Augenwinkel Wayne Pöppelbaum. Er hielt sich verborgen, hatte die Kamera aber schussbereit in der Hand.

»Mein Besuch scheint doch nicht in der Maschine gewesen zu sein«, meinte der Hauptkommissar.

»So ein Pech. Wen haben Sie denn erwartet?«

»Einen Freund. Ihr Besuch scheint die Maschine aber auch verpasst zu haben«, sagte Brinkhoff.

Ich registrierte, dass er einen großen Mann anstarrte. Der Typ trug einen dicken, dunklen Wollmantel und eine Baskenmütze. War das der Besuch aus Rio?

Der Mann ging an uns vorbei. Er hatte Brinkhoff nicht beachtet.

»War wohl nichts«, meinte dieser. »Dann will ich mal wieder.« Er drehte sich um und sah sich Wayne Pöppelbaum gegenüber. »Na, so was«, wunderte sich Brinkhoff. »Schon die zweite Begegnung mit der freien Presse heute. Wenn das mal kein böses Omen ist.«

Pöppelbaum guckte betont neutral und ich warf ihm einen genervten Blick zu.

»Was gibt's denn hier zu fotografieren?«, fragte der Hauptkommissar und deutete auf die Kamera.

Hoffentlich hält er die Klappe, dachte ich.

Der Bluthund schien mein Stoßgebet gehört zu haben, denn er sagte nichts.

»Dann doch einen schönen Tag«, lächelte Brinkhoff. »Und zeigen Sie Ihrem Besuch nur die schönen Seiten unserer Stadt.«

»Ist zwar in einer Stunde erledigt, aber ich werd's machen«, versprach ich.

Brinkhoff verschwand.

»Verdammt«, sagte ich. »Das war ein Schuss in den Ofen. Musstest du auch in voller Montur hier auflaufen?«

»Ich hab ihn doch.«

»Wen hast du?«

»Den Brasilianer.«

»Spinnst du?«

»Der Typ im dicken Mantel. Ist eben an uns vorbei.«

»Sicher?«

»Klaro. Guck mal!« Pöppelbaum deutete zum Ausgang. Ich sah Brinkhoff und den Mann mit der Baskenmütze gerade noch in ein Auto einsteigen. »Super! Wie hast du ihn bloß erkannt?«, fragte ich.

»Hast du die Mütze gesehen?«

»Sicher.«

»Daran habe ich ihn erkannt.«

»Seit wann ist eine Baskenmütze die traditionelle Kopfbedeckung der Brasilianer? Ich dachte, du achtest auf Papageienfedern im Haar.«

»Da war so eine Flagge auf der Kappe. Draufgestickt. Grün mit blauer Kugel in einem gequetschten gelben Viereck.«

»Die brasilianische Delegation besteht aus nur diesem Mann namens Adriano Eckermann«, teilte ich Jansen eine Stunde später mit und gab ihm das Foto. »Wirklich wichtig scheint Brasilien die Verschleppung ihres Fußballgottes ja nicht zu nehmen.«

»Die spielen da unten doch alle wie die Götter«, entgegnete mein Chef. »Fußball ist dort so eine Art Religion. Fällt einer aus, holen sie sich den nächsten aus den *Favelas*. Wie viele Zeilen brauchst du?«

»Ich muss erst recherchieren. Mehr als seinen Namen kenne ich noch nicht«, antwortete ich. »Und ich muss wissen, was er hier genau will und vorhat. Also muss ich wenigstens mal kurz mit ihm reden.«

»Ärger ihn aber nicht«, bat Jansen. »Die Südamerikaner sind mindestens so temperamentvoll wie du. Er sieht ziemlich gut aus, oder?«

Ich sah mir das Foto an und tat so, als würde mir die Attraktivität des Mannes erst jetzt auffallen.

»Na ja«, sagte ich dann. »Bisschen grobschlächtig. Gekleidet, als würde er unter einer Brücke wohnen. Und sein Frauenbild dürfte europäische Dimensionen sprengen.«

»Darauf stehst du doch, Grappa-Baby, und nur darauf«, behauptete Jansen. »Oder hast du deinen Geschmack geändert und die Nase voll von dunkelhaarigen Hengsten?«

Ich ließ die Frage offen und verzog mich in meine Einzelzelle. Jansen kann mich mal, dachte ich und wählte die Telefonnummer von Brinkhoff.

»Sie haben uns ganz schön ausgetrickst«, sagte ich.

»Schön, dass mir das auch mal gelungen ist«, feixte der Hauptkommissar. »Ich hab Sie und diesen Fotografen vom Auto aus gesehen und dachte mir schon was. Also habe ich Eckermann angerufen und ihm gesagt, dass ich draußen auf ihn warte. Und da er mich nicht kannte, ist er ganz entspannt an mir vorbeigelaufen.«

»Kompliment! Es geht doch nichts über eine ausgeklügelte Polizeitaktik«, lobte ich. »Wieso heißt der Brasilianer Eckermann? Hört sich ziemlich deutsch an, oder?«

»Er spricht auch perfekt Deutsch. Was hilfreich ist, denn mein Portugiesisch ist genauso gut wie mein Chinesisch.«

»Prima. Dann kann ich ja auch ohne Dolmetscher mit ihm reden«, startete ich einen Versuch. »Hundert gepflegte Zeilen würden mir schon genügen.«

»Ich kann ihn ja mal fragen.«

»Kann ich aber auch selbst machen«, sagte ich. »Wo kann ich ihn denn erreichen?«

»Lassen Sie ihn doch erst mal ankommen. Er hat sich in seinem Hotel aufs Ohr gelegt. Die Uhren gehen anders in Brasilien.«

»Gibt es sonst was Neues?«

»Nicht dass ich wüsste. Außerdem erinnern Sie sich bestimmt noch daran, dass ich nicht befugt bin …«

»Schon klar«, unterbrach ich ihn. »Alle Auskünfte erteilt die Staatsanwaltschaft, ich weiß, ich weiß …«

Wir wünschten uns gegenseitig einen schönen Tag.

Ich kannte drei Pensionen, in denen die Kripo Gäste von außerhalb einzumieten pflegte. Ich rief alle drei an, nannte einen falschen Namen und behauptete, von der Polizei zu sein.

»Herr Eckermann möchte nicht gestört werden«, bekam ich beim dritten Hotel zu hören. Die Unterkunft hieß *Bier-*

städter Hof und lag keine fünfhundert Meter vom Präsidium entfernt.

Männer vor dem Nervenzusammenbruch

Bevor ich eine Zeile tippte, aktivierte ich *Google* und gab die Namen *Eckermann* und *Brasilien* ein. Adriano Eckermann war österreichischer Abstammung, seine Familie war mit dem Dichter Stefan Zweig verwandt. Der war vor Hitler nach Brasilien geflohen und hatte sich dort umgebracht.

Eckermann hielt sogar Vorträge über seinen Urahn, er schien sich also für Literatur und Geschichte zu interessieren. Ich wusste nicht viel über Zweig, hatte vor Jahren mal die *Schachnovelle* gelesen, die Geschichte war mir aber als zäh in Erinnerung geblieben.

Google frischte mein Gedächtnis auf. Die *Schachnovelle* spielte auf einem Ozeandampfer, der nach Argentinien fuhr. Ein Millionär fordert gegen Honorar einen Schachweltmeister zu einer Partie heraus. Ein österreichischer Emigrant greift ein und erreicht so ein Remis für den Herausforderer. Am Ende stellt sich heraus, dass der Österreicher nur deshalb so gut Schach spielt, weil er in Gestapo-Haft hundertfünfzig Schachpartien im Kopf nachgespielt hat, um so seine intellektuelle Widerstandskraft zu erhalten.

Es galt, meine intellektuellen Kräfte wenigstens so weit zu mobilisieren, dass es zu einem Artikel reichte.

NOCH IMMER KEINE SPUR VON TONINHO –
KRIPO ERHÄLT VERSTÄRKUNG AUS RIO

Adriano Eckermann, Sonderermittler der Polizei aus Rio de Janeiro, steigt pünktlich aus dem Flieger. Er begrüßt seinen Kollegen, den Bierstädter Hauptkommissar Anton Brinkhoff. Eckermann will seinen Landsmann Toninho Baracu finden, der vor vier Tagen entführt worden ist. Noch immer hat die Polizei keine Spur des brasilianischen Stürmers. Der oder die Entführer haben ihm einen Fuß amputiert (unsere Zeitung berichtete) und in einen roten Damenschuh gesteckt. Unklar ist, was diese makabre Zurschaustellung bedeutet. Recherchen unserer Zeitung ergaben, dass der Fußballer sich die Schuhe für eine Karnevalsfeier anfertigen ließ.

Mehr hatte ich nicht zu schreiben, konnte nicht schwelgen in fantasievollen Schilderungen, konnte keine Spannung aufbauen und keine Theorien entwickeln. Frustriert speicherte ich den Text ab. Peter Jansen konnte ihn jetzt lesen und absegnen. Ich fuhr meinen PC herunter und ging in sein Zimmer. Er telefonierte gerade, deutete aber auf den Stuhl vor seinem Schreibtisch. Ich setzte mich.

Jansen war inzwischen über sechzig und hatte im Kollegenkreis angedeutet, das *Tageblatt* bald verlassen zu wollen. Mich auf jemand Neuen einzustellen, womöglich noch aus der Manager- oder Schickimicki-Ecke, lag außerhalb meiner Vorstellungskraft.

Ich lauschte Jansens Stimme, ohne zu hören, was er sagte. Wichtig war, wie er redete: souverän, freundlich und trotzdem deutlich. Kein Gesülze, keine Schmeicheleien, viel Humor bis hin zum Sarkasmus. Er hatte mir in schwierigen Zeiten immer den Rücken gestärkt und mich zurückgepfiffen, wenn ich es übertrieben hatte.

Ein oder zwei Jahre hatte er aber noch, und die sollten für uns beide spannend werden, dafür würde ich schon sorgen.

»Hallo, Grappa. Toninho ist zum *Fußballer des Jahres* gewählt worden«, sagte mein Chef, nachdem er den Hörer aufgelegt hatte. »Ist das nicht wunderbar?«

Irrte ich mich oder hatte er Tränen in den Augen?

»Was ist los?«, fragte ich verblüfft. »Heulst du?«

»Grappa-Baby«, seufzte er. »Du hat überhaupt kein Gefühl für einen erhabenen Moment. Überleg mal, Toninho ist tot – das ist eine wunderbare Geste, die zeigt, dass es im Weltfußball nicht nur um Millionen, sondern um tiefe Emotionen geht. Wo ist Harras?«

»Vermutlich hinter seinem Schreibtisch.«

»Dann hol ihn.«

Ich wagte keinen Widerspruch. *Fußballer des Jahres* – na und?

Kaum hatte ich die Tür hinter mir zugemacht, als Harras über den Flur gelaufen kam. Er wirkte ebenfalls einigermaßen aufgelöst. »Toninho«, keuchte er, »ist *Fußballer des Jahres.*«

»Deshalb sollen Sie zum Chef kommen«, sagte ich.

»Bin schon auf dem Weg dahin.« Er kramte ein Taschentuch aus seiner Hosentasche und tupfte sich die Tränen ab, die ihm über die Wangen liefen.

Männer!, dachte ich, entweder heulen sie nie oder bei den merkwürdigsten Gelegenheiten.

Harras bekam an diesem Tag den Aufmacher. Ein toter Kicker als *Fußballer des Jahres* – das hatte es noch nicht gegeben. Heute Abend würden alle Fernseh- und Radiosender darüber berichten, morgen würden die Blätter nachziehen. Die Fußballwelt hatte ihren Gott und er war schon im Himmel angekommen.

Die Agenturen überschlugen sich mit Angeboten und Fotos. Toninho als Baby, Toninho in der Kinderfußballschule, Toninho bei seinem ersten Engagement in einem Provinzclub. Toninhos Familie, die ganz allein zwei Fußballmannschaften hätte stellen können. Und natürliche jede Menge Jubelarien und Beileidsbeteuerungen von Journalisten, Sportfunktionären und brasilianischen Politikern. Ein Nachruf vom Allerfeinsten – ohne ein böses Wort.

Arme Gazelle, dachte ich, diese Elogen hättest du bestimmt gern für dein Leben eingetauscht.

Wahrheiten am Straßenstrich

Das Wetter wurde immer garstiger, es regnete in Strömen. Wenn ich alt bin, dachte ich, kaufe ich mir ein Haus im Süden. Dort, wo die Temperaturen auch im Winter nie unter den Gefrierpunkt fallen, wo Lorbeeren und Kamelien auch über die Jahreswende draußen bleiben können und wo Oliven- und Feigenbäume einen kleinen Winterschlaf halten, aus dem sie im Frühjahr wieder erwachen.

Hinter dem Bahnhof fuhr ich in nördliche Richtung. Bierstadts Problemzone. Hier begann die Bronx. Natürlich gab es keine brasilianische Favela mit Wellblechhütten und Müllkippen; die Häuser waren längst saniert, das Klo eine Treppe tiefer war abgeschafft, die Stadtverwaltung hatte die Straßen reparieren lassen und mit grüner Mittelstreifenbepflanzung versehen.

Dennoch herrschte in diesem Viertel eine andere Atmosphäre als in den anderen Teilen der Stadt. Wahrscheinlich lag es an den Menschen. Aufgemotzte Klapperkisten mit voll aufgedrehten Lautsprechern überholten mich, Frauen mit Kopftüchern schlichen über die Bürgersteige und gepiercte Zotteltypen gingen bei Rot über die Fußgängerampel. Kleine Läden boten ausländische Waren an, Spielhöllen, Wettbüros und Internetcafés mit preiswerten Telefonmöglichkeiten ins Ausland dominierten das Straßenbild.

Hier stimmen die Preise – stand auf einer riesigen Tafel, die auf zwei Beinen vor der Holzhandlung aufgestellt worden war. Diese Behauptung bezog sich zwar auf das Warensortiment von *Holz-Elend,* konnte aber auch missverstanden werden, denn in der Nachbarschaft befand sich der Straßen-strich.

Brav reihte ich mich in die langsam fahrenden Autos ein, es staute sich kräftig auf dem Weg zu den schnellen, preis-werten Angeboten.

Nachtschicht – da war der Club. Rotes Licht, Neonschrift und eine lebensgroße Schaufensterpuppe mit wetterfesten Dessous machten auf das Etablissement aufmerksam.

Die Haltebuchten direkt vor dem Laden waren durch Au-tos besetzt. Die Fahrer warteten mit abgeblendeten Schein-werfern auf eine passende Offerte. Die Mädchen waren für das Wetter unzureichend bekleidet.

So ein Scheißjob, dachte ich, halb nackt in der Kälte und im Regen zu stehen und darauf zu warten, dass irgendein Kerl die Beifahrertür öffnet.

Ich stellte meinen Golf etwas entfernt ab und lief die Straße Richtung Club zurück. Einige Male bremsten Pkw neben mir, doch kein Fahrer hatte Interesse, mit mir ins Geschäft zu kommen. In einen Wollmantel gehüllt, den Kragen hochgeklappt, mit flachen Schuhen und langen Ho-sen wirkte ich wohl nicht besonders geeignet für einen Blowjob auf dem Rücksitz.

Die Regentropfen glitzerten im Schein der Neonreklame, es sah aus, als habe die stumme Puppe Tränen vergossen. Der Eingang zum Club war aus Glas und ich konnte gegen-über der Tür eine kleine Kamera erkennen.

Ich drückte die Klingel und wenig später ertönte eine Stimme: »Ja, bitte?«

»Kann ich den Besitzer sprechen?«, fragte ich.

»Um was geht es denn?«

»Ich bin Journalistin vom *Tageblatt* und auf der Suche nach Informationen über die Straße hier. Der Streit um den Straßenstrich.«

Mein Blick fiel auf das Schild der Holzfirma gegenüber und ich ergänzte: »*Holz-Elend* gegen *Club Nachtschicht.*«

»Haben Sie einen Presseausweis?«

Ich hatte einen und presste ihn an die Scheibe. Der Summer ertönte und ich trat ein. Die Tür schloss sich sofort hinter mir.

»Immer die Treppe hoch und am Zigarettenautomaten rechts zur Bar«, schallte es aus einem Lautsprecher.

Die Stufen waren steil und schlängelten sich durch ein enges Treppenhaus nach oben. Die Wände waren dunkelrot gestrichen, in den Ecken funzelte Licht aus Birnen, die in barocke Goldleuchter geschraubt worden waren.

Da war der Zigarettenautomat und ich hörte schwülstige Musik. An der Bar saß eine mittelalte Frau, ein junges Mädchen in Diskokleidung kramte gerade in einem Kühlschrank herum und ein Mann, etwa Ende fünfzig, redete leise auf die Barfrau ein.

»Hallo«, sagte ich. »Ich bin Maria Grappa vom *Tageblatt.* Wer ist denn der Boss hier?«

»Ich«, sagte die Frau. »Mein Name ist Esther Klein.«

Verblüfft musterte ich sie. Ihr Äußeres entsprach nicht dem Klischee einer Puffmutter: Sie trug ein dunkles Schneiderkostüm mit einer geblümten Bluse.

»Sie wollen etwas über den Streit in dieser Straße wissen?«, fragte sie.

»Ja, mich interessiert, was die Leute an Ihrem Club so stört.«

»Es stört sie, dass ich Zimmer an Straßenmädchen vermiete. Darf ich Ihnen etwas zu trinken anbieten?«

Ich wählte ein Glas Sekt und blickte mich um. Hier sah es aus wie in einer normalen Bar: Hocker, ein paar Tische mit Kerzenlicht, an den Wänden Drucke mit erotischen Motiven: nackte Paare, Hand in Hand, auf das offene Meer schauend, an dessen Horizont gerade die Sonne unterging. Das Wildeste war eine Darstellung aus dem Kamasutra, zwei Frauen und ein Mann, die unzählige Arme und Beine zu haben schienen, die unauflösbar ineinander verhakt waren.

»Wen genau stören Sie denn nun?«, fragte ich.

»Die Werbegemeinschaft und den Holzkopf von gegenüber«, antwortete Esther Klein und prostete mir zu.

»Können die Ihnen denn schaden?« Ich nahm einen Schluck Sekt.

»Nein, nicht wirklich. Aber Ärger können sie mir schon machen. Ich habe das Haus gemietet und den Hotelbetrieb ordnungsgemäß angemeldet. Der Club liegt außerhalb des Sperrbezirks – also hat eigentlich alles seine Ordnung.«

»Wie viele Mädchen arbeiten hier?«, fragte ich.

»Ich habe keine festen Mädchen. Ich vermiete nur Zimmer an die Frauen vom Straßenstrich. Eine halbe Stunde zehn Euro. Sehen Sie!«

Esther Klein deutete auf einen Monitor, der zwischen den Flaschen im Regal stand. Ein Mann und eine Frau näherten sich der Tür, eine Klingel war zu hören und eine andere Frau machte den beiden die Tür auf.

»Ulrike ist eine meiner Angestellten«, erklärte Esther. »Sie nimmt das Geld entgegen und bringt die Besucher aufs Zimmer. Wenn sie fertig sind, wird das Laken abgezogen und aufgeräumt.«

Das Pärchen war vom Monitor verschwunden.

»Das Haus hat dreißig Zimmer«, fuhr Esther Klein fort. »Aber um diese Uhrzeit ist noch nicht besonders viel los. Sie hätten am letzten Samstag kommen sollen. Da hatte ich eine Gruppe aus Italien hier. Fünfzehn Herren. In Bierstadt fand ein Eis-Kongress statt.«

»Wie bitte?« Ich hatte *Eis* verstanden.

»Speiseeis. Einmal im Jahr treffen die sich hier. Sie legen

die neuesten Trends für den Sommer fest. Die Geschmacks-
richtungen. Im kommenden Jahr soll übrigens Marzipaneis
der Renner werden.« Sie lachte.

»Und wo hatten die Italiener die Frauen her?«

»Die habe ich besorgt«, antwortete Esther. »Ich kenne ja
genug.«

Ein junges Mädchen betrat die Bar. Sie wirkte verfroren,
trug eine kurze Lederjacke, darunter nur einen BH mit Spitzen. Der Bauch war frei, der Rock nur ein schmaler Streifen,
aus dem zwei lange, schlanke Beine in Overknee-Lack-
stiefeln verschwanden.

»Scheißwetter«, sagte sie. »Habt ihr mal einen Kaffee?«

»Hallo, Tanja«, sagte Esther. »Wie läuft's?«

»Mies.« Tanja zog einen Flunsch und sah mich misstrauisch an.

Esther hatte ihren Blick bemerkt und erklärte: »Das ist eine Journalistin. Sie schreibt über den Strich und über den
Stress, den wir haben.«

»Der Holz-Heini kann uns mal«, sagte Tanja und hauchte
sich warmen Atem in die verkühlten Fäuste. »Wo sollen wir
denn sonst hin? In die dunkelsten Ecken der Stadt? Die 22-
Uhr-Grenze macht uns das Geschäft eh schon kaputt.«

Tanja nahm den heißen Kaffee im Empfang und trank ihn
in kleinen Schlucken.

»Die fetten Jahre sind vorbei«, sagte Esther Klein in meine
Richtung. »Zu viele Mädchen, zu wenig Freier, die noch
dazu zu wenig Geld haben.«

»Früher«, ergänzte Tanja, »hab ich einen Tag die Woche
hier gestanden und das hat gereicht, da ist ordentlich was
hängen geblieben. Jetzt steh ich hier schon drei Abende
nacheinander und null Komma nix. So ist das. Das kannst du
gerne schreiben.«

»Warum machst du das denn überhaupt, wenn nichts dabei rauskommt?«, fragte ich. »So ein Job ist doch öde und gefährlich.«

»Ich mach's auch nicht mehr lange«, grummelte sie. »Nur noch für die neue Küche. Dann hab ich alles komplett.«

»Und dann? Hast du was gelernt?«

»Versicherungskauffrau.« Tanja lachte rau. »Abgebrochen. Langweilige Sache. Nur im Büro. Ich würde gern im Kindergarten arbeiten. Erzieherin oder so.«

O weia, dachte ich.

»Früher durften wir schon ab acht Uhr abends hier stehen. Die Freier kamen gleich nach der Arbeit und erzählten zu Hause was von Überstunden. Jetzt dürfen wir erst ab zehn arbeiten. Viel zu spät – da muss Papa schon zu Hause bei seinem Muttchen sein.«

Tanja trank den Kaffee aus und rutschte vom Barhocker. »Ich muss mal wieder. Hilft ja alles nix. Wie viel kriegst du für den Kaffee?«

»Lass mal«, sagte Esther. »Und pass auf dich auf.«

»Vielleicht komm ich ja gleich schon wieder«, grinste Tanja. »Mit 'nem Traumprinzen. Mach schon mal das goldene Zimmer fertig, Esther.«

Auf dem Monitor konnte ich Tanja beobachten, wie sie auf ihren langen Beinen durch die Tür nach draußen stiefelte.

»Wieso heißt das eigentlich Lustgewerbe?«, fragte ich.

»Den Ausdruck haben bestimmt Männer erfunden. Ich zeige Ihnen gern mal die Zimmer, wenn Sie mögen«, bot Esther an. »Natürlich nur die, die nicht belegt sind.«

Ich folgte ihr. Die Reinigungskraft kam uns entgegen, im Arm zerknüllte Laken und einen Abfallbeutel.

»Das ist unser goldenes Zimmer«, sagte Esther und öffnete die Tür. Ein breites Bett mit goldfarbenem Himmel, rechts und links zwei Nachttischchen, auf denen Küchenrollen lagen, eine Stehlampe mit breitem Schirm. Die Wände waren mit Goldfarbe grundiert und mit filigranen Blumen verziert.

»Hübsch«, meinte ich. »So richtig gemütlich.«

Esther lächelte. »Sie können aber nicht wirklich verstehen, dass man mit so was seinen Lebensunterhalt verdient, nicht wahr?«

»Ich lerne gern dazu. Sie sehen selbst nicht aus wie eine … Bordellbetreiberin.«

»Ich weiß. Wenn ich gefragt werde, was ich mache, sage ich immer, dass ich Geschäftsfrau bin. Was ja auch stimmt.«

Sie zeigte mir noch andere Zimmer. Sie waren allesamt sauber und neu möbliert und für die Mädchen sicherlich ein angenehmeres Ambiente als ein Autositz oder ein dunkler, einsamer Parkplatz.

»Ein gefährlicher Job. Ist schon mal was passiert in dieser Straße?«

»Manchmal schlagen die Freier eine Frau zusammen. Oder zahlen nicht. Das ist dann übel.«

»Toleriert die Polizei das alles?«

»Wenn alles friedlich abläuft, schon«, meinte Esther. »Der Mann, der in der Bar saß, als Sie kamen, war einer von der Sitte. Er kommt oft hierher, trinkt ein Bier und verschwindet wieder. Wir können uns voll auf ihn verlassen.«

Die Schelle ging. Jemand begehrte Einlass.

»Lassen Sie uns wieder nach nebenan gehen«, sagte sie. »Da hab ich die Besucher besser im Auge.«

Wir kehrten in die Bar zurück. Das Mädchen hinter dem Tresen war noch immer allein und hielt sich an einem Mineralwasser fest. Auf dem Monitor waren zwei Gestalten zu erkennen.

»Das ist ja Tanja!«, rief Esther. »Da hat sie tatsächlich jemanden abgeschleppt.«

Esther drückte auf den Knopf und unten sprang die Tür

auf. Tanja ging voraus, gefolgt von ihrem Freier. Der Mann war groß und massig. Und obwohl der Monitor die Bilder schwarz-weiß zeigte, erkannte ich das wilde Muster seines Pullovers wieder. Tanjas Kunde war Simon Harras!

Während ich noch darüber nachdachte, wie ich mich verhalten sollte, betraten Tanja und Harras die Bar. Ich rutschte vom Hocker und sah ihm direkt in die Augen. Mein Kollege zeigte keine Reaktion.

Tanja bestellte Wein.

»Den besten, den du hast«, meinte die junge Frau mit einem Blick auf ihren neuen Kunden. »Und wir nehmen das goldene Zimmer.«

Sie packte die Flasche und die Gläser.

»Dann mal los, Süßer!«

Harras trottete hinter seiner Dienstleisterin her.

»Stammkunde?«, fragte ich, den beiden ungläubig hinterherschauend.

»Noch nie gesehen«, antwortete Klein.

»Sieht ziemlich normal aus, der Typ«, meinte ich und versuchte, mein Erstaunen zu überspielen. »Gar nicht wie einer, der zum Straßenstrich fährt.«

»Warum auch nicht? Die sehen immer normal aus. Oder glauben Sie, ein Kerl, der zu Huren geht, trägt ein Schandmal auf der Stirn?«

»Nein, natürlich nicht.«

»Manchmal kommen auch Ehepaare hierher – um ihre Erotik aufzufrischen. Sie genießen die Bordellatmosphäre.«

»Wem gehört dieses Haus eigentlich?«, fragte ich.

»Ich habe es gemietet«, antwortete Esther Klein.

»Und von wem?«

Sie sah mich prüfend an. »Ist das so wichtig?«

»Eigentlich nicht. Ist die Antwort ein Problem für Sie?«

»Ja.«

»Ich kann auch im Grundbuchamt nachsehen«, sagte ich.

»Dann tun Sie es.«

»Ich weiß, dass das Haus Toninho Baracu gehört.«

»Warum fragen Sie dann? Nicht nur dieses Haus gehört ihm«, sagte sie, »sondern fast das ganze Viertel.«

»War Toninho auch Kunde hier?«

»Aber nein«, antwortete Esther Klein. »Er betrachtete den Betrieb nur als Geldanlage. Ich habe ihn nie persönlich gesehen. Die Verhandlungen habe ich immer mit seinem Büro geführt.«

»Welches Büro?«

»Büro Theo Böhme«, sagte Esther Klein. »Vermögensverwaltung.«

»Böhme vermarktet also die Weltmeisterschaft, verwaltet Toninhos Vermögen und ist ganz zufällig der Schwager des Präsidenten des Fußballvereins Schwarz-Gelb«, murmelte ich perplex.

»So ist das Leben nun mal.«

»Regt Sie das nicht manchmal auf?«, fragte ich. »Die Mädchen hier in der Straße kriegen höchstens dreißig Euro für eine Nummer, frieren sich sonst was ab und laufen noch Gefahr, krank, von Freiern beleidigt, zusammengeschlagen oder getötet zu werden. Dreißig Euro!«

»Was erwarten Sie von mir?« Esther Klein war verärgert.

»Kennen Sie dieses Mädchen hier?« Ich zog ein Foto von Margit Sauerwald aus meiner Tasche.

Sie warf einen Blick auf das Foto und sagte: »Das ist Margit Sauerwald.«

»Stimmt. War sie schon mal hier?«

»Daran kann ich mich nicht erinnern«, antwortete sie. »Ist hier ja wohl kaum der Aufenthaltsort für eine höhere Tochter, oder?«

»Das sehe ich auch so. Merkwürdig nur, dass die Nummer des Clubs in ihrem Handy abgespeichert ist.«

»Ob das so ist und was es bedeuten könnte, kann ich Ihnen beim besten Willen nicht sagen, Frau Grappa. Und jetzt entschuldigen Sie mich, ich muss mich ums Geschäft kümmern.«

Der Satz kam einem Rausschmiss gleich und ich verabschiedete mich. Der Besuch hier war aufschlussreich genug gewesen. Simon Harras würde mir einiges erklären müssen.

Goldgelbe Brötchen

Ich saß beim Kaffee, knabberte an einem alten Knäckebrot und hatte Kopfweh. Meine Wunde schmerzte wieder. Lag es am ständigen Wetterumschwung? Gestern hatte es ununterbrochen geregnet, jetzt hatte der Wind die Wolken verscheucht und die Sonne strahlte wieder über Bierstadt.

Vor mir lagen die Zeitungen. Toninho wurde an diesem Morgen erwartungsgemäß in den Gazetten als *Fußballer des Jahres* heftig gefeiert. Da der Ausgezeichnete nichts mehr sagen konnte, hatten die Zeitungen frühere Zitate des Spielers veröffentlicht.

Eins gefiel mir besonders gut:

Nur dank des Fußballs habe ich ein erfülltes Leben. Wenn ich spazieren gehe, wenn ich fernsehe, wenn ich schlafe: Immer habe ich einen Ball an meiner Seite. Der Ball ist meine Freundin, mein Kumpel, er ist alles für mich. Im Fußballspiel steckt auch Zärtlichkeit. Man muss den Ball so mit den Füßen streicheln, dass er im Netz des Gegners landet.

Ich machte mich fertig und verließ das Haus. Im Vorbeifahren sah ich, dass Anneliese Schmitz in ihrer Bäckerei Brote in die Auslage räumte. Mit quietschenden Reifen bremste ich und drückte kurz darauf die Tür auf.

»Tach«, sagte ich.

»Die Frau Grappa!« Anneliese Schmitz strahlte mich an. Sie hatte die gewohnte Ganzkörper-Kittelschürze an, blau-weiß-gelb mit großen weißen Knöpfen. »Wusstich ja, dass Sie nicht kaputtgehn! Gut sehen Sie aus.«

»Danke. Ist Ihre Fortbildung endlich zu Ende?«

»Ja. War aber dummes Zeuch.«

»Warum?«

»Na ja, nach zwei Tagen bin ich weg. Urlaub im Schwarzwald.«

»Und sonst?«, fragte ich.

»Muss. Wie hatters denn so gemacht?«, wollte sie wissen.

»Wer?«

»Moritz.«

»Na ja«, meinte ich. »Er hat sich bemüht.«

»Schade.« Sie öffnete die Backofentür, hinter der die Brötchen von gold zu braun gebacken wurden.

»Der Junge will Konditor werden«, erklärte Anneliese Schmitz. »Der hat mit Brot nix am Hut, der steht auf Torten.«

»Brot ist aber das Schönste auf der Welt«, sagte ich. »Torten sind doof. Außer Mandelhörnchen. Die hat er aber ganz gut hingekriegt.«

»Hatter mir erzählt. *Hangetsus* nennt er sie«, nickte sie. »Halbmond ohne Schokoladenenden.«

»Sie nehmen aber wieder Schokolade, ja?«

»Abba imma.«

»Und jetzt brauch ich ein Brötchen.«

»Mit rohem Schinken?«

»Ja. Und mit Gewürzgurke.«

»Klar, hab ich nich vergessen, Frau Grappa«, lächelte sie. »Und was macht die Liebe?«

Es hätte mich enttäuscht, wenn die Frage nicht gekommen wäre.

»Die Liebe liegt auf Eis, Frau Schmitz«, antwortete ich. »Ich sag's Ihnen sofort, wenn sich da was ändert. Im Moment sitzt aber keiner auf der Reservebank, es gibt keinen neuen Mieter in meinem Haus und der Postbote ist auch nicht mein Fall.«

»Vielleicht der Gärtner?«

»Der Gärtner ist doch immer der Mörder und nicht der Lover«, grinste ich.

»Gut.« Sie schaute mich zufrieden an. »Kommt schon wieder einer.«

»Im Moment fehlt mir nichts.«

»Das sagen Sie immer«, meinte sie. »Ich halte mal die Augen auf für Sie.«

»Danke«, seufzte ich gottergeben. »Können wir das Thema wechseln?«

»Geht schon. Sie schreiben ja jetzt über den Toninho«, stellte Frau Schmitz fest.

»Ja. Ein schrecklicher Fall.«

»Haben Sie den Fuß selbst gesehen?« Wieder kam ihre blutrünstige Ader durch.

»Es war ziemlich eklig«, sagte ich nachdrücklich.

»Kann ich mir vorstellen«, erwiderte die Bäckersfrau und strahlte.

»Packen Sie mir das Schinkenbrötchen ein, bitte?«

Es war Samstag und ich hatte eigentlich frei. Doch ich wollte die Post durchsehen, um auf aktuelle Entwicklungen reagieren zu können.

In der Redaktion öffnete ich die Tüte mit dem Schmitz-Brötchen. Der Schinken war etwas dicker als üblich geschnitten und ich musste ihn mit den Fingern auf den Teig drücken, um nicht die gesamte Scheibe vom Brötchen zu ziehen. Leider fiel mir bei der Aktion die Gewürzgurke zu Boden. Ich beförderte sie in den Papierkorb – *ein bisschen Schwund ist eben imma,* hätte Anneliese Schmitz gesagt.

Ich mümmelte also mein Brötchen und checkte Post und E-Mails.

Eine interessante Pressemitteilung war darunter. Es ging um die *Vergewaltigung zum Nachteil von Margit S.* – so der Antext.

Es konnten keine Übereinstimmungen im Genmaterial der früheren Straftaten und der neuerlichen Vergewaltigung festgestellt werden. Die ermittelnden Behörden gehen daher davon aus, dass zwischen den Fällen kein Zusammenhang besteht. Aufgrund eines anonymen Hinweises werden zurzeit noch Verdächtige vernommen, die durch Straftaten gegen die sexuelle Selbstbestimmung auffällig geworden sind.

Ich rief Hauptkommissarin Beate Schlicht an.

»Ich weiß, dass ich mich an die Pressestelle wenden soll«, nahm ich ihr den Wind aus den Segeln. »Aber die sagen nur das, was ich gerade in der E-Mail gelesen habe.«

»Was wollen Sie wissen?«

»Was sind das für Hinweise, denen Sie nachgehen? Gibt es neue Verdächtige?«

»Das darf ich Ihnen nicht sagen.« Irrte ich mich oder war ihr Ton gar nicht mehr so feindselig?

»Können wir uns treffen?«, fragte sie plötzlich.

»Sie wollen sich mit mir treffen?«, reagierte ich überrascht. »Mit der berüchtigtsten Skandaljournalistin der Stadt?«

Analysen mit Überraschungen

Es war wie in einem drittklassigen Fernsehkrimi. Die Polizeireporterin schleicht mittags in einen Stadtpark, steuert eine mit Graffiti verzierte Bank an und wartet auf den geheimnisvollen Informanten.

Beate Schlicht kam pünktlich, war noch bleicher und magerer, als ich sie in Erinnerung hatte. Das schwarze Haar war höchstens einen Zentimeter lang und sie war zweckmäßig gekleidet, Hose und Jacke waren von einem aufregenden Graubraunbeige. Vielleicht sollte ich Harras' Tante die Kommissarin als neues Versuchskaninchen für ein wildes Pullovermuster empfehlen. Ich lächelte mich warm.

»Sie haben mich wirklich überrascht«, begann ich. »Ich dachte, Sie könnten mich nicht ausstehen.«

»Ich kann Sie auch nicht ausstehen«, entgegnete sie trocken. »Aber Sie wollen was von mir und ich will diesmal auch etwas von Ihnen. Wir machen also ein Geschäft, das allerdings unter uns bleiben muss.«

»Dann lassen Sie mal hören«, meinte ich.

»Lassen Sie uns ein Stück gehen, falls man uns gefolgt ist.«

»Sie denken an Richtmikrofone?«, meinte ich spöttisch.

»Wenn sich die Ziele bewegen und die Mundbewegungen nicht erkannt werden können, ist es fast unmöglich, Gespräche mitzuschneiden.«

»Da bin ich aber beruhigt«, sagte ich. »Sie müssen ja was Tolles auf Lager haben.« Mein Blick ging gen Himmel. »Da oben schwebt ein Satellit. Voll intelligenter Elektronik. Aber gut getarnt.«

Beate Schlichts Blick folgte meiner Hand und blieb an dem Fischreiher hängen, der über uns seine Bahn zog.

»Sehr witzig«, sagte sie. »Es war wohl doch ein Fehler, dass ich Sie um ein Treffen gebeten habe.«

»Nun werden Sie mal locker, Verehrteste«, forderte ich. »Ich wusste ja nicht, dass Sie zum Lachen in den Keller müssen. Also, was liegt an?«

»Vertraulichkeit?«

»Natürlich. Ich habe Sie niemals getroffen und das wird auch jeder glauben, so wie wir uns bisher gegenseitig behandelt haben. Und jetzt sagen Sie endlich, was los ist.«

Es dauerte noch eine Weile, bis sie sprach.

»Es ist richtig, dass das Genmaterial bei der Sauerwald-Vergewaltigung nichts mit den Serientaten zu tun hat«, berichtete Beate Schlicht. »Wir sind in der Vergewaltigungssache kein Stück weiter.«

»Und die neuen Verdächtigen, von denen in der Pressemitteilung die Rede war?«

»Die gibt es nicht.«

»Und warum steht es dann in der Pressemitteilung Ihrer Behörde?«

»Um abzulenken. Von einer anderen Spur. Und die ist so sensationell, dass ich angewiesen worden bin, zu schweigen und die Sache liegen zu lassen.«

Das hörte sich gut an. »Und warum halten Sie sich nicht an die Anweisung?«

»Ein Maulkorb steht mir nicht«, antwortete die Polizistin. »Das, was ich herausgefunden habe, gehört in die Öffentlichkeit – auch wenn es einigen Leuten nicht in den Kram passt.«

»Aha«, begriff ich, »endlich erkenne ich meinen Part in der Sache. Die Skandaljournalistin soll der unterdrückten Kommissarin zur Seite stehen und ihr den Rücken freihalten.«

»Genauso ist es«, nickte Beate Schlicht. »Sie können meine Informationen veröffentlichen und nicht gezwungen werden, Ihre Quelle preiszugeben.«

Ich konnte Beate Schlicht tatsächlich überreden, den Gewaltmarsch durch den Park zu beenden und sich mit mir in ein kleines Café an der Ecke zurückzuziehen. Hier war nicht viel los und wir waren ungestört.

»Dann erzählen Sie mal«, sagte ich. »Und zwar alles.«

»Ich muss zuerst sagen, dass mich meine Mitarbeiter für eine Verliererin halten, sie reden hinter vorgehaltener Hand, machen Scherze, wenn sie glauben, ich höre es nicht. Vor ein paar Tagen legte mir ein Kollege die Analyse einer DNA auf den Schreibtisch und meinte: ›Damit du endlich was zu tun hast, vielleicht war der es.‹ Ich kapierte nicht, dass der Kollege mich verarschen wollte, sondern dachte, er habe mir den genetischen Fingerabdruck eines Mannes vorgelegt, der schon einmal im Zusammenhang mit Sexualstraftaten in Erscheinung getreten ist. Ich verglich die Analysen also und sie stimmten überein. Zuerst war ich total baff, holte einen Kriminaltechniker zu Hilfe, aber ich hatte Recht: Das Genmaterial von der Sauerwald-Vergewaltigung und das neue, das mir gerade gegeben worden war, waren identisch. Ich rannte also zu dem Kollegen, der mir die Analyse auf den Schreibtisch gelegt hatte, und sagte, dass er einen Volltreffer gelandet habe.«

Die Kellnerin brachte zwei Kaffee. Beate Schlicht schwieg, bis die Bedienung wieder außer Hörweite war.

»Wer ist es denn nun?«, wollte ich wissen.

»Ich habe vergessen zu erwähnen, dass das Papier, das mir der Kollege gegeben hatte, nicht mit einem Namen versehen war, sodass ich überhaupt keine Ahnung hatte, mit wem ich es zu tun hatte.«

»Nun sagen Sie's endlich! Von wem war das Zeug?«

»Aus der Untersuchung geht eindeutig hervor, dass Margit Sauerwald von Toninho Baracu vergewaltigt worden ist.«

Ich brauchte eine Weile, um die Brisanz dieser Information

zu verdauen. Es war nachzuvollziehen, warum Polizeipräsident und Innenminister auf diesen Skandal gern verzichten wollten: Den gerade gekrönten *Fußballer des Jahres* als Vergewaltiger zu entlarven würde für ordentlich Wirbel sorgen.

Schlicht und ich vereinbarten, dass unsere Kontakte nur über Privathandys laufen sollten. Sie hatte sich dafür extra das Mobiltelefon einer Freundin geliehen, das bestimmt nicht überwacht wurde.

Harras und die goldene Recherche

Eine halbe Stunde später war ich wieder in der Redaktion. Ich musste auf jeden Fall erst mal dichthalten, durfte niemanden – noch nicht einmal Peter Jansen – in die neueste Entwicklung einweihen. Das fiel mir schwer, Jansen hatte oft verblüffend einfache und hilfreiche Tipps in verzwickten Situationen parat.

Es klopfte an meiner Tür. Simon Harras steckte den Kopf ins Zimmer.

»Was machen Sie denn hier?«, fragte ich. »Am heiligen Samstag?«

»Ich sah Ihren Wagen an der Straße, deshalb wollte ich mal bei Ihnen reinschauen.«

»Das ist aber lieb«, strahlte ich. Insgeheim musste ich grinsen.

»Ich wollte nur sagen, dass …«

»Dass?«

»Na ja, es ist nicht so, wie Sie vielleicht denken.«

»Was meinen Sie?«, fragte ich mit unschuldigem Gesicht.

»Der Club. Das war nur eine Recherche«, erklärte Harras.

»Verstehe. Die berühmte Recherche im goldenen Zimmer.«

»Sie glauben mir nicht, oder was?«

»Natürlich.«

»Ich dachte, Toninhos Leiche könnte dort versteckt sein«, erklärte Harras. »Weil ihm das Haus doch gehört.«

»Na, das ist doch ein verdammt plausibler Grund«, meinte ich. »Und was hat Ihre Recherche ergeben? Haben Sie Toninhos Körper gefunden? Lag er unter dem goldenen Doppelbett?«

»Nein«, räumte er ein. »Aber ich habe etwas anderes herausbekommen, was fast genauso interessant ist.«

»Und das wäre?«

»Erika Sauerwald war oft in diesem Club.«

»Bitte?«

»Die Frau des Präsidenten.«

»Und was hat sie dort gemacht?«

»Sie ging mit Männern aufs Zimmer. Die hat sich dafür bezahlen lassen! Dass sie es mit Kerlen treibt.«

»Wow! Die bürgerliche Ehe kann offensichtlich doch aufregende Seiten haben«, staunte ich.

»Moment, das Beste kommt noch. In den letzten Monaten trieb sie es nur noch mit einem«, erzählte Harras weiter. »Und der hatte eine sehr dunkle Haut.«

»Das hat Tanja erzählt? Hat sie ihn etwa als Toninho identifiziert?«

»Das nicht«, räumte er ein. »Sie hat die beiden zwar einige Male gesehen, doch der Mann hatte immer eine grüne Baseballkappe tief ins Gesicht gezogen.«

»Und woher will sie dann wissen, dass es immer derselbe Mann war?«

»Weiß sie ja nicht. Aber es wurde halt drüber gequatscht. Und so viele schwarze Sexprotze mit grüner Kappe, die in Verbindung zu Erika Sauerwald stehen, laufen in Bierstadt ja auch nicht gerade rum.« Harras fügte hinzu: »Das wird dem Präsidenten bestimmt nicht gefallen haben.«

»Der lässt doch selbst nichts anbrennen – wenn man den Gerüchten glauben will. Und vielleicht haben beide ja ein entsprechendes Arrangement getroffen. Offene Ehe heißt so was ja. Versüßt mit den Annehmlichkeiten einer Luxusexistenz. Jeder nimmt sich, was er braucht – immer schön darauf achtend, dass die Fassade nicht bröckelt.«

»Irgendwie haben Sie ein merkwürdiges Bild von gesellschaftlichen Realitäten«, wunderte sich Harras.

»Gar nicht. Mein Gesellschaftsgemälde sieht zwar ein bisschen unromantisch aus, dafür entspricht es der Wirklichkeit«, konterte ich. »Und wir Journalisten sollten uns doch der Wirklichkeit verpflichtet fühlen, oder?«

»Klar doch. Darf ich Sie mal was ganz anderes fragen?«, riss mich Harras aus meinen soziologischen Betrachtungen.

»Aber immer.«

»Morgen ist das Sonntagsspiel im Stadion«, verkündete er. »Schwarz-Gelb gegen Blau-Weiß. Der Revierschlager. Ich muss sowieso beruflich hin und eine Karte ist noch frei. Würden Sie mitkommen?«

Ich stimmte zu; Fußball gehörte inzwischen ja auch zu den Themen, die ich bearbeiten musste – wenn auch nicht unter sportlichen Gesichtspunkten.

Die Läden hatten noch geöffnet. Ich machte Schluss, kaufte ein paar Leckereien und verzog mich in meine Wohnung. Der Lieblingspullover lag bereit und ich stieg in meine Fellpantoffeln.

Das Bild, das ich abgab, war nicht für die Öffentlichkeit gedacht, die war an diesem Abend nicht zugelassen.

Dass Toninho Margit Sauerwald vergewaltigt hatte, überstieg meine Vorstellungskraft bei Weitem, und dass Erika Sauerwald in einem Stundenhotel verkehrte, war auch nicht gerade gelebte Bierstädter Normalität.

Vielleicht hatten sich alle ein falsches Bild von der *schwarzen Gazelle von Rio* gemacht? Vielleicht war die Lichtgestalt des Weltfußballs ein jähzorniger Brutalo gewesen, der sich nahm, was er wollte?

Margit hatte mir erzählt, dass sie den Angreifer wegen einer Maske nicht erkannt habe. Das war bestimmt nicht gelogen.

Aber warum sollte sich Toninho mit Gewalt holen, was sie ihm freiwillig zu geben bereit war? Brauchte er solche perversen Spiele?

Margit hatte verletzt und bewusstlos im Wald gelegen. Wer hatte sie eigentlich damals gefunden? Spaziergänger – so hieß es im Polizeibericht. Namen waren nie genannt worden. Aber es musste eine Zeugenaussage existieren.

Ich rief Beate Schlicht an und stellte ihr die Frage nach dem Zeugen.

»Es war einer ihrer Bekannten«, erinnerte sie sich. »Er heißt Luigi Knotek.«

»Er kam zufällig in diesem Wald vorbei?«

»Nein. Die Sauerwald war doch vorher bei einer Freundin gewesen und sollte sich melden, wenn sie zu Hause angekommen war. Er hat einfach auf gut Glück die Gegend abgesucht. Und da lag sie.«

Ich musste an diesen Luigi heran. Ein solcher Name hatte im Handy-Telefonbuch von Margit nicht gestanden, aber vielleicht war er auch unter einem Spitznamen verzeichnet.

Beate Schlicht schien meine Gedanken zu erraten. »Ich habe Knotek mehrfach vernommen und es gibt keinen Anlass, ihm zu misstrauen.«

»Gut«, meinte ich. »Ich werde nochmal mit Margit Sauerwald reden.«

»Ich weiß nicht mal, wo sie hingebracht worden ist«, sagte die Hauptkommissarin. »Die Eltern haben sie total abgeschottet. Haben Sie eine Ahnung?«

»Was sagen denn die Eltern?«, wich ich der Frage nach Margits Aufenthaltsort zunächst aus.

»Ich habe es nicht geschafft, mit den beiden zu reden«, bekannte Beate. »Aber der Familienanwalt – so nennt sich dieser Mann – war ausgesprochen auskunftsfreudig. Er hat ein paar Paragrafen zitiert und mir gedroht. Jetzt soll ich meine Fragen per Post schicken.«

»Und das haben Sie sich bieten lassen?«, wunderte ich mich.

»Natürlich nicht. Ich habe dem Anwalt was von Beugehaft gegen die Sauerwalds erzählt und zehn Minuten später hatte ich das Vergnügen, mit dem Innenministerium zu telefonieren.«

»Wie gut, dass es mich gibt«, sagte ich milde. »Ich weiß, wo Margit Sauerwald versteckt wird, und ein durchgedrehter Anwalt zwingt die freie Presse in diesem Land nicht in die Knie.«

»Himmel! Wie furchtlos.« Wurde die Kommissarin etwa ironisch?

Kollektiver Wahnsinn

Schon die Anreise zur *Luna-Arena* hatte ihre Tücken. Die Zufahrtswege waren verstopft und wir hingen für zehn Minuten fest.

»Wir kommen nie pünktlich zum Spiel«, nörgelte ich. »Warum haben wir nicht die U-Bahn genommen?«

»Die ist auch nicht schneller«, muffelte Harras. Sein Pullover hatte heute gelb-schwarze Streifen und er trug eine Idiotenmütze in identischer Farbgebung. »Außerdem fangen die nicht ohne uns an.«

»Bestimmt!« Der Wagen rollte mindestens drei Meter, dann stoppte uns wieder einer der Ordner. Er fuchtelte mit den Armen in alle vier Himmelrichtungen, zwei Wagen gleichzeitig bewegten sich und stießen prompt zusammen. Blechschaden. Die Fahrer stiegen aus und ließen ihre Wut an dem Ordner aus.

»Das ist ja vielleicht ein Stress«, stöhnte ich.

Harras nutzte die Chance und fuhr los. Wir näherten uns – Zentimeter um Zentimeter – einem Parkplatz für Dauerkarteninhaber direkt neben dem Stadion. Durch die Haupteingänge mussten wir zum Glück nicht – ein Lift schwebte direkt vom Parkhaus aus mit uns nach oben, und als sich die Fahrstuhltür öffnete, erwartete uns eine junge, gut aussehende Hostess, die einen knappen Blick auf die Billets warf.

»Und? Alles klar?«, fragte mein Kollege triumphierend.

»Du bist ein Teufelskerl!«

Ich hatte ihn ohne zu überlegen geduzt und fragte, ob wir es dabei belassen könnten.

»Gerne«, grinste er. »Muss ich dich jetzt etwa küssen?«

»Natürlich musst du mich küssen«, frotzelte ich. »Aber den Zeitpunkt bestimme ich, okay?«

»Dann wird das ja nie was.«

Harras hatte Karten für den so genannten *Stammtisch*. Der Begriff war gewollt volkstümlich gewählt, in Wirklichkeit handelte es sich um eine riesige VIP-Lounge, in der die oberen Tausend des Reviers verkehrten. Von allen Seiten näherten sich Kellner mit Halblitergläsern Bier, es gab mehrere Stände mit kalten Platten und warmen Gerichten und Präsentationsflächen, auf denen die Sponsoren ihre Artikel anboten.

»Das ist ja wie auf dem Rummel hier«, wunderte ich mich.

»Unser Tisch ist da oben«, sagte Harras. »Dort liegt das gesamte Spielfeld vor uns.«

Aber erst einmal stoppte uns eine Schlange vor den Auslagen eines Lakritz-Herstellers, für dessen Produkte ein alternder Blondi im Fernsehen warb.

»Da gibt's was umsonst«, erklärte Harras. »Du glaubst gar nicht, wer hier alles ansteht, um sich eine Tütchen Gummibärchen für lau unter den Nagel zu reißen.«

»Geiz ist eben doch geil«, brummte ich.

»Ich finde Geiz in dieser Form ziemlich anstrengend.« Harras winkte einem Kellner zu, der statt Bier ein paar Gläser Wein auf einem Tablett balancierte. Als ich zahlen wollte, schob Harras meine Hand mit dem Portmonee zur Seite.

»Fressen und saufen, bis der Arzt kommt, und all das ist schon im Preis der Karten drin«, erklärte er.

Das weckte meine Neugier und ich erkundigte mich nach dem Preis der Tickets. Fast wäre ich lang hingeschlagen: Für den *Stammtisch*-Bereich musste man mindestens vier Karten kaufen und die kosteten im Jahr knapp über 20.000 Euro!

»Wer kann denn so viel bezahlen?«, fragte ich entgeistert.

»Firmen, Institutionen, Sponsoren«, klärte mich Harras auf. »Und da sind nur die Bundesligaspiele drin. Für die Sonderspiele muss nochmal extra gelöhnt werden. Die Presseplätze sind eigentlich unten – direkt am Spielfeldrand.«

»Und warum sitzt du nicht da? Schreibst du doch nicht über das Spiel?«

»Unten treiben sich nur die Fotografen und die Kamerateams rum. Die Reporter verteilen sich über das Stadion. Also kann auch ich von hier oben berichten.«

»Und woher hast du die Karten für den VIP-Bereich? Das *Tageblatt* ist ja wohl kaum so großzügig.«

»Ich habe die Karten über einen Bekannten bekommen.«

Bevor ich mich erkundigen konnte, wer dieser großzügige Spender war, entdeckte ich Erika Sauerwald. Sie saß mit Gefolge an einem großen, runden Tisch und schien sich prächtig zu amüsieren. Ihr Haarturm war leicht derangiert und sie hatte wohl schon einige Bierchen gekippt.

Harras war meiner Blickrichtung gefolgt und meinte: »Das ist der Präsidententisch.«

»Und wo ist Gatte Sauerwald?«, fragte ich.

»Der sitzt bei den Spielen immer neben dem Trainer«, erklärte er. »Er kommt erst nach der Pressekonferenz nach oben.«

»Und wer ist der Typ neben der Präsidentengattin?«

Ich deutete auf einen Mann, dessen rotes, aufgedunsenes Gesicht nicht mit dem teuren dunkelgrauen Anzug mit Weste und Einstecktuch harmonieren wollte, den er trug. Ein Ballonseidenanzug in Pink-Türkis hätte besser zu seinem Teint gepasst.

»Theo Böhme. *Don Prosecco.* Bruder, Schwager und Onkel – und der WM-Beauftragte. Soll ich ihn dir vorstellen?«

»Das muss wirklich nicht sein«, wehrte ich ab.

»Okay. Er ist übrigens ganz nett.«

»Davon bin ich überzeugt«, sagte ich.

Böhme schaute jetzt direkt in unsere Richtung, hob die Hand zum Gruß. Ich drehte mich um, doch da winkte niemand zurück.

»Meint der etwa dich?«, fragte ich Harras.

»Klar. Immerhin hat er mir die beiden Karten gegeben.«

»Wie bitte?« Ich verschluckte mich prompt und begann zu husten. Harras klopfte mir auf den Rücken.

»Du hast die Karten von *Don Prosecco* bekommen?«, keuchte ich.

»Reg dich bloß nicht auf«, meinte Harras. »Ist doch nichts dabei.«

»Das sehe ich aber ganz anders«, ereiferte ich mich. »Wie können wir unabhängig berichten, wenn wir uns hier auf Kosten von Böhme voll fressen und voll saufen?«

»Ich wusste nicht, dass du neuerdings Fußballberichte schreibst«, entgegnete Harras. »Du bist heute privat hier, oder täusche ich mich? Und ich lasse mich bestimmt nicht mit einer Karte bestechen – denn beim Fußball zählt nur das, was im Netz landet, mehr nicht. Und jetzt lass uns nach draußen gehen, das Spiel fängt gleich an.«

Die Spielfläche war eine riesige und total grüne Landschaft, gesäumt von den steil aufsteigenden Zuschauerrängen. Bisher kannte ich Fußballspiele nur aus dem Fernsehen, hatte nie die gesamten neunzig Minuten durchgehalten und das Ganze natürlich nur zweidimensional gesehen.

Mich erstaunte die brodelnde Luft, die zigtausend murmelnden Menschen, die gespannte Erregtheit. Vor mir, hinter mir und neben mir wurde die Mannschaftsaufstellung diskutiert, wurden Prognosen abgegeben und irgendwelche Dönekes erzählt.

Die berühmte Südtribüne – die billigsten Plätze für die eingefleischtesten Fans – war eine riesige schwarz-gelbe Wand. Beifall brauste los, obwohl noch gar nichts passiert war, und Gesänge ertönten, die Beschwörungen ähnelten.

Ich merkte, wie ich von dem kollektiven Gefühl mitgerissen wurde. Ja, auch ich war eine Bierstädterin, eine Bewohnerin der Stadt, die sich einen Bundesligaverein mit Macken, ein Konzerthaus mit Defizit und eine zweistellige Arbeitslosenziffer leisten konnte. Es wäre doch gelacht, wenn wir Schwarz-Gelben die Blau-Weißen von nebenan nicht in die Knie zwingen würden!

Unsere Mannschaft lief aufs Spielfeld und stellte sich auf, die Jungs sahen aus wie aus dem Ei gepellt. Kurz danach folgten die Blau-Weißen, eine eher schlappe Truppe, die prompt ausgepfiffen wurde.

Aus den Lautsprechern ertönte ein Gong, im Stadion hiel-

ten alle den Atem an, eine Stimme forderte die achtzigtausend Zuschauer auf, sich zu erheben und eine Schweigeminute für Toninho einzulegen.

»Wir trauern um unseren Kameraden. Unsere Gedanken
sind bei ihm.«

Die Menschen verharrten mit gesenkten Köpfen in Stille,
ein Akt von Solidarität und Mitgefühl.

Nach der Minute forderte der Stadionsprecher die Fans
auf, das Vereinslied der Schwarz-Gelben zu singen. Harras
reichte mir einen der Zettel, die überall ausgelegen hatten.
Darauf stand der Liedtext.

»Sing mit, Grappa«, krächzte er. In seinen Augen waren
Tränen. Auch mir war ganz klamm zu Mute.

Musik ertönte aus den Lautsprechern, das riesige Stadion
vibrierte unter den Wellen des Gesangs:

Wir zieh'n vergnügt und froh dahin,
schwarz-gelb ist unsere Tracht.
Wir haben stets einen heiteren Sinn,
sind lustig, nie verzagt.
Wir kennen eine Feindschaft nicht,
wir schaffen Hand in Hand.
Stets ruhig Blut, ein froh' Gesicht
ist jedem wohlbekannt.

Wir halten fest und treu zusammen,
Ball-Heil-schwarz-gelb-Hurra!
Vor keinem Gegner wir verzagen,
Ball-Heil-Hurra-Hurra!

Solang' die Kehl' noch singen kann,
soll klingen unser Lied.
So lange, bis der letzte Mann

noch einen Fußball spielt.
Und sinkt auch einer in das Grab,
der Mann kann untergeh'n,
ein and'rer löst ihn sofort ab,
Schwarz-Gelb bleibt immer steh'n.

Wir halten fest und treu zusammen,
Ball-Heil-schwarz-gelb-Hurra!
Vor keinem Gegner wir verzagen,
Ball-Heil-Hurra-Hurra!

Und naht uns einst die letzte Stund',
wo wir zusammensteh'n,
dann wollen wir uns noch einmal
fest in die Augen seh'n.
Und ruft uns einst auch das Geschick
wohl in ein fernes Land,
dann schlingt sich stolz um uns're Brust
das schwarz und gelbe Band.

Das war eine bunte Mischung aus bräsigem Liedgut, schlichter Melodie und überholtem Männergetue! Doch das Massenerlebnis schlug mir voll in den Bauch: Es war ein schönes Gefühl, zu den Richtigen zu gehören!

Nach dem Lied wärmten sich die Spieler noch etwas auf, ein riesiger runder Teppich mit dem Logo einer Billigfluglinie, der auf dem Spielfeld gelegen hatte, wurde eingerollt und die kleinen Jungen des schwarz-gelben Nachwuchses, die die Profispieler ins Stadion begleitet hatten, machten sich davon.

Der Sprecher gab nach und nach die Aufstellung der Mannschaft durch, nannte von jedem Schwarz-Gelben nur den Vornamen und die Fans brüllten den Nachnamen. Schon bei diesem Test hätte ich gnadenlos versagt.

Ich sah mich um. Zwei Reihen über Harras und mir saßen Erika Sauerwald und ihr Bruder.

Ich schaute mir die Präsidentengattin genauer an. Sie kam mir ein wenig verändert vor, wesentlich aufgedonnerter als bei dem Besuch in meiner Wohnung. Ihr Blondhaar war üppig mit Haarteilen aufgepeppt worden, als sei Sissi aus dem Grab auferstanden.

Ich nahm mir vor, mich auch in Zukunft von Haarteilen, experimentierfreudigen Friseusen und falschen Einflüsterungen fern zu halten.

Don Prosecco hatte durch die kalte Luft eine normalere Gesichtsfarbe bekommen. Nun passte sie farblich zu seinem Anzug. Er saß mit versteinerter Miene neben seiner Schwester und schien sich für das Geschehen auf dem Platz nicht besonders zu interessieren.

Das Spiel war inzwischen in vollem Gange. Die unterschiedlich gekleideten Männer beförderten den Ball von links nach rechts und wieder zurück. Meist machten sie das mit den Füßen, manchmal mit dem Kopf, auch mal mit der Hüfte, niemals aber mit den Händen.

Oft verhakten sich Beine ineinander, prallten Oberkörper zusammen, wurden Ellenbogen in gegnerische Rippen gestoßen. Wenn sich ein Spieler gefährlich dem Tor näherte, wurde er umgestoßen oder jemand stellte ihm ein Bein.

»Das heißt Foul, Grappa«, klärte mich Harras auf. »Und das davor war eine Blutgrätsche.«

»Ist ja ganz schön heftig«, raunte ich. »Tun die sich nicht weh?«

»Sicher«, antwortete er. »Aber das ist im Preis mit drin.«

Ein Schwarz-Gelber kam dem blau-weiß bewachten Tor bedrohlich nahe. Es war die 17. Minute und der Treffer wurde ohne Gegenattacke versenkt. Geschrei, Applaus, Sprechchöre – das Stadion tobte.

Besonders heftig ging es auf der Südtribüne zu. Eine Art Zeremonienmeister gab geheime Zeichen und alle machten die gleichen Bewegungen und skandierten Lieder. Harras umarmte mich, strahlte übers ganze Gesicht und drückte mir einen nasskalten Schmatzer auf die Wange.

Doch die schwarz-gelbe Glückseligkeit hielt nicht lange an. Schon sechs Minuten später köpfte ein blau-weißer Typ den Ball in den schwarz-gelben Kasten. Wut, Enttäuschung und Schmährufe im Süden, Applaus und Gesänge im gegnerischen Fanblock. Eins zu eins in der Halbzeit.

Harras war wieder ansprechbar. »Komm, Grappa«, sagte er. »Jetzt brauch ich ein Bier und was zwischen die Kiemen. Hast dich ja tapfer gehalten.«

Im VIP-Bereich waren die Fressstände mit Frischwaren versorgt worden. Berge von Kuchen standen verlockend hinter Glaswänden und lächelnde Bedienungen warteten auf Kundschaft. Es duftete nach frischem Kaffee.

Ich ließ mir eine Tasse geben, schnappte mir ein Stück gedeckten Apfelkuchen, in dessen Mitte eine winzige schwarz-gelbe Fahne gesteckt worden war.

Harras hatte sich einen halben Liter Bier geholt und saß schon am Tisch. Er wischte sich den Schaum vom Mund ab und machte sich über eins von zwei Stücken Sahnetorte her, die er erbeutet hatte. Diese Kombination musste ein echtes kulinarisches Erlebnis sein!

»Und? Wie gefällt's dir bis jetzt, Grappa?«, kaute er.

»Interessant«, meinte ich. »Eigentlich ist es ja ziemlich lächerlich, wenn erwachsene Männer einem Lederball nachjagen und achtzigtausend Leute völlig entfesselt sind. Doch irgendwas ist da noch, und zwar etwas Positives.«

»Ach, was? Und so was sagst ausgerechnet du?«

»Hier können die Menschen für zwei Stunden abschalten, Freundschaft, Wärme, Freude und Spannung spüren.«

»So isses, Grappa.«

Er hatte das erste Stück Kuchen fast vertilgt und zog sich den Teller mit dem zweiten heran.

»Das wirkliche Leben ist ja für die meisten in dieser Stadt nicht farbig, nicht aufregend und schon gar nicht großartig«, dozierte ich weiter.

»Hast ja so Recht«, mümmelte er.

»Es gibt eine Arbeitslosenziffer von nahezu siebzehn Prozent, darunter viele Langzeitarbeitslose, Sozialhilfeempfänger und Jugendliche ohne Zukunftsperspektive. Und in so einer Situation kann der Fußball als Gemeinschaftserlebnis Gutes bewirken.«

»Genau«, grinste Harras. »Und erst mal die Pilsken danach!«

»Nimmst du mich eigentlich ernst?«, fragte ich.

»Und wie. Ich fand intellektuelle Frauen mit gesellschaftspolitischem Background schon immer klasse«, behauptete er. »Isst du dein Stück Kuchen nicht?«

»Du bist ein echter Blödmann«, muffelte ich. »Ich bemühe mich, dir ein soziologisches Phänomen mit einfachen Worten zu erklären, und du verarschst mich.«

»Willst du mir wirklich erzählen, dass du das alles hier ohne Herzblut betrachtest?«

»Natürlich.«

»Dann nimm mal dein Taschentuch, Grappa, und wisch dir die Wimperntusche vom Gesicht. Die hat nämlich Spuren hinterlassen, als du während der Schweigeminute für Toninho Rotz und Wasser geheult hast.«

»Ich hab nur was ins Auge bekommen«, behauptete ich.

Zufällig fiel mein Blick auf mein Handy. Viermal hatte jemand versucht, mich anzurufen, und viermal hatte ich wegen des Lärms im Stadion nichts gehört. Außerdem war eine SMS eingegangen, und zwar von Wayne Pöppelbaum:

Ruf mich sofort an. Leichenfund. Könnte T. sein. Bin unterwegs dahin.

»Was ist los?«, fragte Harras. »Du bist ja weiß wie die Wand.«

»Ich muss weg«, stotterte ich.

»Jetzt?«, fragte er entsetzt. »Bevor das Spiel zu Ende ist?«

»Ja, jetzt. Und ich brauche ein Auto. Und zwar deins.«

»Du spinnst ja.«

»Das ist ein Notfall«, sagte ich mit Nachdruck. »Gibst du mir den Autoschlüssel?«

»Was für ein Notfall?«

»Privat. Meine Mutter. Sie ist die Treppe heruntergefallen.«

»Du hast eine Mutter?«

»Jeder hat eine Mutter. Sogar ich. Und jetzt rück den Schlüssel raus, Harras!«

»Nimm ein Taxi!«

»Dauert zu lange. Dafür hast du einen Gefallen gut! Nun mach schon!«

Die zweite Halbzeit wurde angekündigt und die Stammtischler verließen die Lounge.

»Bitte!«

Resigniert zog er den Autoschlüssel aus der Tasche. »Geh pfleglich mit meinem Baby um, ja?«

»Klar«, versprach ich. »Nimm dir ein Taxi nach Hause. Und trink dir noch ordentlich einen. Kannst du ja jetzt machen – ohne Karre.«

Harras nickte. »Mach ich. Grüß deine Mutter.«

»Sie wird sich freuen. Und nochmal danke.«

Ich machte mich davon, leistete meiner Mutter auf der Treppe Abbitte und wählte Pöppelbaums Nummer. Er war schon am Fundort der Leiche angekommen.

»Ist er es?«, fragte ich.

»Sie bestätigen es nicht offiziell – aber er ist es.«

»Wo bist du?«

»Unter der Autobahnbrücke.«

Wayne beschrieb mir den Weg.

Weggeworfen

Unterhalb der Brücke standen nur verfallene Häuser, deren Bewohner geflüchtet waren, als ihnen die Autobahn die Sonne nahm. Niemand hatte sich die Mühe gemacht, die Gebäude abzureißen oder zu verschließen. So hatten sich hier wilde Müllkippen gebildet, auf denen das ›entsorgt‹ wurde, was bei der Abgabe in den Recyclinghöfen der Stadt Geld kostete: Elektromüll wie PC und Fernseher, Küchenschränke und Matratzen. Die Fenster waren hohle Löcher, die Türen aufgebrochen worden; Wohnungslose verkrochen sich hier zwecks Übernachtung und manchmal besuchten auch Drogenfreaks die leeren Häuser, um sich in Ruhe einen Schuss zu setzen.

Blaulicht blinkte in der Ferne – ein Leuchtsignal, das mir schon oft den Weg zu den Orten des Schreckens gewiesen hatte.

Die Straße war mit einem rot-weißen Band abgesperrt. Ich parkte die Corvette mit großem Abstand und stieg aus. Sich zu Fuß zu nähern war unauffälliger, außerdem brauchte mich niemand in dem merkwürdigen Schlitten zu sehen.

Der Bluthund hatte versprochen, vor dem Absperrband auf mich zu warten.

Hoffentlich ist die Leiche schon verpackt, betete ich. Sie konnte längst nicht mehr ganz frisch sein, war vielleicht von Hunden und Ratten angeknabbert worden. Es reichte, wenn ich mir später die Fotos anschauen musste. Mein Magen lag schon jetzt wie ein Stein in meinem Leib.

Mein Gebet wurde erhört – der Aluminiumsarg war bereits geschlossen. Das vermüllte Gelände war abschüssig und ich hatte einen Grund, nicht weiterzugehen, denn Wayne trabte an. »Da bist du ja.«

Er war wieder mit sämtlichen Insignien der Blaulichtreporter ausgestattet, einer Digitalkamera, dem Fotoapparat, einer Tasche mit frischen Akkus, einem Mikrofon und dem Presseausweis am Band um den Hals.

»Wo sind denn die anderen Bluthunde?«, fragte ich.

»Im Stadion. Die gucken sich doch den Revierschlager an.«

Es begann zu nieseln. Der Regen war so fein, dass meine Brille in kurzer Zeit undurchsichtig wurde.

»Was hast du denn alles?«, fragte ich.

»Alles. Auch die Leiche. Ich war früh genug da.«

»Und? Wie sieht sie aus?«

»Na ja«, dehnte Pöppelbaum. »Veröffentlichen kannst du das Foto nicht. Immerhin lag Toninho schon eine Weile hier und in der Gegend gibt es Ratten und streunende Katzen und so ein Viehzeug. Die hatten nichts Besseres zu tun, als …«

»Keine Einzelheiten«, bat ich und putzte meine Brille mit einem Taschentuch.

Die Männer im Tal machten sich gerade daran, den Sarg nach oben zu schaffen. Hauptkommissar Brinkhoff und der Brasilianer Eckermann folgten der Kiste. Der Sonderermittler hatte Ähnlichkeit mit einem Leichenbestatter – er trug einen langen, schwarzen Wollmantel. Nur die nationalflaggenverzierte Baskenmütze störte das Bild.

»Hallo, Herr Brinkhoff«, sagte ich. »Wer hat die Leiche denn gefunden?«

»Frau Grappa! Haben Sie am Wochenende nichts Besseres zu tun, als sich in dieser finsteren Gegend herumzutreiben?«

»Doch. Ich war gerade beim Fußball. Plötzlich zwitscherte mir ein Vögelchen, dass Toninhos Leiche gefunden worden ist.«

»Das war ja wohl eher ein ausgewachsener Geier«, konterte Brinkhoff mit Blick auf den Bluthund. »Darf ich Ihnen Herrn Eckermann vorstellen?«

»Hallo, Herr Eckermann«, meinte ich forsch und reichte dem Mann die Hand. »Endlich lernen wir uns mal kennen – wenn auch unter tragischen Umständen.« Er ließ meine Hand in der Luft hängen.

»Auf Ihre Bekanntschaft lege ich keinen Wert«, entgegnete er. Der Nieselregen hatte auch seine Brille mit einem feuchten Schleier überzogen.

»Ich verstehe, dass Sie betroffen sind, weil Sie Herrn Toninho nicht retten konnten«, sagte ich und packte meine Hand wieder ein. »Aber lassen Sie Ihren Frust bitte nicht an mir aus. Ich mache nur meinen Job.«

»Lassen Sie mich in Ruhe.«

Der Bluthund nutzte die Chance für ein Foto. Eckermann bemerkte es und wandte sich ab.

»Kann mir jemand diese Leute vom Hals schaffen?«, brüllte der Brasilianer.

»Sie befinden sich in einem freien Land mit einer demokratischen Grundordnung. Das hat Ihnen wahrscheinlich noch niemand gesagt. Pressefreiheit heißt das Zauberwort«, entgegnete ich.

»Blutjournalismus ist das«, blaffte er. »Und jetzt verschwinden Sie, Sie aufdringliche Person!«

»Schluss jetzt!«, mischte sich Hauptkommissar Brinkhoff ein. »Ich verbitte mir das Gebrüll.«

»Sagen Sie das mal Ihrem Freund«, zeterte ich. »Und erklären Sie ihm, welche Aufgabe eine freie Presse in einem freien Land hat.«

Eckermann ließ uns stehen und stapfte mit wütenden Schritten zu einem der Polizeifahrzeuge.

Ich sah ihm nach. »So ein Arsch!«

»Sie müssen das verstehen«, versuchte Brinkhoff zu erklären. »Eckermann ist in Brasilien eine große Nummer und nicht gewohnt, dass ihn jemand belehrt. Müssen Sie denn immer die Jeanne d'Arc der Pressefreiheit spielen?«

»Der Typ hat ein Problem mit selbstbewussten Frauen«, stellte ich fest. »Aber ich will ihm verzeihen. Im brasilianischen Karneval ist ja nur allzu gut zu beobachten, auf welche Werte Frauen reduziert werden: Titten, Arsch und Samba.«

Brinkhoff grinste und verabschiedete sich.

Pöppelbaum, der sich während des Schlagabtausches in Sicherheit gebracht hatte, näherte sich wieder.

»Was ist das denn für ein Kranker?«, fragte er.

»Gib mir die Fotos und halt den Mund, ja?«, sagte ich.

Fernsehen und Radio waren natürlich schneller als wir, denn die nächste Ausgabe des *Tageblattes* würde erst morgen erscheinen. Das Radio meldete den Leichenfund schon nach einer Stunde – ich hörte die Meldung in Harras' Corvette auf dem Weg in die Redaktion.

Das gerade zu Ende gegangene Fußballspiel hatte nur Platz zwei auf der Wichtigkeitsskala. Im Radio sprach der Reporter von einer fehlerhaften Grundeinstellung vieler Spieler und Trainer Heintje van Luttikhuizen entschuldigte die schlechte Leistung seiner Mannschaft so: »Psychisch sind die Spieler nicht in bester Verfassung – die Vorgänge um unseren Kameraden Toninho haben alle sehr belastet.«

Mein Handy klingelte. Ich fingerte danach und hätte die Karre fast gegen einen Bordstein gesetzt.

»Das mit deiner Mutter war ja wohl voll gelogen!«, hörte ich Harras toben.

»Tut mir leid. Der Bluthund hat mich alarmiert. Es ging um Toninho.«

»Und warum hast du mich nicht mitgenommen?«

»Ich weiß es nicht. Wir sehen uns gleich in der Redaktion. Dann kriegst du auch deinen Wagen wieder.« Und um etwas Nettes zu sagen, setzte ich nach: »Fährt übrigens gut, die Karre.«

Peter Jansen war schon seit Mittag in der Redaktion, um die Zeitung für den nächsten Tag fertig zu stellen. Er war ziemlich am Boden, der tragische Tod des besten Stürmers der Welt und das verlorene Spiel der Schwarz-Gelben gegen den Erzrivalen war zu viel für einen bekennenden Fußballfan. Auch Harras war nicht gut drauf. Er war noch sauer. In seinem Bart klebte etwas Gelbes.

»Gab's noch mehr zu essen?«, fragte ich.

»Wieso?«

»Da hängt was in deinem Gesicht. Ich tippe auf Rühr- oder Spiegelei. Passt farblich zum Pullover.«

Jansen grinste schräg.

»Langsam verstehe ich, was Jansen gemeint hat«, grummelte Harras.

»Was denn?« Ich blickte zu meinem Chef.

»Dass du über Leichen gehst, um deinen Willen zu bekommen.«

»Ich gehe nicht über Leichen«, korrigierte ich, »sondern zu Leichen.«

»Hört auf, ihr beiden«, mischte sich Jansen ein. »Wir haben eine Menge zu tun. Und ich muss sagen, dass mich der Leichenfund ziemlich mitgenommen hat.«

»Mich auch!«, echote Harras.

»Okay, Jungs. Dann will ich uns mal Kaffee kochen«, bot ich großzügig an. »Damit ihr zwei Hübschen wieder auf die

Beine kommt. Die Welt ist trotz allem kein Jammertal und ein bisschen Dope bringt euch Schlaffis wieder nach vorn.«

»Was du so unter Dope verstehst«, murrte Harras. »Noch nicht mal rauchen darf ich hier.«

»Rauchen schon – nur ein- und ausatmen nicht.«

Ich verschwand in der Kaffeeküche. Der alte Filter hing noch in der Maschine und das Mehl darin hatte fast wieder die ursprüngliche Konsistenz. Während ich es trotzdem im Müll entsorgte und die Kaffeedose suchte, erklang die Redaktionsschelle. Das musste Pöppelbaum sein.

Er hatte mir die Diskette mit den Fotos vom Fundort zwar schon gegeben, ich hatte ihn aber gebeten, nochmal vorbeizukommen. Immerhin war er fast gleichzeitig mit der Polizei unter der Autobahnbrücke gewesen und hatte die ganze Aktion mitbekommen.

Ich schaufelte noch zwei weitere Messlöffel Kaffee in die Filtertüte.

»Hallo, Leute«, meinte Pöppelbaum cool. Und zu mir: »Grüß dich, Königin.«

»Hi, Bluthund«, entgegnete ich. »Alles im Lot?«

»Königin? Du bist ja richtig lieb zu Grappa«, wunderte sich Jansen.

»Er hat halt Benehmen«, sagte ich. »Manchmal schüttelt er auch sein Haar für mich.«

»Ihr seid alle doof«, brummte der Bluthund. »Ich wollte einer Dame gegenüber nur höflich sein.«

»Grappa ist keine Dame, Junge«, stellte Jansen richtig. »Hat dir das denn keiner gesagt?«

Der Kaffee war durchgelaufen. Ich holte für mich und Wayne eine Tasse, Jansen und Harras guckten verdutzt.

»So dämlich bin ich wirklich nicht, dass ich euch die Plörre auch noch bringe«, sagte ich. »Komm, Wayne, wir haben zu arbeiten.«

Wir zogen uns zurück und er begann mir zu erzählen, was er unter der Autobahnbrücke gesehen und gehört hatte.

Der Körper war zufällig entdeckt worden – von einem Rentner, der seinen Hund Gassi führte. Der erschnüffelte die Leiche im Gebüsch und Herrchen alarmierte die Polizei.

Pöppelbaum bekam den ersten Funkspruch mit und glaubte an einen ›normalen‹ Leichenfund. Immerhin war die Gegend ja einschlägig bekannt.

»Ich dachte an einen Obdachlosen oder so«, meinte der Bluthund. »Und fuhr mal hin – auf gut Glück. Über den Draht hatten die Bullen noch nichts zur Hautfarbe des Toten gesagt, mir schwante erst etwas, als Eckermann unter der Brücke auftauchte.«

»Haben die Entführer Toninho getötet und da abgelegt?«

»Er kann auch von oben gefallen oder gesprungen sein«, erklärte Pöppelbaum.

»Haben die ihn etwa lebendig von der Brücke geworfen?«, fragte ich entsetzt.

»Auch das ist möglich. Aber wahrscheinlicher ist, dass er flüchten wollte und abgestürzt ist. Wenn es den Entführern nur darum gegangen wäre, ihn zu töten, hätten sie das einfacher haben können – mit einer Knarre in den Duschraum und peng! Darüber hinaus hat die Kripo oben in der Böschung eine Jacke sichergestellt, die Toninho gehören könnte.«

»Und wie kann jemand von der Brücke fallen? Ist die nicht gesichert?«

»Vielleicht hatten sie den armen Kerl unter Drogen gesetzt und er hatte seinen Body nicht unter Kontrolle – was weiß denn ich? Außerdem wird das Teil zurzeit sechsspurig ausgebaut, es gibt nur einen verdammt schmalen Steg zwischen Fahrbahn und dem Absperrgitter nach unten.«

»Wenn er flüchten konnte, dann hatte er seinen Fuß zu dem Zeitpunkt noch«, sinnierte ich.

»Davon ist auszugehen«, stimmte der Bluthund zu. »Die Kriminaltechniker haben das Erdreich am Fundort abgetragen und ich hab mitgekriegt, dass eine Menge Blut im Boden versickert sein soll.«

»Toninho liegt also zerschmettert am Boden und jemand krabbelt bewaffnet mit einem Beil durchs Gebüsch und schlägt ihm den Fuß ab?«, fragte ich ungläubig.

»Genau. Von dieser Version ist die Polizei jedenfalls überzeugt.«

Toninhos Leiche gefunden – Stürzte der entführte Stürmer von dieser Brücke 50 Meter in den Tod? Neben die Überschrift würde ich das entsprechende Foto setzen, das Pöppelbaum geliefert hatte.

Plötzlich stellte ich mir die Frage, ob Margit Sauerwald schon informiert worden war. Vermutlich nicht, denn die Polizei kannte ihr Versteck ja nicht.

Ich suchte die Telefonnummer der *Privatklinik von Siebenstein* im Internet und rief dort an.

»Hier Erika Sauerwald«, schwindelte ich. »Kann ich bitte meine Tochter Margit sprechen. Sie ist bei Ihnen zur Kur.«

»Moment«, sagte eine Frauenstimme. »Ich muss erst nachschauen, wo sie sich befindet, Frau Sauerwald.«

»Sehr freundlich«, meinte ich. »Ich warte.«

Ist ja ziemlich einfach, dachte ich.

»Frau Sauerwald?« Jetzt war plötzlich ein Mann am anderen Ende der Leitung. »Wie kommt es, dass Sie nicht wissen, wo Ihre Tochter ist? Sie machen doch gerade mit ihr einen Spaziergang durch die Halle. Ich kann Sie beide sehen.«

Verdammt, dachte ich.

»Ich bin nicht die Mutter«, versuchte ich, die Sache zu retten. »Ich bin die Tante, die Schwester der Mutter. Ihre Kollegin hat sich wohl verhört.«

»Wie Sie meinen«, sagte der Mann mit unüberhörbarer Kühle. »Dann sage ich Ihrer Schwester, dass sie Sie anrufen soll. Ihre Nummer hat sie ja sicher.«

Schade, dachte ich, das ging voll daneben.

Ich wandte mich wieder meinem Artikel zu.

Jetzt ist es schreckliche Gewissheit: Toninho Baracu, weltbester Stürmer und Nationalspieler, lebt nicht mehr. Die Leiche des 25-jährigen Brasilianers wurde gestern auf einem Brachgelände direkt unter einer Autobahnbrücke gefunden.

Ein Rentner, der diesen Weg des Öfteren mit seinem Hund nimmt, wunderte sich über die Unruhe des Tieres, als er an den Büschen vorbeiging. Plötzlich riss sich der Hund los, und als der Besitzer ihn einfangen wollte, entdeckte er die Leiche.

Kriminalpolizei und Staatsanwaltschaft haben die Identität des Toten noch nicht offiziell bestätigt. Nach Augenzeugenberichten gibt es aber keinen Zweifel, dass es sich um Toninho Baracu handelt.

Nach ersten Ermittlungen der Polizei ist Toninho von der Autobahnbrücke in die Tiefe gestürzt oder geworfen worden. Noch nicht geklärt werden konnte, wo und warum Toninho der Fuß abgetrennt worden ist. Die Erde am Fundort wurde abgetragen und sichergestellt.

Ich hatte den Text gerade abgespeichert, als Beate Schlicht anrief. Sie war auf dem neuesten Stand der Entwicklung – Brinkhoff hatte sie zu Hause angerufen.

»Jetzt wird es noch schwieriger, Toninho an den Pranger zu stellen«, sagte sie. »Alle Welt wird vor Mitleid zerfließen.«

»Ich kann verstehen, dass Sie das ärgert«, entgegnete ich.

»Allerdings. Lassen Sie uns endlich mit Margit Sauerwald reden.«

»Ja, das müssen wir«, stimmte ich zu. »Lust, heute Abend ein Gläschen Wein bei mir zu trinken?«

Keine Brötchen ohne Lizenz

Auf dem Weg nach Hause sah ich in der Bäckerstube von Anneliese Schmitz Licht – obwohl es Sonntag war.

Ich stoppte meinen Wagen vor dem Laden und klopfte an die Tür. Anneliese Schmitz winkte, kletterte von einem dreibeinigen Schemel und öffnete.

»Frau Grappa«, lächelte sie. »Immer im Dienst, was?«

»Tach auch«, sagte ich. »Wie isses?«

»Muss.«

»Sie leben ganz schön gefährlich«, meinte ich. »Irgendwann kippt der Schemel um und Sie brechen sich was.«

»Sie leben – glaub ich – gefährlicher. Jetzt ist der Schwatte auch tot. Von der Brücke gefallen.«

Der Schwatte. Früher hatte sie meinen Kater so genannt.

»Ich weiß«, sagte ich. »Können Sie morgen im Blatt nachlesen. Ich brauch was zu essen, gleich kommt Besuch.«

»Ein Mann?«

»Igitt! Ein Mann kommt mir nie mehr in die Hütte«, versprach ich. »Eine Frau. Aber rein dienstlich.«

»Hätte ich nicht von Ihnen gedacht, dass Sie mit Frauen befreundet sein können«, grinste sie schelmisch.

»Ich nehme das verpackte Brot da oben, zwei H-Milch und ein Stück Butter«, lenkte ich sie ab. »Und dann die Packung Schinken, den Schmierkäse und fünfhundert Gramm Quark.«

Sie suchte alles zusammen und packte es in eine Tüte.

»Was machen denn Ihre Weltmeisterambitionen?«, fragte ich. »Der rollende Bäckerwagen?«

»Das wird ganz schwer. Innerhalb der Bannmeile kostet alles zu viel Geld. Und außerhalb der Bannmeile ist schon alles vergeben. Soll ich Ihnen mal was sagen? Der gnadenlo-seste Geldeintreiber nach dem Finanzamt ist die Fifa. Die hat Deutschland gekauft.«

»Mit wem haben Sie denn verhandelt?«, fragte ich. »Viel-leicht kann ich Ihnen helfen.«

»Die Fifa hat einer Agentur die Lizenz gegeben. Die Li-zenz zum Gelddrucken. *Weltweit* – heißt der Laden.«

»Ja, und der Chef heißt *Don Prosecco*. Und die haben Ih-nen gesagt, dass Sie keine Brötchen verkaufen dürfen?«

»Ich hab einen Antrag gestellt. Dann kam ein Typ in den Laden. Er sei von der Agentur. Wenn ich ihm Geld geben täte, würde er sich kümmern.«

»Haben Sie?«

»Ach, gehen Sie mir doch weg! Rausgeschmissen hab ich den.«

»Sehr gut«, lobte ich. »Den Namen von dem Kerl haben Sie nicht?«

»Nee.«

»Kam der Typ wirklich von der Agentur *Weltweit?*«

»Hat er behauptet. Aber komisch ist schon, dass der das so schnell wusste – mit meinem Antrag.«

»Stimmt«, sagte ich.

»Sie kümmern sich?«

»Darauf können Sie einen lassen«, antwortete ich. »Und jetzt muss ich weg – mein Besuch ist bestimmt schon da.«

»Ach ja, die Frau«, meinte sie verschmitzt. »Wenn das ma doch kein Mann ist.«

»In unwichtigen Dingen lüge ich nie«, lachte ich.

Die Kommissarin wartete tatsächlich schon vor dem Haus. Sie hockte in einem alten, verrosteten Klapperkasten.

Der Wein, den sie angeschleppt hatte, war von ähnlicher Qualität wie ihr Auto – Beate Schlicht hatte es tatsächlich geschafft, Rebensaft in viereckigen Milchtüten zu bekommen. Aber es stand *Deutscher Weißwein* auf dem Pack und ein paar Reben und ein molliger, pausbäckiger Opa mit Buckelkarre war auch noch draufgemalt. Der Winzer grinste debil und hatte eine gewisse Ähnlichkeit mit Simon Harras, wenn er über Fußball philosophierte.

Vermutlich wurden für dieses Produkt die Reste aus den Spucknäpfen von Mosel und Rhein zusammengekippt und einmal gut durchgeschüttelt, dachte ich.

»Soll ich den Wein schon mal öffnen?«, fragte Beate Schlicht, nachdem wir die Wohnung betreten hatten. »Er ist aber leider nicht gekühlt.«

»Dieser Tropfen muss nicht gekühlt werden«, tröstete ich sie. »Ganz im Gegenteil. Je wärmer er ist, umso besser kann sich das Aroma entwickeln. Ich trinke heute aber trotzdem lieber einen Roten. Aber brechen Sie ihn doch ruhig schon mal an.«

Das Wort ›brechen‹ war ziemlich wörtlich gemeint.

»Wenn Sie Roten trinken, kann ich mich gern anschließen«, sagte sie und schob den Quader beiseite. »Heben Sie ihn sich für eine stille Stunde auf.«

Stille Stunde? Wollte sie mich foppen? Auf ihrem Gesicht war jedenfalls nichts abzulesen.

Leider hatte ich keinen Rotwein ähnlicher Qualität im Haus und ich öffnete eine Flasche *Rosso de Montalcino,* den kleinen Bruder des *Brunello.*

Um das Date etwas aufzupeppen, reichte ich der Kommissarin einen Ausdruck meines Artikels, den ich für die Montagsausgabe geschrieben hatte. Sie las ihn brav, trank zwischendurch einen Schluck Wein und meinte dann: »Ziemlich sachlich gehalten.«

»Danke«, erwiderte ich. »Schmeckt Ihnen der Wein?«

»Sehr lecker.«

»Freut mich. Ich mach schnell ein paar Schnittchen«, kündigte ich an. »Kommen Sie mit in die Küche?«

»Er hat sie vergewaltigt«, murmelte sie. »Es war so und ich weiß es. Und ich werde es nicht unter den Tisch fallen lassen.«

»Ist ein Irrtum denn völlig ausgeschlossen?«, fragte ich. »Fehler bei der Messung, vertauschte Namen. Vielleicht hatte Margit Sauerwald kurz vor dem Überfall Sex mit Toninho und wollte es nicht sagen. Sie war schließlich mit ihm befreundet. Es macht keinen Sinn, dass er sie überfällt.«

»Vielleicht hat sie ihn wirklich nicht erkannt«, sagte Beate Schlicht.

»Aber dann hätte er sie vorher verprügeln müssen. Trauen Sie ihm das zu? Es passt einfach nicht.«

Ich schnitt die belegten Brote in Viertel und drapierte sie auf eine Platte.

»Vielleicht lügt sie und bildet sich die Beziehung zu Toninho nur ein«, sagte die Hauptkommissarin. »Es gibt solche Fälle der Projektion.«

»Moment.«

Ich ging zum Schreibtisch, holte das Handy und das Foto aus dem Fanmagazin aus der Schublade. »Schauen Sie sich dieses Bild an.«

»Ich weiß von dem Foto. Es zeigt nur, dass die beiden sich kannten.«

»Ich habe noch was. Das ist Margit Sommerwalds Telefon. Und da gibt es eine SMS von Toninho, die ich Ihnen jetzt nicht zeigen kann, weil der Akku leer ist und ich die PIN nicht kenne. Aber ich habe mir den Satz abgeschrieben: *Acordei com um aperto no peito e percebi que a distancia nao destruira o nosso amor.* Das heißt übersetzt: *Ich bin mit einem Druck in der Brust aufgewacht und habe gemerkt, dass die Entfernung unsere Liebe nicht zerstören wird.* Das sagt ja wohl alles, oder?«

»Hört sich schon besser an. Wie sind Sie an das Telefon gekommen?«, wollte die Kommissarin wissen.

»Sie hat's hier vergessen, als sie mich besucht hat.«

»Kann ich das Handy mitnehmen?«, fragte sie. »Ich lasse es aufladen und die PIN kann ich mir besorgen.«

»Glauben Sie jetzt endlich, dass die beiden ein Liebespaar waren?«

»Ach, Frau Grappa«, seufzte Beate Schlicht. »Worte sind Schall und Rauch und Liebesschwüre sind meistens schnell vergessen, wenn es Beziehungsärger gibt. Die seelenvollsten Liebesbriefe, die ich je gelesen habe, wurden von einem Mann verfasst, der seine Ehefrau gefoltert, zerstückelt und in die Emscher geworfen hat.«

»Man muss sich eben beizeiten entscheiden, ob man einen Triebtäter oder einen Langweiler nimmt. Beides kann übrigens mit dem Tod enden – tödlich gelangweilt zu werden ist auch kein Rosengarten. Lassen Sie uns auf die drei Männer der Welt trinken, die glühende Liebesbriefe schreiben, einen weder foltern noch zerstückeln, sich inspiriert unterhalten können und darüber hinaus den Müll brav runterschleppen.«

Wir prosteten uns zu.

Den Rest des Abends verbrachten wir damit, Beziehungsgeflechte zu erstellen, zu diskutieren und sie wieder zu verwerfen. Die Kommissarin bestand nach wie vor darauf, dass der tote Toninho ein widerlicher Vergewaltiger war – aufgrund der eindeutigen Spuren. Für meinen Geschmack waren diese Spuren jedoch zu eindeutig.

Es ist die Falsche

Nachts träumte ich skurrile Dinge: Ich war die Zeremonienmeisterin auf der Südtribüne und dirigierte die Fans –

mit einem Bockwürstchen in der Hand. In meinem Rücken fiel Tor auf Tor – und sie gingen alle ins gegnerische Rechteck. Hielt ich das Würstchen in der rechten Hand, hoben Fangesänge an, nahm ich es in die linke, begannen die achtzigtausend mit schrecklichem Gebrüll.

Plötzlich wurde es ganz ruhig im Stadion und alle starrten aufs Grün. Ein ungläubiges Flüstern wehte wie ein leiser Wind durch das Stadion. Ich drehte mich um und sah ihn auf den Rasen laufen: Toninho – hoch aufgerichtet, strahlend jung und schön. Toninho lief auf den Ball zu, ließ ihn auf seinen Füßen tanzen, schoss ihn ein Stück weg, folgte ihm und nahm ihn mit Leichtigkeit und unglaublicher Eleganz wieder auf die Fußspitzen.

Atemlos und schweigend sahen ihm die Menschen zu. Toninho war von einer Lichtaura umgeben.

Plötzlich löste sich eine Frau aus den Fanreihen, kletterte über die Absperrung und rannte auf den Spieler zu. Es war Margit Sauerwald, das blonde Haar wehte, sie lächelte entrückt und stolz. Ihr Kleid war zart, fast durchsichtig, die Bewegungen elegant-schwebend. Toninho sah sie nicht, so vertieft war er in seine Dribbelkünste.

Margit lief weiter, und als sie ihn fast erreicht hatte, schaute er auf, staunend, erkannte sie und öffnete die Arme. Sie flog hinein und die Menschenmenge applaudierte. Die beiden drehten sich, oder drehte sich das Stadion um sie? Immer schneller und schneller wurde das Tempo, das Publikum begann zu rasen. Endlich setzte der Brasilianer das Mädchen ab, beide verharrten in enger Umarmung.

Toninho löste sich von Margit, hielt sie aber noch an der Hand und beide schauten zu den Rängen hoch. Plötzlich war es nicht mehr Margit Sauerwald, die der Spieler festhielt, sondern ihre Mutter. Ihr Gesicht war bleich, die Augen funkelten bösartig und die Lippen waren schmal.

Er hat die Falsche im Arm, schrie ich panisch, warum seht ihr das denn nicht?

Schweißgebadet wachte ich auf. Warum träumte ich solch verworrene Dinge? Doch je mehr ich darüber nachdachte, umso plausibler kam mir der Traum vor: Toninho zwischen Erika Sauerwald und Margit. Toninho – ein Vergewaltiger? Toninho – dem die Fans alles verziehen. Vielleicht hat der Fall Toninho nicht mit der Entführung begonnen, sondern mit dem Überfall im Wald, dachte ich.

Orakel – oder was?

Die Gerichtsmediziner hatten sich beeilt und schon am Montagmorgen lag das vorläufige Obduktionsergebnis vor. Toninho war mit großer Wahrscheinlichkeit bereits am Tag der Entführung durch den Sturz von der Brücke gestorben. Seine Knochen waren zerschmettert und die inneren Organe tödlich verletzt worden.

Die Leiche war voll bekleidet mit Hose, T-Shirt und Schuhen, die Entführer mussten ihm direkt nach der Verschleppung aus den Duschräumen Kleider gegeben haben. Die sichergestellte Jacke, die sich in der Böschung knapp unterhalb der Brücke verfangen hatte, gehörte ebenfalls zu Toninhos Sachen – es wurden Haare und Hautschuppen gefunden. Die Erde am Fundort war blutgetränkt. Ob es sich um das Blut handelte, das bei der Fußamputation geflossen war, konnte nicht mit Sicherheit gesagt werden.

Neue Hinweise auf die Täter erhofften sich die Behörden von der Durchsuchung des Fahrzeugs der Entführer.

Der Kastenwagen des Catering-Service war allerdings noch nicht wieder aufgetaucht, darüber hinaus suchte die

Polizei Zeugen, die einen solchen Transporter am Tag der Entführung in der Nähe der Brücke beobachtet hatten.

Ich befand mich mit dem Fax der Staatsanwaltschaft in Jansens Büro. Er überflog das Papier und war sauer.

»Die wissen ja weniger als du, Grappa«, nörgelte er. »Und du weißt auch nicht gerade besonders viel.«

»Was soll denn das heißen?«, fragte ich.

»Wo ist dein alter Elan geblieben? Bist du Sauerwald schon auf die Bude gerückt? Wo ist die Tochter, die ja offensichtlich irgendwie in der Sache drinhängt? Wo befindet sich der zweite Schuh? Und – verdammt nochmal – wer steckt hinter allem?«

»Bin ich ein Orakel, oder was?«, explodierte ich. Jansen nervte!

»Früher hattest du originelle Denkansätze«, maulte er. »Neuerdings wartest du nur noch auf den Polizeibericht.«

»Das lass ich mir nicht sagen! Ein paar Fakten brauche ich ja schon, oder?«, verteidigte ich mich.

»Seit wann lässt du dich denn von solchen Kleinigkeiten wie Fakten beeindrucken?«, piesackte er mich weiter. »Lass dir was einfallen! Klemm dich hinter Brinkhoff! Fick den Fuzzi mit der Baskenmütze! Freunde dich mit Sauerwalds Tochter an oder geh mit seiner Frau in den Golfclub. Mach, was du willst, aber mach was!«

Harras polterte in das Zimmer, drehte aber gleich wieder ab, als er Jansen und mich in Kampfhaltung sah.

Es reichte! Ich ließ Jansen sitzen und knallte die Tür so heftig zu, dass die Wände wackelten.

Wütend lief ich durch den Flur. Jansen riss hinter mir die Tür wieder auf. »Du hast sechzig Zeilen auf der Drei. Und wenn du in deinem Leben nochmal auf die Eins willst, dann leg endlich los, Grappa-Baby!«

Ich drehte mich um und sah sein Grinsen. Den gestreckten Mittelfinger meiner rechten Hand konnte er aus der Entfernung prima erkennen.

Aus meinem Büroschrank nahm ich ein großes Blatt Papier und heftete es an die Wand. Darauf schrieb ich die Namen der handelnden Personen dieses Falles, kennzeichnete ihre Verbindungen mit Pfeilen und bemerkte, dass Theo Böhme und Marcel Sauerwald zu den Nutznießern des Todes von Toninho gehörten.

Toninho hatte Theo Böhme ins WM-Geschäft pfuschen wollen – mit seinen Plänen, während der Weltmeisterschaft einige Bars mit heißen Mädchen aus Rio aufzumachen. Und Marcel Sauerwald war vielleicht nicht ganz einverstanden damit, dass sich der schwarze Junge aus den Armenvierteln von Rio an seine Tochter herangemacht hatte. Vielleicht hatten sich Onkel und Vater auch zusammengetan und Toninho aus dem Verkehr gezogen.

Vielleicht wollten sie ihm ja nur einen Denkzettel verpassen, dachte ich, und ihn später wieder laufen lassen. Und dann flieht der Kerl und fällt von der Brücke.

Aber was bedeutete der abgehackte Fuß? Wenn ich an die sexuellen Aktivitäten dachte, die Toninho nachgesagt wurden, hätte ein anderer Körperteil in der Plastiktüte liegen müssen – vielleicht nicht gerade in einem roten Stöckel.

Und was war eigentlich mit Esther Klein, dieser unscheinbaren Bordellmutter, die wahrscheinlich viel mehr beobachtet hatte, als sie jemals zugeben würde?

Sie hatte Erika Sauerwald Obdach bei ihren erotischen Ausflügen aus der bürgerlichen Ehe geboten, sie kannte Toninho und Böhme, den einen als Besitzer des Hauses und vielleicht auch als Besucher des Clubs und den anderen als Geschäftspartner. Nein, warum sollte Esther Klein Toninho aus dem Verkehr ziehen wollen? Sie war bestimmt nur eine Randfigur.

Theo Böhme hatte Priorität. Seine Agentur *Weltweit* hatte mit dieser Fußballweltmeisterschaft die Lizenz zum Gelddrucken erworben. Und diese Lizenz würde er sich nicht gern abjagen lassen.

»Ich gucke mir die Böhme-Firma mal ein bisschen genauer an«, teilte ich Peter Jansen mit. »Damit du nicht weiter auf mir herumhackst. Und wenn er mich killt, bist du schuld.«

»Wenn er das macht, Grappa«, sagte er, »hab ich ja noch den Nachruf von neulich in der Schublade.«

Winterdepression

Der Winter war plötzlich über die Stadt gekommen. Der Wetterbericht kündigte für die Nacht Schnee an. Ich muss mir die Winterreifen aufziehen lassen, dachte ich, als ich den Weg zu Böhmes Firma nahm. Mir schien, als würde die dunkle Jahreszeit von Jahr zu Jahr heftiger und länger. Die globale Erwärmung der Erde war wohl nur ein Phantom der Umweltschützer.

Die Agentur residierte im Westen der Stadt im so genannten Technologiepark. Die Stadt hatte vor fünfundzwanzig Jahren eine große Fläche, die bis dahin zum Grüngürtel gehört hatte, zur Ansiedelung freigegeben. Eine Menge Landesmittel war in den Bau der schicken Gebäude aus Glas und Stahl geflossen. Damals waren die Landeskassen noch voll gewesen und das Zauberwort *Strukturwandel* hatte die Bierstädter Traditionsbegriffe *Kohle*, *Bier* und *Stahl* nach und nach verdrängt.

Ich gab zu viel Gas und kam auf der vereisten Straße ins Rutschen. Grimmig steuerte ich gegen – das alles war wie ein

Sinnbild meiner aktuellen Situation: auf glatter Bahn schlingernd, reagierend und nicht agierend. Ich fing den Wagen rechtzeitig ab – nichts war passiert.

Böhmes *Weltweit*-Logo prangte als aufdringliches rotes Neonlicht am Gebäude. Hinter den Scheiben war es schon dunkel.

Die scheinen schon Feierabend zu haben, dachte ich, da ist wohl nichts mehr mit spionieren – zumindest nicht offiziell.

Egal, jetzt war ich schon mal hier. Mir fielen die Fernsehkrimis ein, in die ich abends manchmal hineingeriet. Da holte der Kommissar gewöhnlich eine Scheckkarte heraus, drückte sie in die Türfalz und der Zugang war frei.

Ich hatte das zu Hause mal ausprobiert, doch meine Tür spielte da nicht mit. Vielleicht lag es daran, dass sich die Scheckkarten von gnadenlos überzogenen Konten für solcherlei Kunststückchen nicht eigneten.

Mehr zufällig drückte ich gegen die Glastür und sie schwang auf. Das Treppenhaus, in dem ich stand, war dunkel und leer, die Tür im Erdgeschoss verschlossen. Auf einem silberfarbenen Schild zeigte ein Pfeil an, dass es zu *Weltweit* nach oben ging. Die Straßenbeleuchtung spendete ausreichend Licht und ich schlich die Treppe hoch.

Durch ein Fenster erkannte ich, dass es nun schneite. Im Schein der Laterne tanzten dicke weiße Flocken. Auch das noch.

Noch fünf weitere Stufen und ich stand vor dem Eingang von *Weltweit*. Auch diese Tür war nicht verriegelt. Jemand hatte sich am Schloss zu schaffen gemacht und es geknackt.

Das sieht nicht gut aus, dachte ich.

Ich tastete nach dem Lichtschalter und fand ihn. Halogenlämpchen flammten auf. Sie waren in die Decke eingelassen worden und spendeten indirektes Licht. Der Raum wirkte gediegen und edel.

An den Wänden hingen große Fotoplakate: Fußballszenen, Männer in Bewegung, im Sprung oder im Angriff auf den Ball verdrehte Körper und verzerrte Gesichtszüge.

»Hallo, ist hier jemand?«, rief ich pro forma.

Nichts rührte sich. Mehrere Bürotüren gingen vom Vorraum ab. Ich schritt eine nach der anderen ab und stand schließlich vor Theo Böhmes Zimmer, wie mir das Schild neben der Tür mitteilte.

Ich sparte mir das Klopfen und trat ein.

Nach und nach gewöhnten sich meine Augen an das Dunkel. Da waren ein großer Schreibtisch, eine Designer-Schreibtischlampe mit gebogenem Hals und eine Sitzecke mit tiefen Sesseln.

Verdammt, ich brauchte Licht, um besser sehen zu können. Ich schaltete die Stehlampe an, um den Schreibtisch untersuchen zu können. Der Typ hat ja voll aufgeräumt, dachte ich enttäuscht, noch nicht mal ein Terminkalender liegt herum.

Aber da stand das Telefon. Wen hatte Böhme zuletzt angerufen? Wahlwiederholungstaste. Auf dem Display erschien eine Handynummer. Ich notierte sie.

Die Schränke waren verschlossen. Sie aufzubrechen, fehlte mir der Mut.

Die schmale Tür in der Wand führte bestimmt zu einer Küche oder zu einem Waschraum. Ich drückte sie auf. Dahinter befand sich ein Toilettenraum. Es war eisig kalt hier – kein Wunder, denn das Fenster stand weit auf und es hatte sogar schon hereingeschneit.

Mein Blick fiel auf den Boden. Ein Fuß ragte unter der Kabinenwand, die das Klo umgab, hervor. Er steckte in einem roten Stöckelschuh.

Spuren im Schnee

In einer Frauenzeitschrift hatte ich mal etwas über entspannende Atemübungen gelesen. Ich atmete so tief und langsam, wie ich konnte, durch die Nase ein und ließ die Luft durch den Mund wieder heraus – insgesamt dreimal. Danach hatte ich wieder genügend Kraft, um entscheiden zu können, ob ich zuerst die Kabinentür öffnen und dann die Polizei anrufen sollte oder umgekehrt.

Aber vielleicht lebte die Person hinter der Tür ja noch, auch wenn ich nicht wirklich daran glauben mochte.

Mit dem Ellenbogen versuchte ich, die Klinke hinunterzudrücken – es klappte, doch die Tür ließ sich nur einen Spalt öffnen. Sollte ich nicht doch besser die Polizei informieren? Wenn die Person keinen Kopf mehr hatte oder schrecklich entstellt war?

Grappa, du bist ein Weichei, dachte ich, früher hättest du nicht solche Fragen gestellt, sondern hättest deine journalistische Pflicht vor deine privaten Bedürfnisse gestellt. Jansen hat Recht mit seinen Vorwürfen.

Vorsichtig drückte ich die Tür weiter auf. *Don Prosecco* saß auf dem Pott, seine Gesichtsfarbe hatte jegliches Bluthochdruckrot verloren – er war ziemlich tot.

Jansen, jetzt hast du deine Exklusivgeschichte, dachte ich.

Böhmes Gesichtszüge waren verzerrt, der Hemdkragen geöffnet. Äußere Verletzungen konnte ich nicht erkennen. Ich sah am Bein hinab. Er trug noch Socken und der Stöckelschuh war ihm viel zu groß. Der Anblick war absolut lächerlich.

Es wurde Zeit, die Polizei zu rufen. Ich machte die Kabinentür wieder zu. Gerade wollte ich ins Büro zurückgehen, als ich ein Geräusch hörte. Jemand befand sich im Raum nebenan.

Mir gefror das Blut in den Adern. Schritte näherten sich, kein Wunder, denn ich hatte Licht gemacht und der Besucher musste es sehen.

Ich drückte die Tür vom Kloraum zum Büro zu und drehte den Schlüssel um.

Brinkhoffs Handynummer war gespeichert, ich suchte seinen Namen. Mehrere Male klingelte es, bis sich der Hauptkommissar meldete.

»Theo Böhme ist tot«, stammelte ich. »Ich steh gerade vor seiner Leiche und der Mörder ist noch da.«

Dass ich Theo Böhme einmal so nah kommen würde, hätte ich mir nicht träumen lassen. Ich drückte mich seitlich neben das Fenster und starrte hinaus. Wenn der Mörder wegwollte, würde ich ihn sehen.

Der Schnee hatte die Straße vollständig bedeckt, die Büsche trugen dicke weiße Hauben auf ihren Köpfen. Der Weg vor dem Haus war mit frischem Schnee gepudert und da waren Fußspuren, die nicht von mir stammten – sie waren von jemandem hinterlassen worden, der vor Kurzem vom Haus weggegangen war. Der Mörder schien mir doch entwischt zu sein.

Ein Martinshorn in der Ferne sagte mir, dass Hilfe unterwegs war. Ich versuchte zu erkennen, wohin die Spuren führten, doch sie verloren sich im Dunkel. Und gleich würden die Polizisten alles zertrampeln.

Der erste Wagen fuhr heran, bremste und zwei Beamte stiegen aus.

»Hier oben!«, schrie ich. »Hier ist der Tote.«

Natürlich zerstörten sie sofort alle Fußabdrücke. Brinkhoff traf wenig später ein, danach ein Notarztwagen.

Ich berichtete Brinkhoff, was sich ereignet hatte, behauptete, völlig fertig zu sein und nur noch nach Hause zu wollen. Er glaubte mir und bestellte mich für den nächsten Tag ins Präsidium.

Langsam ging ich die Treppe nach unten. Ich hatte meinen Wagen zwanzig Meter vom Haus entfernt geparkt. Der Weg war inzwischen voll von Fußspuren, die sich wie ein riesiger schwarzer Klecks in den Schnee gedrückt hatten. Ich ging zum Rand des Kleckses und tatsächlich! Eine Spur setzte sich von den anderen ab und führte über die Straße. Es schneite noch immer und bald würde auch diese Spur nicht mehr zu erkennen sein.

Ich blickte zurück zum Haus. Niemand beobachtete mich, also folgte ich den Fußabdrücken. Sie führten mich auf der anderen Straßenseite an einer Rabatte mit Zierquitten entlang, von denen sogar noch welche an den Zweigen hingen – sie sahen aus wie kleine, gelbe, verschrumpelte Lampions.

Die Büsche begrenzten einen Parkplatz, und genau dorthin führten mich die Abdrücke. Kein Auto war zu sehen, aber es musste vor Kurzem eins weggefahren sein, denn da waren Reifenspuren.

Mit der Schulter streifte ich den Ast eines Gesträuchs, mein Mantel blieb daran hängen. Ich fluchte und befreite die Wolle. Plötzlich bemerkte ich über mir etwas Dunkles. Es ähnelte einem Fetzen Stoff.

Ich griff danach und hielt es ins Licht einer Straßenlaterne. Das Ding war eine schwarze Baskenmütze, auf die die brasilianische Flagge gestickt war.

Kühler Kopf und heißer Verdacht

Ich hatte den Beweis in der Tasche, dass sich Eckermann am Tatort aufgehalten hatte. Warum hatte er nicht gewartet, bis Brinkhoff eingetroffen war? Offenbar hatte der Brasilianer eine Menge zu verbergen.

Sollte ich Brinkhoff die Mütze auf den Tisch legen und sagen: »Hab ich im Schnee gefunden, das Teil hier, vielleicht hat es ja eine Bedeutung.«

Ich entschied mich, nach Hause zu fahren.

Schnee fiel jetzt nicht mehr, hatte aber einige Straßen unpassierbar gemacht. Wagen standen quer, die weiße Pracht und das ungewöhnliche Licht ließen Bierstadt unwirklich und märchenhaft erscheinen.

Nur mit Mühe schaffte mein Wagen die Straße zu meinem Haus hinauf. Direkt vor dem Eingang stand ein Pkw, dessen Motorhaube schneefrei war.

Ich parkte vor dem Auto ein und beobachtete im Seitenspiegel, dass ein Mann ausstieg. Er war groß und massig und trug keine Baskenmütze.

Ich verriegelte meinen Wagen von innen, überlegte kurz, zog mein Handy aus der Tasche und wählte Brinkhoffs Telefonnummer.

»Hallo, Herr Brinkhoff«, sagte ich.

Der Mann kam näher. Ich wartete, bis ich sicher war, dass er meinen Worten folgen konnte, dann öffnete ich das Fenster einen kleinen Spalt.

»Ich habe im Schnee eine Mütze gefunden, die Ihrem Kollegen Eckermann gehört«, sagte ich laut. »Soll ich sie mitbringen, wenn ich morgen zur Vernehmung ins Präsidium komme?«

»Wo haben Sie diese Mütze genau gefunden?«

Eckermann stand vor dem Fenster und hörte zu.

»Auf dem Parkplatz gegenüber von *Weltweit*«, erklärte ich.

»Herr Eckermann hat die Firma vermutlich observiert«, sagte Anton Brinkhoff.

»Herr Eckermann ist gerade hier. Vor meinem Haus. Moment, fragen Sie ihn doch am besten sofort.«

Schnell ließ ich das Fahrerfenster ganz nach unten gleiten.

»Für Sie, Herr Eckermann«, sagte ich und reichte dem Brasilianer mein Handy. »Brinkhoff.«

Widerwillig nahm der große Mann den Apparat und meldete sich. Leider konnte ich aus den Jas und Neins und Ganz-sichers nicht folgern, was die beiden miteinander beredeten.

Ich verließ das Auto und wartete.

Plötzlich hörte ich Eckermann sagen: »Ich habe das Haus nicht betreten, sondern nur beobachtet. Und dann sah ich plötzlich Frau Grappa reinspazieren.«

Der Hauptkommissar entgegnete etwas und Eckermann gab mir das Telefon zurück. »Brinkhoff für Sie!«

»Es war, wie ich gesagt habe, er hat das Haus observiert«, meinte Brinkhoff.

»Quatsch! Sie glauben ihm doch wohl nicht!«, empörte ich mich.

»Wir werden das morgen klären«, sagte Brinkhoff. »Jetzt muss ich erst einmal Frau Sauerwald vom Tod ihres Bruders unterrichten. Bis morgen früh, Frau Grappa. Und – seien Sie nett zu dem Kollegen Eckermann.«

»Aber immer«, versprach ich und steckte das Handy wieder ein.

»Sie haben also meine Mütze«, sagte der Brasilianer. »Würden Sie sie mir bitte zurückgeben?«

»Vielleicht klebt Böhmes Blut dran«, sagte ich. »Dann wäre die Kappe ein Beweis gegen Sie.«

»Sie haben sie ja nicht alle«, lachte er und trat näher.

»Bleiben Sie, wo Sie sind«, forderte ich. »Wollen Sie auch mich umbringen?«

»Ich würde Sie wirklich mit Freude zu den Engeln schicken«, meinte er trocken. »Aber meine privaten Wünsche will ich erst mal zurückstellen. Und die Mütze will ich nur wiederhaben, weil ich am Kopf friere.«

»Warum haben Sie Böhme getötet?«

»Ich?« Er lachte erneut. »Sie haben mich durchschaut. Ich brauche das. Einmal die Woche muss ich jemanden umbringen. Und nächste Woche sind Sie dran.«

»Hat's denn Spaß gemacht?«, ließ ich nicht locker. »Samba-Feeling oder was?«

»Es gibt viele durchgedrehte Leute in Deutschland«, sagte Eckermann. »Aber Sie, Frau Grappa, sind die Krönung. Wie sagt man bei Ihnen? Rutschen Sie mir doch den Buckel runter. Einen geruhsamen Abend.«

»Sie mich auch!«, blaffte ich.

Doppelter Flughafen

Vor meiner Haustür schüttelte ich den Schnee von den Schuhen und ging nach oben. Der Abend hatte es in sich gehabt.

Ich holte den Zettel hervor, auf dem ich die Nummer notiert hatte, die Böhme zuletzt angerufen hatte. Die Polizei würde die Nummer sicherlich auch überprüfen, aber ich wollte schneller sein.

Der Ruf ging raus und ich wartete. Endlich sagte eine Frauenstimme: »Ja, bitte?«

»Ist dort der Flughafen?«, fragte ich.

»Nein.«

»Man hat mir aber diese Nummer gegeben«, meinte ich.

»Wer sind Sie denn?«

»Das spielt keine Rolle. Sie haben sich wohl verwählt.«

Das Gespräch war zu Ende. Die Stimme war mir bekannt vorgekommen, ich wusste aber nicht, wo ich sie hinstecken sollte.

Ich drückte die Ziffernfolge erneut. Die Frau meldete sich wieder. »Ja, bitte?«

»Ist dort der Flughafen?«, fragte ich.

»Verdammt«, schrie sie, »warum fragen Sie mich denn schon wieder nach diesem verdammten Flughafen? Ich will endlich schlafen.«

Die Stimme der Frau erinnerte mich an Beate Schlicht. Aber das konnte ja nicht sein. Das war heute wohl alles zu viel für mich gewesen.

Ich beschloss, mich aufs Ohr zu legen. Morgen würde ich weitersehen.

Kaum war ich eingenickt, klingelte mein Handy. Die Hauptkommissarin war dran. »Was soll das, Frau Grappa«, meinte sie. »Das waren Sie doch eben, oder? Warum fragen Sie, ob ich der Flughafen bin?«

»Weil ich die Nummer in Böhmes Telefon gefunden habe«, erklärte ich. »Das ist die Nummer, die er zuletzt angerufen hat.«

»Wieso Böhme?«

»Er ist tot. Ich habe seine Leiche entdeckt.«

»Ermordet?«

»Keine Ahnung. Fragen Sie Brinkhoff.«

»Komisch«, meinte sie. »Brinkhoff hat mich ebenfalls auf dieser Nummer angerufen und gefragt, ob ich Erika Sauerwald sei.«

Mir dämmerte etwas. »Welches Handy gehört denn zu der Nummer, die Brinkhoff und ich angerufen haben?«, fragte ich.

»Das Handy, das Sie mir gegeben haben! Margit Sauerwalds Telefon. Ich habe es aufgeladen und mir von dem Telefonanbieter die PIN geben lassen.«

Mir wurde heiß und kalt. »Moment! Dann ist es ja gar nicht Margits Handy, sondern das ihrer Mutter. Sie hat das Telefon ihrer Mutter bei mir vergessen «, rief ich. »Brinkhoff sagte mir vorhin, dass er Erika Sauerwald über den Tod ihres Bruders informieren wollte.«

»Wissen Sie, was das bedeutet?«

»Was?«, fragte ich.

»Toninhos Spruch von der Liebe, die alle Entfernungen überwindet, war nicht an die Tochter, sondern an die Mutter gerichtet!«

Der runde Sauhund

Ob Toninho es gleichzeitig mit Mutter und Tochter getrieben hatte?, fragte ich mich. Und wenn ja, wie hat Margit das verkraftet? Erika Sauerwald machte nicht den Eindruck, als würde sie freiwillig etwas teilen, von dem sie glaubte, dass es ihr gehörte. Konnte sie Toninho getötet haben?

Ich verwarf den Gedanken wieder. Das Kidnapping war bis ins Detail geplant gewesen, Menschen mussten engagiert und eingeweiht werden – das traute ich der Präsidentengattin nicht zu. Sie war keine, die sich Mitwisser leistete.

Auf meinem Schreibtisch hatte sich das Chaos breit gemacht. Artikel über Fußball und die Weltmeisterschaft, Brasilien und den Serienvergewaltiger. Daneben Erbauliches: nette Zitate rund um den Fußball, abgesondert von Trainern, Spielern und Sportreportern. Und natürlich ein paar

Sätze der ganz Schlauen, die sich mit dem Massenphänomen Fußball entsprechend ihrer Fachrichtung intellektuell beschäftigt hatten.

Mit dem Fußball ist es wie mit allen anderen Dingen. Wenn er eines Tages stirbt, dann an seiner Ernsthaftigkeit. Das Spiel ist dazu da, der Wirklichkeit zu entfliehen. Wenn der Fußball zu einer Frage von Leben und Tod ausartet, dann zerren wir ihn zurück in die Realität. Das ist das Ende des Spiels, sagte Jorge Alberto Valdano.

Was dem Amerikaner der Tellerwäscher, ist dem Europäer der Fußball – das mythisch verklärte Forum für den aschenputtelartigen Aufstieg vom armen Arbeiterkind zum reichen Weltstar. Das stammte von Horst Eberhard Richter, dem deutschen Psycho-Papst.

Na ja, für einen solchen Satz muss man nicht unbedingt studiert haben, dachte ich, das fällt auch schlichteren Geistern ein. Ich blätterte weiter und fand tatsächlich etwas, was mir gefiel: *Der Ball ist ein Sauhund* – ausgesprochen von Rudi Gutendorf. Ich kannte den Mann zwar nicht, aber ich hatte ja eine Suchmaschine: Der Kerl war kein Poet, sondern Fußballtrainer und trug den Spitznamen ›Riegelrudi‹. Sein Satz fasste in fünf Worten zusammen, was Fußball ausmachte: die Unwägbarkeit des Spielverlaufes.

Ich entdeckte auch noch ein Gedicht von Rilke dort, das den schlichten Titel *Der Ball* trug:

Du Runder, der das Warme aus zwei Händen
im Fliegen, oben, fortgibt, sorglos wie
sein Eigenes; was in den Gegenständen
nicht bleiben kann, zu unbeschwert für sie,

zu wenig Ding und doch noch Ding genug,
um nicht aus allem draußen Aufgereihten

unsichtbar plötzlich in uns einzugleiten:
das glitt in dich, du zwischen Fall und Flug

noch Unentschlossener: der, wenn er steigt,
als hätte er ihn mit hinaufgehoben,
den Wurf entführt und freilässt –, und sich neigt
und einhält und den Spielenden von oben
auf einmal eine neue Stelle zeigt,
sie ordnend wie zu einer Tanzfigur,

um dann, erwartet und erwünscht von allen,
rasch, einfach, kunstlos, ganz Natur,
dem Becher hoher Hände zuzufallen.

Rainer Maria Rilkes goldene Worte gaben mir (Meister, verzeih mir!) die nötige Bettschwere.

Ich schlief durch bis zum Morgen, träumte nicht alb und wachte erholt auf.

Erschrocken stellte ich fest, dass in einer halben Stunde die Redaktionskonferenz stattfand. Ich musste über Theo Böhmes Tod schreiben, zur Vernehmung ins Präsidium und am Nachmittag wollte ich endlich Margit Sauerwald in der Privatklinik für gestörte Millionärstöchter besuchen. Ich verabredete mich mit Beate Schlicht.

Hinweis – auf was?

Don Prosecco litt seit Jahren unter Bluthochdruck und nahm starke Medikamente. Die Spurensicherer hatten entsprechende Tabletten gefunden und die Angestellten der Firma hatten bestätigt, dass ihr Chef die Pillen mit akribischer Pünktlichkeit genommen hatte.

Der Gerichtsmediziner attestierte einen Herzinfarkt als Todesursache.

»Na, siehst du«, sagte Peter Jansen. »Alles ganz einfach. Der Typ war vorgeschädigt.«

»Ja, klar. Das Absahnen hat ihn so angestrengt, dass sein Herz nicht mehr mitgemacht hat, und zur Feier des Tages schleicht er sich aufs stille Örtchen, schlüpft in einen roten Schuh und stirbt. So ein Quatsch!«

»Vielleicht hast du ihm den Schuh angezogen, Grappa«, frotzelte Jansen. »Weil du gemerkt hast, dass du mit deiner Story nicht weiterkommst.«

»Du hast Recht«, gab ich zu. »Ich habe auch Toninho den Fuß abgehackt, damit ich nach meinem Unfall wieder gut ins Geschäft komme.«

»Jedenfalls hast du jetzt deine hundert Zeilen auf der Eins«, grinste Jansen. »Zufrieden?«

»Ich muss zu Brinkhoff«, sagte ich. »Zum Interview.«

»Heißt das bei denen nicht Vernehmung?«, fragte Jansen.

Der Hauptkommissar erwartete mich schon.

Ich legte ihm Eckermanns Mütze auf den Schreibtisch und sagte: »Sie sollten sie untersuchen lassen. Vielleicht klebt Böhmes Blut dran.«

»Eher nicht«, meinte Brinkhoff. »Böhme ist an einem Herzinfarkt gestorben.«

»Na, dann ist ja alles in schönster Ordnung.« Die Ironie war nicht zu überhören.

»Wir haben seine Tabletten untersucht. Sie sind ausgetauscht worden gegen irgendein wirkungsloses Zeug – und zwar schon vor einiger Zeit.«

»Also doch Mord. Und seine Angestellten? Haben die etwas mitgekriegt?«

»Die habe ich heute früh befragt, aber es hat nichts gebracht. Böhme hat ihnen gestern Nachmittag überraschend freigegeben, er wollte wohl allein sein. Kann sein, dass er sich mit jemandem treffen wollte.«

»Steht nichts in seinem Terminkalender?«

»Nein.«

»Und wie hat es der Besucher geschafft, dass Böhme zum passenden Moment einen Herzinfarkt bekommen hat?«, fragte ich.

»Dazu gehört nicht viel. Ein bisschen Aufregung und Ende.«

»Hat der Besucher den Schuh mitgebracht?«

»Nein.«

»Nein? Wie können Sie so sicher sein?«, fragte ich.

»Böhme hatte Toninhos Schuh im Büro, zusammen mit dem Karnevalskostüm. Und da ist noch mehr.« Brinkhoff atmete schwer. »Es scheint so, dass Böhme Toninho entführt hat. Wir haben den gestohlenen Kastenwagen gefunden. Er stand in der Garage nebenan.«

Ich begann zu lachen. Die Nummer war wirklich zu köstlich.

»Jemand will Böhme alles in die Schuhe schieben«, sagte ich. »Um sich selbst aus der Schusslinie zu bringen.«

Brasilien klemmt

Am Bierstädter Rathaus hisste am Mittag Oberbürgermeister Jakob Nagel offiziell die Nationalflaggen der Mannschaften, die im Sommer in Bierstadt spielen würden.

Fast alles lief wie geschmiert, nur die brasilianische Fahne blieb auf der Hälfte der Stange hängen und wollte nicht nach oben.

Nagel und sein Gefolge wussten nicht, ob sie lachen oder

165

weinen sollten. Die Blitzlichter der Kameras gewitterten, vereinzelt war Gelächter zu hören und es kam Hektik auf.

Nach meinem Besuch im Präsidium war ich in den offiziellen Akt vor dem Rathaus hineingeraten. Ich gesellte mich zu dem Journalistenpulk und fand Simon Harras und Eckermann in der vordersten Reihe.

Die beiden unterhielten sich und waren offensichtlich bestens amüsiert durch die Versuche, die Brasilienflagge auf Höhe zu bringen.

»Guten Tag, die Herren«, begrüßte ich die beiden Männer. »Brasilien klemmt wohl.«

Eckermann sah mich finster an.

»Hallo, Grappa«, meinte Harras. »Schön, dich zu sehen. Kommst du etwa, um die Flaggenparade abzunehmen?«

»Ich war gerade bei Brinkhoff«, erklärte ich. »Wegen Böhme.«

»Ich hab schon gehört, dass er dahingerafft worden ist. Die Prosecco-Industrie wird bald am Boden liegen.«

»Dein Samba-Freund war gestern beim Leichenfund hautnah dabei.«

»Vielleicht nehmen Sie zur Kenntnis, dass nicht alle Brasilianer Samba lieben«, platzte Eckermann heraus. »Geht das in Ihren Kopf? Oder sind etwa alle Deutschen Anhänger von Schuhplattlern? Oder Walzerklängen? Oder Polkatänzen?«

»Die Polka kommt vom Balkan, der Walzer aus Wien und die Schuhplattler aus Bayern – also alles Ausland«, stellte ich richtig.

»Grappa hat jedenfalls das goldene Jodel-Diplom«, kicherte Harras. »Es hängt in einem reich verzierten Rahmen über ihrem Schreibtisch. Wenn du nett zu ihr bist, Eckermann, jodelt sie dir mal was vor.«

Ich warf Simon einen dieser Blicke zu, die normalerweise töten.

»Danke für die Belehrung.« Eckermann verbeugte sich mit übertriebener Geste vor mir. »Jedenfalls haben alle drei in diesem Land ausgeübten Tanzrituale eins gemeinsam: Sie sind plump und unharmonisch und passen zu den Menschen hier.«

»Was kann ich denn bloß tun, um euch zu Freunden zu machen?«, seufzte Harras.

»Erschieß ihn«, brummte ich. »Das beschleunigt die Sache.«

»Ich habe eine Idee«, kündigte Harras an. »Wir drei Hübschen ziehen heute Abend mal gemeinsam um die Häuser. Ich setze mich auch zwischen euch, damit du Eckermann nicht gleich die Kleider vom Leib reißt oder umgekehrt. Was haltet ihr von meiner Idee?«

»Ich finde Erschießen besser«, meinte ich. »Ich hab schon genug Spaßbremsen in meiner Bekanntschaft.«

»Für Blödsinn habe ich keine Zeit«, sagte Eckermann. »Es war sowieso ein Fehler, in eine Stadt zu kommen, in der der Oberbürgermeister zu ungeschickt ist, die Nationalflagge meines Landes zu hissen. Guckt euch dieses Theater an!«

Tatsächlich hatte sich die Kordel, an dem der Stoff hochgezogen werden sollte, gnadenlos verheddert. Die grüne Fahne blieb auf Halbmast, ließ sich nicht hoch- und nicht mehr runterziehen. Schließlich wurde eine Schere gebracht und das Seil durchtrennt.

Applaus brandete auf, als Brasilien zu Boden fiel.

»Zwar voll am Boden, aber wenigstens befreit«, witzelte ich.

»Besser als die deutsche Flagge«, entgegnete Eckermann.

Ich schaute nach oben. Schwarz-Rot-Gold hing ziemlich müde am Mast.

»Nennt man so was einen Durchhänger?« Eckermann grinste fett.

Hinter den sieben Bergen

»In drei Kilometern müssen wir abfahren. Anschließend noch zehn Kilometer durch ein paar Bauerndörfer und dann irgendwo rechts ab«, sagte Beate Schlicht. Sie war die Beifahrerin und studierte die Straßenkarte. »Hoffentlich ist die Sauerwald da!«

»Wird sie schon.«

»Sonst machen wir einen Waldlauf und haben etwas für unsere Gesundheit getan«, meinte die Kommissarin.

»Sport ist Mord. Sie können gerne laufen, ich fahr dann mit dem Wagen hinterher.«

Zum Sauerland hin wurde es ziemlich hügelig, die Industriebrachen mit den leeren Fabrikgebäuden, fallsüchtigen Türmen und verseuchten Böden wurden von weitläufigen Feldern, schwarzen Wäldern und geduckten Ställen abgelöst. Die Menschen hier verdienten ihr Geld mit Landwirtschaft und Fremdenverkehr.

Die krüppeligen Obstgehölze, die kaum mehr als zwei Meter in die Höhe reichten, schützten mit Schnee ihre bereits angesetzten Knospen vor dem eisigen Wind, der in diesen Höhen gewöhnlich pfiff. Die Streuobstwiesen, die das Einerlei von Hafer, Weizen, Roggen und Nadelwald belebten, waren besonders im Frühjahr eine Augenweide und zogen viele Naturliebhaber in diese Gegend. Doch an blühende Bäume war jetzt nicht zu denken, in diesen Höhen war der Winter lang und hart.

Wind hatte den Schnee hin und her geblasen und manchmal war die Fahrbahn kaum zu erkennen.

»Bald ist Weihnachten«, stellte ich fest.

»Ich habe auch gerade daran gedacht«, sagte Beate Schlicht.

»Hier oben ist alles so schön, dass einem sogar so was wieder einfällt.«

Die Hauptkommissarin kannte offenbar ebenfalls die Angst der Singlefrauen vor Familienfesten.

Besuch auf Zimmer 24

»Das ist sie!«

Die *Privatklinik von Siebenstein* sah aus wie ein von Puderzucker verkrustetes Märchenschloss. Der See war zugefroren. Vermummte Spaziergänger begegneten uns.

Das Gebäude zitierte den Stil des ausgehenden neunzehnten Jahrhunderts, war von schwarzem Wald umgeben, mit Türmchen dekoriert und das Portal wurde von geschmückten Säulen getragen. Rechts und links der zweiflügeligen Tür protzten zwei üppig behangene Festtagstannen mit Lichtern und überdimensionierten Goldkugeln.

»Ich hasse diesen Weihnachtsmist«, outete sich Beate Schlicht. »Nirgendwo ist man vor dem Schwachsinn sicher – noch nicht mal auf dem Land.«

»Ich fänd's auch passender, wenn gebrauchte Verbände oder Spritzen in der Tanne hingen«, meinte ich. »Dann wüsste doch jeder gleich, was ihn erwartet.«

Meine Beifahrerin brach in Lachen aus. Huch, dachte ich. Endlich lacht sie mal.

Das Hinweisschild auf den Besucherparkplatz ignorierte ich, fuhr langsam, aber nicht zu langsam an der Klinik vorbei. Auf den ersten Blick schien hier nicht viel los zu sein: Hinter den meisten Fenstern war es dunkel, nur im Erdgeschoss brannten Lichter.

»Wie kommen wir an sie ran?«, fragte Schlicht.

»Haben Sie Ihren Dienstausweis dabei?«

»Natürlich.«

»Dann kann ja nichts schief gehen.«

»Ich kann doch nicht …«

»Doch, können Sie«, sagte ich und stoppte das Auto. »Überrumpelungstaktik. Wir gehen rein, zeigen unsere Ausweise und sind ganz besonders unfreundlich. Darauf reagiert der deutsche Mensch immer.«

»Und welchen Ausweis zeigen Sie?«

»Die Kundenkarte von meinem Weinladen«, unkte ich. »Die macht am meisten her.«

»Na ja«, sagte sie resigniert. »Meine Karriere ist eh gelaufen.«

»Prima. Meine auch. Ist das nicht schön, wenn man angstfrei agieren kann? Also los!«

Natürlich hatte ich mit meinen Wildlederpumps die falschen Schuhe für eine Schneewanderung an. Schlicht hatte keine Probleme, sie trug die bekannten breiten Treter mit der Profilsohle. Ich rutschte mehr über den Weg, als dass ich ging. Immerhin war der Weg zum Eingang geräumt und jemand hatte Salz gestreut.

»Und wenn sie nicht drauf reinfallen?«, fragte Schlicht.

»Werden sie schon. Wir improvisieren«, sagte ich tapfer. »Lassen Sie mich nur machen.«

Wir hatten die Tür erreicht. Eine Klingel aus Messing blitzte im Licht der Nobeltannen. Beherzt drückte ich auf den Knopf.

Nach einer Weile fragte eine Stimme: »Hallo, guten Tag, was können wir für Sie tun?«

»Wir sind mit Ihrer Patientin Margit Sauerwald verabredet. Sie erwartet uns.«

»Moment.«

»Das klappt nie«, flüsterte Beate Schlicht.

Einige Sekunden tat sich nichts, dann sprang die Tür auf. Wir waren drin. Der dicke Teppich im Flur schluckte die Geräusche unserer Schritte.

Wir gelangten in die Eingangshalle. Sie war hoch und rechts und links führten Treppenaufgänge zu vielen Zimmern. Auch die Halle war heftig tannenmäßig dekoriert. Die müssen den ganzen Wald abgehackt haben, dachte ich.

Eine mittelalte Frau schwebte uns entgegen, im Gesicht ein stereotypes Lächeln. »Guten Abend und herzlich willkommen«, sagte die Empfangsdame. »Frau Sauerwald befindet sich in ihrem Zimmer. Wen darf ich bitte melden?«

»Zwei gute Freundinnen«, sagte ich. »Aber anzumelden brauchen Sie uns nicht. Wir sind eine vorweihnachtliche Überraschung.«

»Ich muss Sie aber anmelden«, beharrte die Blondine. »So lauten meine Anweisungen.«

»Sie tun gar nichts«, mischte sich endlich Beate Schlicht ein. »Wir sind von der Mordkommission und haben eine Vernehmung durchzuführen. Welche Zimmernummer hat Frau Sauerwald?«

»Kann ich erst mal Ihren Ausweis sehen, bitte?« Die Stimme der Frau war nicht mehr ganz so verbindlich.

»Aber natürlich!« Die Hauptkommissarin zeigte ihren Dienstausweis. »Ich hoffe, das reicht jetzt. Die Zimmernummer, bitte!«

»Aber ich kann doch nicht ...«

Die Hauptkommissarin hatte es tatsächlich geschafft, die Frau zu verunsichern.

»Sie können, glauben Sie mir! Und Sie können nicht nur, sondern Sie werden auch.« Schlicht ließ einen grimmigen Gesichtsausdruck sehen. »Also?«

»Zimmer 24. Aber soll ich nicht doch lieber ...?« Das toupierte Haar der Frau vibrierte.

171

»Auf keinen Fall. Sie rühren das Telefon nicht an. Falls Sie es doch tun, werde ich ein Ermittlungsverfahren wegen Behinderung der Polizei gegen Sie einleiten. Kommen Sie!«

Die letzte Aufforderung war an mich gerichtet. Ich trabte hinter Schlicht her. »Das war Klasse!«, flüsterte ich.

»Nicht nur meine Karriere ist im Arsch, jetzt ist auch noch die Pension futsch«, raunte sie mir auf der Treppe zu.

Sie drehte sich um und warf der Frau am Fuß der Treppe noch einmal einen warnenden Blick zu. Überflüssig – die gestriegelte Blondine war für den Rest des Tages zahm gebürstet.

»Da ist es«, sagte ich und deutete auf die Tür mit der verschnörkelten Messingziffer 24. Im Holz des Rahmens war ein Spion eingelassen. »Sie ist da, ich sehe Licht.«

»Dann mal los«, sagte die Kommissarin grimmig. »Wir improvisieren wieder, okay?«

»Logo. Meine Taktik klappt immer.«

Beate Schlicht grinste schief und klopfte an die Tür. Nichts rührte sich und niemand gab Laut. Jetzt war ich dran. Die Klinke ließ sich leicht hinunterdrücken, aber die Tür ging nicht auf.

»Margit?«, rief ich. »Sind Sie da?«

Noch immer keine Reaktion. In meinem Kopf explodierten Bilder: Ich sah einen Körper am Kronleuchter hängen, ein auf dem Bett liegendes Mädchen mit aufgeschlitzten Pulsadern, vielleicht hatte sie sich ja auch nur aus dem Fenster in den Schnee gestürzt.

»Wir brauchen einen Zweitschlüssel«, sagte ich und schon stürmte Beate Schlicht die Treppe hinunter.

Ich versuchte es noch mehrmals mit Klopfen und Rufen – ohne Erfolg.

»Da sind wir.«

Die Blonde vom Empfang hielt einen Schlüssel in der Hand.

»Öffnen Sie!«

Der Befehl ließ die Frau zusammenzucken. »Das geht nicht«, stammelte sie. »Die Privatsphäre unserer Gäste ist uns heilig.«

»Wir machen Sie dafür verantwortlich, wenn Frau Sauerwald etwas passiert ist«, sagte Schlicht unmissverständlich. »Das reicht von unterlassener Hilfeleistung bis hin zur Beihilfe zur Selbsttötung. Wollen Sie das auf sich laden?«

»Nein, nein«, jammerte die Frau. »Ich alarmiere aber lieber Professor von Siebenstein, damit er entscheiden kann, ob ...«

»Das können Sie später noch tun«, schnauzte ich. »Und jetzt, verdammt nochmal, sorgen Sie dafür, dass wir da reinkommen.«

Endlich parierte sie.

»Jetzt können Sie Ihren Professor holen«, sagte ich anschließend.

Doch die Empfangsdame ließ sich nicht abwimmeln und trat hinter uns ins Zimmer. Margit Sauerwald lag auf dem Bett, hatte zwei Knöpfe im Ohr, deren Strippen in einem MP3-Player steckten. Sie hatte die Augen geschlossen und der Heavymetal-Bass, der aus den Stöpseln dröhnte, hatte ihr bestimmt schon das Hirn rausgefegt.

»Gott sei Dank«, schluchzte die Empfangsdame.

»Danke, dass Sie die Tür geöffnet haben«, meinte Beate Schlicht. »Und jetzt lassen Sie uns bitte mit Frau Sauerwald allein.«

Margit Sauerwald hatte uns noch immer nicht bemerkt. Ich ging zum Bett, sah sie atmen und war beruhigt.

»Das haben wir gleich«, sagte ich und zog die Kabel des Kopfhörers aus dem Player – leider nicht mit dem gewünschten Erfolg. Das Mädchen murmelte etwas Unverständliches und drehte sich auf die Seite. Ein leises Schnarchen ertönte.

Auf dem Boden neben dem Bett stand eine halb leere Flasche Wodka.

»Die Kleine ist voll zugedröhnt. Das kann Stunden dauern, bis die wieder was mitkriegt.«

»Wir müssen warten.«

»Ich hole den Professor!« Die Blonde drehte ab und ihre Stöckel klapperten empört auf dem Parkett.

»Ich habe keine Lust, in diesem Kasten die Nacht zu verbringen«, maulte ich. »Wir nehmen Margit und brausen sie im Bad mit eiskaltem Wasser ab, dann wird sie schon munter.«

»Dann kriegt uns Sauerwald wegen Körperverletzung oder Ähnlichem dran«, widersprach die Hauptkommissarin. »Der wird ohnehin toben, wenn er von unserer Aktion erfährt.«

Die Tür ging auf und ein kleiner Mann stand darin, hinter ihm die Blonde vom Empfang.

»Was geht hier vor?«, fragte das Kerlchen.

»Wer sind Sie denn?«, fragte ich.

»Das ist Professor von Siebenstein«, erklärte die Hausdame konsterniert.

»Beate Schlicht, Mordkommission.« Die Kommissarin fuchtelte ihm mit ihrem Ausweis vor der spitzen Nase herum. »Und das ist meine Assistentin Frau Grappa. Wir müssen Frau Sauerwald im Zusammenhang mit dem Tod ihres Onkels vernehmen.« Sie deutete auf die Wodkaflasche auf dem Boden. »Gehört das eigentlich zu Ihrer Therapie? Jungen Frauen harten Alkohol zu geben? Das macht sich nicht besonders gut in meinem Bericht, Herr von Siebenstein.«

Der Professor schaute irritiert auf die Pulle und noch irritierter auf seine Angestellte.

»Sie muss sie ins Haus geschmuggelt haben«, jammerte die Empfangsfrau. »Alkohol ist hier strengstens verboten.«

»Leider ist Frau Sauerwald im Moment nicht vernehmungsfähig«, fuhr Schlicht fort. »So volltrunken, wie sie ist.

174

Aber wir müssen mit ihr sprechen. Haben Sie vielleicht einen Vorschlag, wie wir das Problem lösen können? Auch zu Ihrer Zufriedenheit?«

Von Siebenstein dachte nach. »Ich glaube, es ist besser, wenn ich Herrn Sauerwald anrufe«, sagte er dann.

»Prima, tun Sie das. Dann sagen Sie Herrn Sauerwald aber bitte auch, dass Sie es zugelassen haben, dass sich seine Tochter ins Koma säuft«, meinte ich.

»Wir sollten uns wie vernünftige Menschen benehmen«, sagte Beate Schlicht mild. »Wie wäre es, wenn Sie Herrn Sauerwald nicht anrufen, meiner Kollegin und mir ein Zimmer zurechtmachen lassen und wir morgen weitersehen? Natürlich könnte ich Frau Sauerwald heute noch mit einem Krankenwagen abholen lassen, weil sie bei Ihnen gefährdet ist. Aber das würde Ihre Klinik nur unnötig in Verruf bringen, oder?«

»Ich verstehe nicht, wie der Alkohol aufs Zimmer kommt«, stammelte der Professor. »Ich werde das Mädchen sofort untersuchen. Nur damit wir sicher sein können, dass sie wirklich nur Alkohol konsumiert hat.«

»Da haben wir nichts dagegen«, lächelte Schlicht. »Ich wusste doch, dass wir eine Lösung finden. Herr Sauerwald wird von uns nichts über den Vorfall erfahren und die Öffentlichkeit natürlich auch nicht.«

Von Siebenstein gab uns nicht nur zwei Zimmer, sondern lud uns auch noch zum Essen ein. Die Nobelklinik hatte ein Restaurant mit recht netter Speisekarte im Angebot.

Als wir das Dessert löffelten, gesellte sich der Professor zu uns und berichtete, dass Margit Sauerwald wirklich nur betrunken und sonst alles in Ordnung sei.

Beate Schlicht erinnerte ihn in strengem Ton noch einmal an das versprochene Stillschweigen. Von Siebenstein nickte brav, seine Augen glänzten.

»Der mag Sie«, grinste ich, als er wieder weg war.

»Scheint so.«

»Jetzt steht er da hinten und lässt Sie nicht aus den Augen«, wunderte ich mich.

»Manche Typen brauchen's eben ein bisschen härter«, stellte die Kommissarin fest und leckte betont langsam den Löffel ab. »Ich kenn das – ab und zu treffe ich auf Kollegen mit ähnlichen Vorlieben. Die können sich nichts Geileres vorstellen, als von mir fertig gemacht zu werden.«

»Jetzt weiß ich endlich, was ich bei den Männern falsch mache«, seufzte ich. »Ich bin viel zu lieb.«

»Herr Eckermann sieht das aber ganz anders«, verriet sie. »In der Kantine des Präsidiums ist er regelrecht ausgeflippt, als die Rede auf Sie kam.«

»Ich hoffe, Sie haben mich verteidigt«, entgegnete ich.

»Das hat Brinkhoff schon getan«, beruhigte sie mich.

»Ich bin gerührt. Ich hab den alten Haudegen auch lieb.«

Unsere Unterkünfte befanden sich in der Nähe von Margit Sauerwalds Zimmer. Ich beschloss, auf nächtliche Schreie zu achten und auch sonst wachsam zu sein.

»Gute Nacht, Beate«, wünschte ich. »Und schließ von innen ab, sonst steht der Professor plötzlich im Matrosenanzug oder Babystrampler vor dir und will ausgepeitscht werden.«

Wir hatten im Überschwang des Erfolges unseres Coups Brüderschaft getrunken und unsere Laune war bestens.

»Dann kann ich ja schon mal üben«, frotzelte Beate Schlicht. »Ein schickes Dominastudio auf dem Land wäre ein beruflicher Neuanfang. Mit Siebenstein als erstem Kunden.«

Ausflug in den Winterwald

Der frühe Morgen zeigte sich von seiner schönsten Seite. Über dem Berg war die Sonne aufgegangen, der Himmel war quietschblau, die Luft klar und eiskalt.

Es war sieben Uhr. Die Nacht war ohne Störungen verlaufen, jedenfalls hatte ich keine mitbekommen.

Ich duschte. Zum Glück lagen Seife und eine Zahnbürste im Bad bereit. Gerade war ich in Hose und Pullover geschlüpft, als es klopfte. Beate Schlicht stand vor der Tür.

»Lass uns endlich mit ihr reden«, sagte sie. »Ich will raus aus diesem Kasten.«

»Und? Erzähl doch mal! Hat der Professor dich heute Nacht besucht?«

»Ich hab kein Gespenst auf dem Flur gesehen. Können wir?«

»Was drängelst du denn so? Ich brauche erst mal einen Kaffee«, muffelte ich. »Kurz nach dem Aufstehen bin ich nicht besonders fit im Hirn. Zehn Minuten?«

»Fünf!«, sagte sie hart. »Lange bleiben die nicht mehr so zahm. Es ist nur eine Frage der Zeit, wann Sauerwald hier auftaucht.«

»Okay. Wo gibt es Kaffee?«

»Im Speisesaal am Frühstücksbuffet«, enthüllte sie. »Da kannst du wählen zwischen Café au Lait, Kaffee und Cappuccino.«

»Superermittlung, Frau Hauptkommissarin!«, sagte ich.

Der Automat servierte mir einen perfekten Cappuccino. Ich goss ihn hinunter, verbrannte mir den Hals und hustete. Eine Frau kam aus der Küche und beäugte mich. Ich wünschte ihr freundlich einen guten Morgen und stellte die Tasse wieder hin. Die fünf Minuten waren vorbei.

Beate wartete bereits vor Sauerwalds Zimmertür. Sie klopfte und es war wie am Abend zuvor: keine Reaktion.

»Diesmal habe ich vorgebeugt«, berichtete Beate zufrieden. »Siebenstein hat mir den Ersatzschlüssel schon gegeben.«

Sie schloss auf. Das Zimmer war leer und es war eiskalt darin.

»Das kann doch wohl nicht wahr sein!«, rief die Kommissarin aus. »Sie ist abgehauen, und zwar durchs Fenster.«

Schlicht lief aus dem Zimmer und ich hörte, wie sie mit der Schwester sprach.

Ich trat zum geöffneten Fenster und sah nach unten. Für ein junges, sportliches Mädchen war es kein Problem, das Zimmer über diesen Weg zu verlassen. An der Wand war ein Spalier befestigt, an dem es sich gut festhalten ließ.

Was bedeutet das denn nun wieder?, fragte ich mich.

Ein Rucksack schaute unter dem Bett hervor. Ich hob ihn hoch und untersuchte den Inhalt. Er enthielt den üblichen Kram: Schlüsselbund, Taschentücher, Schminktäschchen und eine Brieftasche. Kein Handy.

In der Brieftasche befanden sich Kreditkarten, Personalausweis und der Führerschein.

Das war kein gutes Zeichen. Wenn Margit getürmt wäre, hätte sie ihre Sachen mitgenommen.

Ich steckte alles wieder in den Rucksack zurück und trat auf den Flur. Beate und von Siebenstein waren im Anmarsch, gefolgt von Mitarbeitern der Klinik.

»Wir müssen das Gelände absuchen«, sagte ich.

»Wann haben Sie zum letzten Mal überprüft, ob die Patientin im Zimmer ist?«, fragte der Professor die Nachtschwester.

»Gegen vier Uhr«, behauptete diese.

»Dann ist sie seit über drei Stunden da draußen«, stellte ich schaudernd fest.

Die Suchaktion verlief ohne Ergebnis und wir befürchteten das Schlimmste. Beate Schlicht blieb nichts anderes übrig, als Hauptkommissar Brinkhoff zu informieren, und eine Stunde später traf er in der Klinik ein – begleitet von Eckermann und ein paar Spurensicherern, die sich gleich in ihre weißen Plastikanzüge warfen und die blauen Schuhschoner anlegten.

Eine halbe Stunde später rückte eine Hundertschaft mit Spürhunden an und durchkämmte noch einmal die Gegend – ohne Erfolg.

»Vielleicht ist sie von jemandem abgeholt worden«, mutmaßte ich.

»Vielleicht auch entführt – wie Toninho«, warf Eckermann ein. »Oder sie hatte Angst vor Ihnen beiden, hat das kleinere Übel gewählt und ist in den Wald geflüchtet.«

»Halten Sie sich zurück, ja?«, blaffte ich den Brasilianer an.

»Das verbitte ich mir ebenfalls!«, bekam ich Unterstützung von Beate Schlicht.

»Ruhe, bitte!«, brüllte Brinkhoff. »Alle drei! Warum Frau Grappa und Frau Schlicht hier sind, werden wir später klären.«

Brinkhoffs Handy klingelte. Marcel und Erika Sauerwald warteten im Foyer der Klinik auf den Hauptkommissar.

»Halten Sie sich im Hintergrund«, sagte Brinkhoff zu mir. »Oder haben Sie eine Idee, wie ich den Eltern erklären soll, dass hier eine Reporterin herumlungert?«

»Ich lungere nicht herum«, gab ich angesäuert zurück, »sondern ich recherchiere. Wir leben in einem freien Land, in dem …«

»Bla, bla«, unterbrach mich Brinkhoff. »Den Sermon können Sie sich diesmal sparen, Frau Grappa. Sie tauchen überall dort auf, wo Sie nichts zu suchen haben. Böhme wird tot gefunden – Sie sind da. Margit Sauerwald verschwindet – Sie sind da. Und ein Paket mit einem abgehackten Fuß wird in Ihre Redaktion geschickt. Kommt Ihnen das nicht merkwürdig vor?«

So hatte ich Brinkhoff noch nie erlebt. Er stürzte aus dem Speisesaal, in dem die Beamten spontan eine Einsatzzentrale eingerichtet hatten. Eckermann folgte ihm – mit einem schadenfrohen Grinsen im Gesicht.

Beate Schlicht beteiligte sich nicht an der Suche. Sie war genauso geschockt wie ich.

»Es gibt überhaupt keinen Grund, dass wir uns Vorwürfe machen«, sagte ich. »An uns kann es nicht liegen – Margit wusste ja gar nicht, dass wir hier sind. Warum sollte sie also vor uns flüchten?«

»Ich weiß. Wir hätten uns früher um sie kümmern sollen.«

»Wieso das denn?«, fragte ich. »Wir sind nicht ihre Eltern. Die Vergewaltigung und der Tod ihres Freundes haben sie aus der Bahn geworfen. Außerdem ist das Verhältnis zu ihren Erzeugern ja auch nicht gerade harmonisch. Die stecken sie einfach in die Klinik und fertig. Und jetzt bin ich es leid, hier auf dem Zimmer zu hocken. Brinkhoff kann mich mal.«

Ich stand so heftig auf, dass der Stuhl, auf dem ich gesessen hatte, polternd umfiel.

»Kommst du mit?«

»Ja.«

Wir gingen in die Halle. In der Sitzgruppe saßen die Sauerwalds und Professor von Siebenstein.

Erika Sauerwald schaute mich an, als habe sie eine außerirdische Erscheinung vor sich, hielt aber den Mund. Eigentlich hatte ich damit gerechnet, dass sie keifend über mich herfallen würde.

Sie hatte einen Nerz über die Lehne des Fauteuils geworfen und streichelte ihn noch glatter. Sie war bleich, das Haar lag nicht so perfekt wie sonst und das Make-up war leicht verschmiert.

Ich musterte Marcel Sauerwald, den ich bisher nur aus der Zeitung und aus Fernsehberichten kannte. Er war kleiner und wirkte älter als auf Fotos und in Filmen. Mit seiner Frau schien er nicht viel am Hut zu haben, er sah an ihr vorbei und stierte Löcher in die Stuckdekoration an der Wand.

»Setz dich da hin«, flüsterte ich Beate zu und deutete auf eine zweite Clubgarnitur. »Ich hol uns einen Kaffee und du spitzt die Ohren.«

»Warum sagt sie nichts?«, raunte sie. »Sie muss dich doch erkannt haben.«

»Mein Allerweltsgesicht kann man schon mal vergessen. Bis gleich!«

Die Küche befand sich zwischen Halle und Restaurant. Töpfe und Geschirr standen ordentlich übereinander gestapelt auf den Arbeitstischen. Mit Kaffee war wohl nichts mehr.

Ich wollte die Küche gerade wieder verlassen, als ich Erika Sauerwald durch die Tür kommen sah.

»Was machen Sie hier?«, fragte sie tonlos.

»Ich wollte Ihre Tochter besuchen, aber ich kam zu spät«, antwortete ich und blickte zu dem Messerblock, der in ihrer Nähe auf einem Tisch stand.

»Was wollten Sie von meiner Tochter?«

»Es gibt da ein paar Ungereimtheiten, die ich klären wollte«, sagte ich. »Nichts Besonderes.«

»Ungereimtheiten? Sie machen mir Spaß!« Sie lachte hysterisch.

»Wenn Sie mit mir reden wollen, sollten wir das woanders tun«, meinte ich. »Sie wollen doch mit mir reden, oder?«

Die Messer blinkten im Winterlicht, das durch die Fenster in die Küche fiel.

»Ich will nicht, dass mein Mann weiß, dass jemand von der Presse hier ist.«

»Dann treffen wir uns in zehn Minuten auf Zimmer 28«, schlug ich vor.

Ich wartete ein paar Augenblicke, nachdem Erika Sauerwald die Küche verlassen hatte, und ging dann ins Foyer zurück. Siebenstein und die Sauerwalds hockten noch immer schweigend da.

Beate sah mich irritiert an: »Wo warst du denn?«

»Mit dem Kaffee hat es leider nicht geklappt«, antwortete ich leise. »Aber dafür werden wir in etwa fünf Minuten mit Frau Sauerwald reden können. Lass uns schon mal ins Zimmer 28 verschwinden.«

Handys und ihre Nummern

Zimmer 28 war meins, ich räumte die wenigen Sachen zusammen und zog das Bett glatt.

»Ob sie jetzt endlich die Wahrheit sagt?«, fragte Schlicht. »Vielleicht hat sie genug vom Lügen.«

»Solche Leute lügen noch, wenn sie tot sind«, dämpfte ich ihren Optimismus.

Es klopfte und wir riefen unisono: »Herein.«

Erika Sauerwald schob sich in das Zimmer, ihre Haltung war gebeugt, als habe sie Magenschmerzen.

»Sie haben Margit noch immer nicht gefunden«, schluchzte sie. »Was soll ich nur tun?«

»Sie können nichts tun«, meinte Beate Schlicht. »Meine Kollegen werden sie schon finden. Ein Mensch löst sich nicht in Luft auf.«

»Setzen Sie sich«, forderte ich Erika Sauerwald auf und schob den Stuhl so, dass ich ihr genau gegenübersaß. »Was war zwischen Ihnen und Toninho?«

»Was meinen Sie?« Ihr Blick flackerte.

»Die Polizei hat auf Ihrem Handy eine SMS gefunden«, sagte Beate Schlicht. »Von Toninho. Eine Liebeserklärung.«

»Auf meinem Handy? Ich habe mein Telefon hier in der Tasche.«

»Margit hat es bei ihrem Besuch bei mir liegen lassen«, erklärte ich.

»Ach so. Ich hatte eben verstanden, dass Sie von meinem Handy reden.«

»Die Nummer des Handys läuft auf Ihren Namen«, sagte Beate. »Das haben wir überprüft.«

»Na und?«, lächelte Erika Sauerwald. »Ich habe es Margit geschenkt und auch die Rechnung bezahlt. Ist doch ganz normal zwischen Mutter und Tochter.«

»Also waren doch nicht Sie, sondern Ihre Tochter mit Toninho liiert?«, fragte ich.

»Davon weiß ich nichts.«

»Kannten Sie Toninho?«, fragte ich.

»Natürlich. Er war ja schließlich ein Mitglied der Mannschaft.«

»Und mehr war da nicht?«

»Nein.«

»Kennen Sie den *Club Nachtschicht*?«

»Ich glaube nicht.«

»Das Bordell im Norden.«

Erika Sauerwald antwortete nicht, senkte den Kopf und begann zu weinen. Ich verlor langsam die Geduld. Die Show, die sie abzog, nervte.

»Meine Tochter ist vielleicht tot und Sie fragen mich solche Dinge.«

»Ich will nur die Beziehungen klären, die zwischen Ihnen allen bestehen«, blaffte ich. »Ich kann Ihnen sagen, dass Sie mehr als einmal in diesem Puff waren – mit einem dunkelhäutigen jungen Mann.«

Der Sonnenschein fiel jetzt voll ins Zimmer. Erika Sauerwald blinzelte. Ich sah feine Narben an Stirn und Schläfe – deutliche Zeichen für ein großes Gesichtslifting. Deshalb ist ihre Mimik so starr, folgerte ich und beglückwünschte mich einmal mehr, entsprechende Vorhaben nie in die Tat umgesetzt zu haben.

»Gut, ich war also dort. Und wenn schon! Toninho war der beste Ficker, den ich je hatte. Leider trieb er es mit jeder – deshalb habe ich die Beziehung beendet.«

»Hat Ihr Mann davon gewusst?«

»Er hat uns mal erwischt.« Sie lachte bitter. »Ich hatte leider nie das Vergnügen, ihn bei seinen Eskapaden zu ertappen.«

»Und dann hat sich Margit in Toninho verliebt«, stellte ich fest.

»Sie war so dumm!« Erika Sauerwald griff mit lackierten Krallen in ihre Tasche und holte ein Taschentuch hervor. »Und das Schwein hat es genossen. Er hat sogar einen Dreier vorgeschlagen. Mutter und Tochter gleichzeitig – das hätte ihm gefallen!«

»Warum hat Toninho Ihre Tochter überfallen und vergewaltigt?« Beate Schlicht hatte ihren Hauptkommissarinnenton angeknipst.

»Was hat er?« Erika Sauerwald hatte keine Farbe mehr im geglätteten Gesicht.

»Wie Sie wissen, haben wir nach dem Überall im Wald DNA-Material sichergestellt«, sagte Schlicht. »Und das gehört zu Toninho.«

»Wie bitte? Margit hat den Mann doch ganz anders beschrieben!«, rief Sauerwald aus.

184

»Sie hat nur gesagt, dass er maskiert war«, stellte Schlicht klar. »Die Analyse ist aber eindeutig.«

»Ich verstehe das alles nicht.«

»Vielleicht war es ja ganz anders«, sagte ich. »Sie waren plötzlich abgemeldet und er wollte eine Beziehung zu Margit. Nur zu Margit. Und die Mutter, die verschmähte Liebhaberin, schwört Rache.«

»Ach so«, meinte Erika Sauerwald. »Und dann überrede ich meinen ehemaligen Lover, dass er meine Tochter überfällt, oder was?«

»Ich weiß, dass das erst mal keinen Sinn ergibt«, sagte Beate. »Aber wir werden die Hintergründe schon noch herausbekommen.«

»Keinen Sinn? Das ist der komplette Schwachsinn!«, kreischte Sauerwald.

»Wenn wir Margit finden, werden wir die Wahrheit erfahren«, meinte ich.

»Margit hat Toninho abgewiesen und dann hat er sie vergewaltigt. Sein Sperma wurde auf ihr gefunden. Welchen Beweis wollen Sie denn noch?«, schrie Erika Sauerwald und stürzte wutentbrannt aus dem Zimmer.

»Diese dämliche Kuh«, seufzte ich aus vollem Herzen.

»Aber sie hat leider Recht«, meinte Beate resigniert. »Es passt alles nicht zusammen.«

»Wo habt ihr das Zeug gefunden?«

»Ich verstehe nicht.«

»Das Sperma. In ihr? Oder wo?«

»Auf ihr.«

»Erinnerst du dich, was die Sauerwald gerade gesagt hat? ›Sein Sperma wurde auf ihr gefunden.‹ Geht man bei einer Vergewaltigung nicht automatisch davon aus, dass das Sperma beim Abstrich gefunden wird? Also innerhalb des Körpers und nicht auf ihm?«

»Vielleicht habe ich mal erwähnt, dass das Sperma des Tä-
ters auf Margits Kleidung gefunden worden ist«, überlegte
Beate. »Ich kann mich nicht mehr so genau erinnern. Außerdem kann es Margit erzählt haben oder ein Arzt. Da gibt
es viele Möglichkeiten.«

»Sie wusste es jedenfalls und das kommt mir irgendwie
merkwürdig vor. Und jetzt rufst du deinen Kollegen an.«

»Welchen Kollegen?«

»Den Witzbold von neulich. Der sich einen Scherz auf
Kosten seiner erfolglosen Kollegin machen wollte.«

Der Tod und das Mädchen

Eine Stunde später kehrten die Suchtrupps der Polizei zurück. Sie hatten Margit Sauerwald tot im Schnee gefunden.
Sie war nur mit einem Nachthemd bekleidet in den Wald
gelaufen und hatte sich hinter eine Schonung gekauert. Sie
war erfroren.

In den Ohren steckten noch die Kopfhörerstöpsel, die zu
ihrem MP3-Player gehörten. Sie hatte das Gerät fest in der
Hand gehalten. Erika Sauerwald brach schreiend zusammen,
ein Arzt musste sich um sie kümmern.

Marcel Sauerwald rastete aus, beschuldigte seinen Freund
Professor von Siebenstein der Verletzung seiner Aufsichts-
pflicht und drohte ihm ewige Verdammnis und finanziellen
Ruin an.

Mir liefen die Tränen herunter, als Margit – verhüllt von
einer Decke – in einen Leichenwagen geschafft und weggebracht wurde.

Jansen wartete in der Redaktion auf mich. Ich hatte ihn aus
der Klinik angerufen und er hatte mir fünfzig Zeilen in der

Ausgabe des nächsten Tages freigehalten. Die Zeit drängte, denn bald musste das Blatt in Druck gehen.

»Da bist du ja«, brummte er. »Ich hab deinen PC schon hochgefahren. Also los. Darf ich dir beim Schreiben über die Schulter gucken? Du hast dich ja bisher ausgeschwiegen.«

»Margit Sauerwald ist tot«, sagte ich. »Sie ist in den Wald gelaufen und erfroren.«

»Verdammt!«, meinte er bestürzt.

Ich begann zu schreiben.

Backende Bierschwester

Stimmte es wirklich, dass der Tod durch Erfrieren ein sanfter Tod ist? Irgendwo hatte ich das gelesen. Nach einer Weile der totalen Unterkühlung spürt der Körper angeblich nichts mehr – keine Schmerzen, keine Angst, nichts. Von wunderbaren Halluzinationen wird erzählt und dann folgt ein langsames, entspanntes Dahindämmern bis zum Ende.

Margit Sauerwald hatte beim Sterben Musik gehört, die Hand um den Player gelegt – ihn wärmend, damit er bei der Eiseskälte den Geist nicht aufgab und ihre Musik abspielte.

Es war spät, ich hatte den Bericht sachlich gehalten und lediglich die Umstände geschildert. Trotzdem hatte ich Rotz und Wasser geheult. Jansen reichte mir stumm die Tücher einer Papierrolle, die er aus der Kaffeeküche geholt hatte.

Im Bad sah ich in den Spiegel und entdeckte, dass meine Falten um Augen und Mund tiefer geworden waren in den letzten Tagen. Der Winter bekam mir nicht. Noch nie hatte ich mich so nach Sonne, Wärme und Heiterkeit gesehnt.

Als wäre mein Sehnen erhört worden, war Bierstadt am nächsten Morgen in gleißendes Licht getaucht, der Schnee begann zu tauen und überall hörte ich Wasser fließen oder tropfen. Die Temperaturen waren mit einem Schlag um sieben Grad gestiegen.

Im Radio war die Nachricht von Margit Sauerwalds tragischem Ende die Spitzenmeldung der Regionalschau – alle schoben die Schuld an ihrem Tod dem Mann zu, der sie vor Wochen überfallen hatte.

Das ist wirklich eine einfache Lösung, aber nicht die Wahrheit, dachte ich.

Ich duschte heiß und machte mich ausgehfertig. Meine Falten präsentierten sich etwas weniger tief und ich atmete auf. Mein desolates Äußeres hatte wohl doch nur am ungünstigen Licht und meiner gestrigen Erschöpfung gelegen.

Ich stürzte einen Becher Kaffee hinunter und ging zum Auto. Mir war nach Gesellschaft. Anneliese Schmitz besaß ja ein gemütliches Bistro, das ein üppiges Frühstück offerierte.

»Hallo, Frau Schmitz«, meinte ich – wieder besser gelaunt. »Heute darf's ein bisschen mehr sein. Einen Teller Rührei mit Speck, bitte.«

»Rührei?«, fragte die Bäckersfrau. Lag leichte Missbilligung in dieser Frage?

»Ja, klar. Und zwar eine ordentliche Portion.«

»Sie haben doch noch nie Ei bestellt«, meinte sie.

»Heute schon. Bevor die nächste Vogelgrippewelle anrollt.«

Plötzlich strahlte sie. »Und ich dachte schon, Sie mögen mein Rührei nicht.«

Zufrieden verschwand sie in der Küche und wenig später hörte ich den Speck in der Pfanne brutzeln.

»Gibt's was Neues in Sachen Brötchenstand?«, fragte ich, als sie mir die Leckerei auftischte.

»Ich habe endgültig eine Absage gekriegt«, antwortete Anneliese Schmitz. »Die anderen haben den Böhme ordentlich geschmiert. Das kann der Moritz nicht und ich will es nicht.«

»Jetzt hat er ja nichts mehr davon«, meinte ich. »Weil er tot ist.«

»Moritz?«, fragte sie erschreckt.

»Böhme.«

»Geld macht eben nicht glücklich.«

»Das Mädchen ist auch tot«, sagte ich. »Erfroren im Wald.«

»Ich hab's gelesen. Schlimme Sache. Sie müssen den Kerl kriegen, Frau Grappa!«

»Sie meinen den Typen, der sie überfallen hat?«, vergewisserte ich mich.

»Ja. So ein junges armes Ding. Kennen Sie eigentlich die Mutter der Kleinen?«, fragte die Bäckerin neugierig.

»Allerdings.«

»Wissen Se, Frau Grappa, in meinem Club ist eine Schwester, die kennt eine, die bei Sauerwalds putzt. So um drei Ecken.«

»Club?«

»Mein Kegelclub. *Die Bierschwestern*«, lächelte sie. »Und die Schwester sagt, die Mutter hatte was mit dem Schwatten.«

»Hab ich auch von gehört«, entgegnete ich. »Kann ich noch einen Pott Kaffee haben?«

»Wenn ich ein Krösken mit dem Freund meiner Tochter hätte«, sagte Anneliese Schmitz und füllte die Tasse, »dann tät ich mich schämen.«

»Und das wissen Sie alles von Ihrer Kegelschwester?«, fragte ich ungläubig. Verdammt, dachte ich, da recherchierst du dir einen Wolf und ahnst nicht, dass du die komplette Geschichte bei Frau Schmitz abgreifen kannst.

»Genau. Es gab oft Ärger zwischen Tochter und Mutter – hat sie erzählt.«

»Krach kommt in den besten Familien vor«, sagte ich. »Und das erklärt noch lange nicht, warum das Mädchen und der Fußballer tot sind. Dahinter steckt noch mehr als ein bisschen Zank und Streit.«

»Dann finden Sie's heraus, Frau Grappa!« Es klang fordernd, so als würde sie mir einen Auftrag erteilen.

»Wird gemacht, Frau Schmitz«, versprach ich.

»Die Wahrheit muss doch imma ans Licht. Das ist eben so.«

Alle Männer sind Fahrlehrer

Leider erwies sich die Wahrheitssuche in den nächsten Tagen als ausgesprochen zäh, denn alle Welt schien in den Weihnachtstrubel abzutauchen.

Ich bemühte mich, alle Gedanken an das Fest der Liebe und des Kitsches zu verdrängen.

Dann kam der Morgen, an dem die Belegschaft in der Redaktion fast halbiert war – die berühmten Brückentage hatten das Großraumbüro verwaisen lassen.

Aber Jansen war da. Auch er war voll in Festtagslaune. Er nahm meine Antistimmung nicht zur Kenntnis, trällerte Weihnachtslieder und machte auf gesellig.

»Hör bitte auf mit diesem himmlischen Gesülze«, zickte ich ihn an. »Das ist ja grauenhaft.«

»Wieso? Du bist doch diejenige, die auf Klassik steht.«

»Klassik schon, aber nicht auf so ein unsägliches Katzengejammer.«

»Aber Grappa! Warum kaufst du dir keine Tanne?«, fragte er. »Und hängst ein paar Kugeln dran? Oder Lametta?«

»Lametta ist schon lange verboten«, stellte ich klar. »Wegen der Bleibelastung.«

»Dann wirf deine Dessous über die Zweige«, kicherte mein Chef, »oder klemm deine leeren Weinflaschen dran.«

»Ich kann dir sagen, was ich mache«, setzte ich zur Gegenoffensive an. »Ich geh gleich ins Feinkostgeschäft, kaufe ein, fahre nach Hause und schließ die Tür ab. Morgen stehe ich spät auf, suche mir eine schöne Musik aus, esse und trinke. Irgendwann falle ich dann ins Bett und wache am nächsten Morgen auf, habe drei Pfund zugenommen und einen dicken Schädel.«

»Armes Mädchen. Du bist herzlich eingeladen«, meinte er ernst. »Komm doch einfach zu uns. Gerda und die Kinder freuen sich bestimmt. Beate macht bald Abitur.«

»Hast du es eigentlich jemals bereut, sie adoptiert zu haben?«

Jansen ließ sich in einen Stuhl fallen.

»Ach, Grappa«, meinte er. »Damals war ich ja ein bisschen sauer, dass du mir das Kind so … aufgedrängt oder – sagen wir lieber – ans Herz gelegt hast. Ich dachte, dass ein Kind, das so viel Schreckliches erlebt hat, sich niemals wieder davon erholt. Beate ist ein ernstes, junges Mädchen geworden. Sie will Musik studieren und hat sich gerade verliebt. Am ersten Weihnachtstag bringt sie ihren Freund mit.«

Ich dachte zurück an den Fall von damals: Das kleine Mädchen, von seinen Eltern an Männer ›vermietet‹, war so schmal und verängstigt gewesen.

»Beate hat mit euch das große Los gezogen«, sagte ich.

»Wir auch mit ihr«, lächelte er. »Unsere Söhne sind viel schwieriger. Die bringen mich regelmäßig auf die Palme … oder auf den Weihnachtsbaum.«

»Na, dann frohes Fest«, meinte ich. »Wenn du nichts dagegen hast, feiere ich jetzt Überstunden ab. Der Tod des Mädchens ist mir ziemlich an die Nieren gegangen.«

»Sie war genauso alt, wie Beate jetzt ist. Ist es nicht merkwürdig, dass ein behütetes Mädchen, das in Reichtum lebt, in den Wald geht und sich umbringt?«

»Luxus hat eben keinen emotionalen Wert«, meinte ich. »Mit Geld kann man nicht kuscheln. So einfach ist das.«

Es war mühsam, sich durch die Straßen und Geschäfte zu quälen. Unfreundliche Menschen, genervte Verkäuferinnen, unmögliche Autofahrer. Zum Glück verfügte mein Supermarkt über eine ordentliche Feinkostabteilung.

Ich fuhr auf den Parkplatz, musste warten, bis ein Platz frei wurde, und konnte dann endlich meinen Wagen abstellen. Ein bisschen schräg, aber nicht verkehrsbehindernd.

Als ich den Schlüssel abzog, bemerkte ich einen Mann in grauem Parka und Seppelhut und ich ahnte, was gleich passieren würde. Jeder Kerl der Welt fühlt sich zum Fahrlehrer berufen. Bitte heute nicht, betete ich.

»Das müssen wir abba nochma üben, Frolleinchen!«, kam es prompt.

Ich zuckte zusammen, zog den Kopf zwischen die Schultern und beschloss, dem Fest des Friedens wenigstens insofern Tribut zu zollen, indem ich stumm und mit neutralem Gesichtsausdruck an dem Mann vorbeiging.

»Ham Sie Ihren Führerschein bei Neckamann gewonnen?«, schleuderte er mir den superoriginellen Klassiker im Autofahrerkrieg zwischen Mann und Frau entgegen.

Jetzt stellte er sich mir auch noch in den Weg und ich kam nicht aus dem Spalt zwischen meinem und dem neben mir geparkten Fahrzeug heraus.

Ruhig bleiben, mahnte ich mich, bring ihn bitte nicht gleich um. Vielleicht ist er langzeitarbeitslos, krebskrank, impotent oder wird von seiner Frau geschlagen.

»Sie stellen jetzt sofort Ihren Wagen vernünftig hin!«, schrie der Mann.

Wut stieg in mir auf.

»Verpiss dich, Opa«, sagte eine Stimme hinter mir.

Ich drehte mich herum, zuerst sah ich Simon Harras, dann Adriano Eckermann. Die beiden fehlten mir noch.

»Hallo, Grappa«, grinste Harras. »Brauchst du Hilfe?«

»Nicht mehr«, antwortete ich erleichtert, denn der Seppel war bereits auf dem Rückzug. »Was macht ihr denn hier?«

»Einkaufen. Du hast mir den Supermarkt doch empfohlen. Wegen dem Büffelmozzarella, dem guten Schinken und der geilen Käseabteilung.«

»Und warum nimmst du den da mit?« Ich schaute zu Eckermann.

»Ich studiere das Parkverhalten mitteleuropäischer Frauen zur Weihnachtszeit«, meinte der Brasilianer.

»Armer, fremder Mann im Ausland«, erklärte Simon. »Ich kann ihn Heiligabend doch nicht in seiner öden Pension rumhängen lassen. Also kaufen wir ein und machen es uns gemütlich. Willst du nicht zum Singen zu uns kommen? Oder kannst du ein paar Werke auf der Blockflöte? Oder jodel uns doch *Stille Nacht* vor. Du kannst auch gerne für uns kochen.«

»Sonst noch Wünsche?«, muffelte ich.

»Mir fiele da noch einiges ein«, lachte Harras. »Also, was ist? Du bist herzlich willkommen – oder machst du in Familie?«

»Ich überleg's mir.«

»Du musst dich schon jetzt entscheiden, nicht wahr, Eckermann? Wäre doch eine schöne Gelegenheit, dass ihr beide euch endlich näher kommt.«

Eckermann lächelte. »Nur wenn sie ihren Wagen vernünftig parkt.«

»Kotzbrocken!«, sagte ich mit Inbrunst.

Das Klingeln meines Handys störte den Schlagabtausch. Beate Schlicht war dran.

»Hallo, Grappa. Kann ich dir gerade mal eine Musik vorspielen?«, fragte sie. »Du kennst dich doch in Klassik aus und kennst das Stück vielleicht.«

Ich bat die beiden Männer, einen Augenblick zu warten.

Die Tonqualität eines Handys ist ja nicht die beste, aber ich erkannte das Musikstück sofort: Es war der erste Satz aus Schuberts Streichquartett *Der Tod und das Mädchen.*

Die Klänge, verzerrt durch die schlechte Übertragung, jagten mir einen Schauer den Rücken hinunter.

»Schubert«, sagte ich. »Streichquartett Nr. 14 d-Moll. Warum?«

»Das hat Margit Sauerwald zuletzt gehört«, erklärte Beate. »Sie hatte den Wiederholungsmodus auf dem Player eingestellt und dieses Stück immer wieder abgespielt.«

»Das Streichquartett hat einen Namen«, krächzte ich. »Es heißt *Der Tod und das Mädchen.*«

Grobe Arbeiten und ein Heiliges Quartett

Sie war gestorben zu Schubert-Musik und ich hatte sie mit dem Quartett bekannt gemacht. Natürlich traf mich keine Schuld, diese wunderbaren Klänge trieben niemanden in den Tod. Ich würde das Streichquartett niemals mehr hören können, ohne an das Mädchen zu denken, das sich freiwillig in die Arme des Todes begeben hatte, um einzuschlafen. Jetzt wusste ich endlich, wie das Werk endete.

Nach Schlichts Anruf vor dem Supermarkt hatte ich Harras, Eckermann und Beate zu mir eingeladen. Es gab wichtigere Dinge im Leben als einen kindischen Schlagabtausch zwischen Menschen, die sich gerne produzierten und miteinander maßen.

Ich hatte das Claudius-Gedicht ausgedruckt und las es

meinen Gästen vor. »*Vorüber! ach, vorüber! / Geh wilder Knochenmann! / Ich bin noch jung, geh, Lieber! / Und rühre mich nicht an.* Und der Tod antwortet: *Gib deine Hand, du schön und zart Gebild! / Bin Freund und komme nicht zu strafen. / Sei gutes Muts! Ich bin nicht wild, / Sollst sanft in meinen Armen schlafen.*«

»Das klingt nicht danach, dass sie freudig in den Tod gegangen ist«, wagte Harras eine Interpretation.

»Aber sie hat sich dem Tod anvertraut«, sagte Beate Schlicht. »Obwohl im Gedicht ja das Ende fehlt. Vielleicht lässt der Tod sich noch erweichen und verschont sie.«

»Ich verschone euch aber keineswegs«, wechselte ich das Thema. »Hatten wir uns nicht darauf geeinigt, dass ihr Jungs die groben Arbeiten macht? Also, ab in die Küche! Ich habe euch die Kartoffeln fürs Gratin hingelegt, daneben findet ihr die Zwiebel, die bitte klein hacken, den durchwachsenen Speck würfeln und Möhren, Sellerie und Lauch waschen und schälen. Wenn ihr euch das mit euren kleinen Hirnen nicht merken könnt, fragt einfach nochmal, ja?«

»Ja, Boss«, grinste Harras.

Er hatte zur Feier des Tages auf seine unmöglichen Pullover verzichtet und sein Bäuchlein in ein passables Hemd gezwängt. Wenn Beate ihn ansah, zog er den Bauch ein und versuchte, etwas Intelligentes zu sagen.

Aha, dachte ich, bahnt sich da was an?

»Kriegen wir wenigstens was zu trinken, wenn wir schon die Sklavenarbeit für euch machen müssen?«, fragte Eckermann.

»Sklaven trinken gewöhnlich Wasser«, meinte ich, »und das kommt bei mir aus dem Hahn.«

»Aber Grappa!«, schmollte Harras. »Ich hab den Rieslingsekt doch schon im Kühlschrank gesehen.«

»Meinetwegen. Wir wollen aber auch ein Glas.«

»Ja, meine Herrin.«

Harras bekam den Sekt genauso schnell auf wie eine Bier-flasche. In bestimmten Dingen sind Männer überaus ge-schickt, musste ich im Stillen zugeben.

»Bitte, die Damen!«, sagte Simon. »Frohe Weihnachten!«

Wir stießen an und danach trollten sich die Männer in die Küche.

Einer von beiden stellte das Radio an und endlich erreich-ten uns Weihnachtslieder.

Es ist ein Ros' entsprungen – als Kind waren mir immer die Tränen gekommen, wenn ich es hörte. Das Lied wirkte im-mer noch.

»Heute sparen die aber wieder mal an nichts«, versuchte ich, meine Ergriffenheit zu verbergen. »Hauptsache senti-mental.«

Ich griff mir ein Papiertaschentuch und schnäuzte mich.

»Ich bin auch froh, wenn diese Feiertage vorbei sind«, sag-te Beate.

»Wie findest du eigentlich Simon?«, wollte ich wissen.

»Scheint ein netter Typ zu sein«, antwortete sie.

»Nichts für dich?«

»Wie kommst du darauf?«

»Er guckt dich ständig an.«

»Quatsch!«

»Doch. Du wirst schon sehen. Eine paar Gläser Wein mehr und …«

»Nichts und!«, unterbrach sie mich heftig. »Ich habe kein Interesse an Männern … im Moment jedenfalls.«

»Ist ja schon gut. Hast du eigentlich inzwischen deinen Kollegen gefragt, wieso er dir damals Toninhos Genmaterial so ans Herz gelegt hat?«

»Allerdings«, sagte sie grimmig. »Ich musste ziemlich mas-siv werden, bevor er endlich mit der Wahrheit herausrückte.«

»Und?«

»Er hatte damals Bereitschaftsdienst in der Leitstelle und bekam einen Anruf. Anonym. Der Mann behauptete, dass Toninho der Massenvergewaltiger sei. Natürlich wusste mein Kollege, dass das nicht sein konnte, denn der Serientäter ist ja seit etwas mehr als zehn Jahren aktiv und Toninho war ja erst knapp über zwanzig. So kam der liebe Kollege auf die tolle Idee, mich zu verarschen. Niemand konnte schließlich wissen, dass es ein Treffer sein würde.«

»Der Anrufer wusste es aber besser«, folgerte ich. »Natürlich ist der Anruf nicht aufgezeichnet worden, oder?«

»Es war kein Notruf, sondern ein normaler Anruf übers Festnetz. Eine Männerstimme, wie es sie zu Millionen gibt.«

Die Herren hatten ihre Sklavenarbeit erledigt.

»Oje«, seufzte ich beim Anblick des Küchenchaos. »Ihr solltet die Zwiebeln und den Speck fein hacken – aber nicht mit dem Beil! Und die Möhren habt ihr geschnitzt statt geschält. Irgendwas stimmt mit eurer Motorik nicht.«

»Es war von groben Arbeiten die Rede«, meinte Eckermann. »Die Feinheiten für die Ladys. Bitte schön!«

Er verbeugte sich, packte die Flasche Sekt, die fast leer war, und ging Richtung Wohnzimmer. »Jetzt seid ihr dran, Weiber.«

Ich sah ihm nach. Irgendwas gefiel mir an ihm, auch wenn mir gerade nicht einfallen wollte, was es sein könnte. Unser Start war leider so miserabel gewesen, dass der Rückstand nicht mehr aufzuholen sein würde – es sei denn, er würde die nächsten dreißig Jahre in Bierstadt bleiben.

»Warum ruft jemand anonym an, um Toninho der Vergewaltigung zu bezichtigen?«, fragte ich, während ich die Eier für die Gratinsoße in eine Schüssel schlug. »Wer konnte wissen, wessen Genmaterial nach dem Überfall gefunden wurde?«

»Toninho, Margit oder ein Augenzeuge«, sagte Beate. »Oder jemand, dem Toninho oder Margit oder der Augenzeuge Einzelheiten erzählt hat.«

»Wer immer es auch war – er wollte, dass du es erfährst.«

»Grappa! Sag mir lieber, was ich tun soll, damit das Essen schneller fertig wird. Die beiden Kerle im Wohnzimmer haben Hunger – und ich auch.«

»Du kannst schon mal die Wachteln putzen«, sagte ich und schob ihr die Vögel hin. »Zupf mit einem kleinen Messer die restlichen Federn aus und schneide ihnen Köpfe und Füße ab.«

»Igitt.«

»Das will ich jetzt aber nicht gehört haben«, meinte ich. »Du wirst dir die Finger lecken, wenn sie – sanft in Butter angebraten – vor dir auf dem Teller liegen.«

Sie machte sich widerstrebend über die Vögel her.

Ich hatte für jeden zwei gekauft und überlegte, welche Füllung ich nehmen sollte. Viel ging in die kleinen Tierchen ja nicht hinein, aber eine gut gewürzte Farce verlieh dem Geschmack des zarten Fleisches etwas Raffinesse.

Ich schlug ein Ei auf, hackte Kräuter und Knoblauch, vermischte alles. Noch ein eingeweichtes Brötchen dazu, Pfeffer und Salz – fertig.

»Wer wollte Toninho den Überfall in die Schuhe schieben?«, überlegte ich erneut. Meine Finger waren klebrig vom Pellen der Knoblauchzehen. »Aber wenn er es nicht gewesen ist, wie kommt dann sein Sperma an den Tatort?«

»Ein Superthema habt ihr beim Kochen«, sagte Harras. Er stand mit leerem Glas im Türrahmen. »Hoffentlich schlägt sich das nicht aufs Essen nieder.«

Zwei Stunden später war alles Schwere von mir abgefallen und die Toten konnten mir – wenigstens heute Abend –

gestohlen bleiben. Von den Wachteln waren nur noch die Knöchelchen übrig, das Gratin war aus der Form gekratzt und eine hübsche Anzahl an Wein- und Sektflaschen war geleert worden.

Simon Harras hatte seinen Kopf in Beate Schlichts Schoß gelegt. Die beiden waren ein merkwürdiges Paar – die schmale, hagere Frau mit ihren schwarzen Stoppelhaaren und der mollige Sportreporter mit dem Hang zu grellen Farben.

Adriano Eckermann entpuppte sich als charmant-ironischer Zeitgenosse, viel weniger eklig, als es erst den Anschein gehabt hatte. Ich schob es auf die fortgeschrittene Zeit und den vielen Wein, dass er mich anstarrte und anfing, über meine sarkastischen Scherze zu schmunzeln.

Noch ein Brasilianer

Die Weihnachtstage hatte ich einigermaßen überstanden. Jansen überredete mich, meinen Resturlaub zu nehmen und erst im neuen Jahr wieder in der Redaktion aufzutauchen.

Silvester und Neujahr standen bevor, Tage, an denen das Fernsehprogramm noch schlechter und die Winterdepressionen noch tiefer waren als während der Festtage. Ich telefonierte ein paar Last-Minute-Reiseläden ab. Die Vorstellung, mit leichtem Gepäck und Kreditkarte in den Süden abzudüsen, hatte was.

Doch es gab nur noch ein paar freie Plätze in einem Siebenhundert-Betten-Hotel in Yucatan, für einen Club-Urlaub in der Dominikanischen Republik und für ein paar Tage Copacabana in einem Hotel direkt am Strand – dort, wo Touristen stündlich überfallen und ausgeraubt werden. Ich verwarf meine Fluchtpläne wieder.

In einem flauschigen Bademantel, ungeschminkt und mit

wirren roten Haaren schlich ich durch meine Wohnung und versuchte, Ordnung in meine Gedanken zu bekommen.

Womit hatte eigentlich alles angefangen? Mit dem Überfall auf Margit, der Entführung Toninhos? Oder gab es ein viel früheres Ereignis, das die Lawine an Gewalt und Verwirrung ausgelöst hatte?

Marcel Sauerwald, der gottähnliche Präsident der Schwarz-Gelben, hatte Toninho nach Bierstadt geholt – und damit auch sein privates Unglück heraufbeschworen: Frau und Tochter waren schnell vernarrt gewesen in den schwarzen Adonis.

Aber hatte den Präsidenten das überhaupt gestört? Sauerwald schien aufzugehen im Management des Vereins, hatte sich mit den Folgen seiner Fehlentscheidungen herumzuschlagen. Glückloser Börsengang, großspurige Finanzjonglagen, Millionenschulden und Ähnliches hielten den Präsidenten auf Trab.

Die Angriffe der Medien auf Sauerwald wurden immer hämischer und bösartiger und dabei taten sich gerade die Journalisten hervor, die ihm früher immer in den Allerwertesten gekrochen waren.

Dass seine Frau es mit dem Favela-Boy getrieben hatte, verlieh der Sache neben allem anderen einen besonderen Touch – den der Lächerlichkeit.

Erika und Toninho – das passte einfach ins Bild: eine sexuell und emotional ausgehungerte Frau und der junge Adonis aus Brasilien, der sich austoben wollte. *Gottes* Tochter ins Bett zu kriegen war ja nur der halbe Spaß, *Gottes* Frau brachte ungleich mehr Anerkennung auf dem Markt der Macho-Werte. Doch wie weit waren Erika Sauerwalds Gefühle gegangen? Hatte sie sich an das ungeschriebene Gesetz von Affären gehalten, bei denen im Bett alles denkbar, aber im Herzen alles verboten war?

Ein Typ wie Toninho schweigt doch nicht, dachte ich, der will protzen und Anerkennung bekommen. Er muss es jemandem erzählt haben!

Ich fuhr meinen Rechner hoch, ging auf die offizielle Vereinsseite von Schwarz-Gelb 09 und klickte auf die aktuelle Mannschaft. Es gab noch einen Spieler aus Brasilien, der vor einem Jahr beim *Sport Club Corinthians Paulista* eingekauft worden war: Anselmo.

Das könnte er sein, dachte ich. Der Freund aus der Heimat, der Toninho sportlich nicht das Wasser reichen konnte, als Vertrauter aber taugte. Anselmo hatte in der laufenden Saison bisher meist auf der Bank gesessen und in ihren beruflichen Anfängen waren beide Brasilianer Mitglieder in demselben Provinzverein gewesen.

Ich muss mit diesem Anselmo reden, dachte ich, und Eckermann muss mir dabei helfen.

Beate Schlicht hatte die Zeit ebenfalls genutzt, um nachzudenken. Ich saß gerade beim Frühstück – es war der Tag vor Silvester, als sie mich anrief.

»Ich habe eine Idee«, begann sie.

»Ich auch.«

»Dann erst du«, sagte sie.

»Anselmo.«

»Wer?«

»Anselmo ist der zweite Brasilianer in der Mannschaft«, erklärte ich. »Deiner Frage entnehme ich, dass er niemals von der Polizei vernommen worden ist.«

»Du hast Recht. Ist er nicht.«

»Kennst du dich eigentlich mit Männern aus?«, fragte ich.

»Was ist das denn für eine Frage?«

»Alle Männer geben gern mit ihren Eroberungen an. Und Brasilianer bestimmt noch mehr als deutsche Langweiler.

Deshalb vermute ich, dass Toninho Anselmo alles erzählt hat, was liebesmäßig bei ihm gelaufen ist.«

Sie überlegte. »Die Idee ist gut. Ich werde sofort eine Vernehmung anregen. Brinkhoff hat sicher nichts dagegen. Soll ich mich auch um einen Dolmetscher kümmern?«

»Nein. Das machen wir anders. Eckermann muss uns helfen. Wenn Anselmo was von Polizei hört, macht der wahrscheinlich dicht. Diese Jungs kommen aus den Problemvierteln ihrer Städte und haben eine genetische Aversion gegen Bullen.«

»Aber Eckermann ist auch Bulle«, wandte sie ein.

»Ja, aber er kann seine Sprache und trifft bestimmt den richtigen Ton. Ich werde Adriano gleich anrufen.«

»Du nennst ihn Adriano?«, wunderte sie sich. »Nicht mehr Eckermann oder Baskenmützen-Heini?«

»Er darf ja auch Grappa zu mir sagen.«

»Ich hab schon Weihnachten gemerkt, dass er dir aus der Hand frisst«, frotzelte sie. »Nach dem Essen, das du aufgetischt hast, und den Blicken, die ihr euch zugeworfen habt. Du hast ihn ganz verzückt angeblinzelt.«

»Quatsch!«, entfuhr es mir heftiger, als ich wollte. »Ich hatte nur meine Brille verlegt.«

»Deshalb habt ihr immer so nah beieinander gesessen …«

»Sag lieber, was dir eingefallen ist«, forderte ich.

»Ich hab mir die Sache mit dem Genmaterial nochmal überlegt. Woher hat Erika Sauerwald gewusst, dass das Sperma *auf* ihrer Tochter war?«

»Das haben wir uns doch schon mal gefragt.«

»Ich weiß. Jemand hat uns durch einen anonymen Anruf darauf gebracht, dass es Toninhos Spuren waren. Der Jemand wollte also, dass wir die Wahrheit herausbekommen. Was aber, wenn der anonyme Tippgeber uns auf eine falsche Spur führen wollte?«

»Mal ganz langsam«, sagte ich. »Welche falsche Spur?«

»Der Beweis, dass Toninho Margit überfallen hat.«

»Aber die Spuren stammten doch von ihm!«

»Ohne Zweifel«, meinte sie. »Aber hat er sie auch an den Tatort gebracht?«

»Worauf willst du hinaus?«

»Wer hatte Grund, Toninho zu vernichten, indem er ihm ein Verbrechen anhängt?«

»Erika Sauerwald«, antwortete ich.

»Genau. Sie engagiert jemanden, der ihre Tochter überfällt, und als diese ohnmächtig ist, verteilt sie die Spuren.«

»So was macht doch keine Mutter!«

»Erzähl mir nicht, wozu Mütter fähig sind«, meinte Beate. »Da hab ich in meinem Beruf eine Menge mehr gesehen und erlebt als du.«

»Selbst wenn es so war«, sagte ich, »warum hat Böhme Toninho dann entführt? Damit ist doch die ganze schöne Intrige kaputt.«

»Stimmt«, meinte sie kleinlaut. »Das macht die Sache nicht einfacher.«

»Total verrückt, das Ganze«, murmelte ich. »Und noch eins hast du nicht bedacht.«

»Was?«

»Wenn das alles so gewesen ist – woher hatte Erika Sauerwald das Sperma?«

»Sich beschafft und aufgehoben.«

»Der berühmte Samenraub? Wie bei Boris Becker?«

»So was in der Art.«

»Die Sache wird immer unappetitlicher«, meinte ich.

»Mord ist unappetitlich«, seufzte sie. »Mir ist schon klar, dass meine Theorie schwache Stellen hat – zumal der Gerichtsmediziner in seinem Gutachten von frischen Spermaspuren gesprochen hat. Es ist wie verhext – wie in einem mathematischen Brettspiel. Bewegst du ein Klötzchen in eine bestimmte Richtung, ändert sich dadurch die gesamte Konstellation und das Spiel wird unlösbar.«

Der Verlierer packt aus

Adriano Eckermann war sofort bereit, den Kontakt zu Anselmo herzustellen.

»Der Typ ist ein ziemlicher Loser. Der hat noch nicht mal ein Tor geschossen«, teilte ich meine Einschätzung mit.

»Geht auch schlecht«, entgegnete Eckermann trocken. »Er spielt im hinteren Mittelfeld, da ergibt sich das Toreschießen fast ebenso oft wie beim Torwart.«

»Wenn er Mumm in den Knochen hätte, würde er von hinten nach vorne rennen und schießen«, widersprach ich.

Wir waren auf dem Weg in ein Hotel, in dessen Bar wir den Spieler treffen wollten. Anselmo hatte nichts dagegen, etwas über seinen toten Freund zu erzählen – natürlich nur, um zu helfen, den Mord aufzuklären, wie er Adriano versichert hatte.

»Du hältst dich besser bei der Beurteilung der fußballerischen Leistungen von Anselmo zurück«, schlug Eckermann vor. »Wenn du ihm auf die Nase bindest, dass er ein Schlappschwanz ist, könnte er ein wenig einschnappen.«

»Du glaubst wohl, ich sei unsensibel. Ich werde sehr nett zu ihm sein und ihn psychologisch aufbauen«, kündigte ich an. »Du wirst dich wundern, was ich so alles draufhabe.«

»Das kann ja heiter werden.« Der Brasilianer nickte bedächtig mit dem Kopf. »Anselmo wird als neuer Mensch aus dem Gespräch herausgehen.«

»Irgendwie hab ich das Gefühl, dass du mich nicht ernst nimmst«, maulte ich.

»Wer Kochlöffel und Bleistift so virtuos beherrscht wie du«, foppte er, »der muss doch ernst genommen werden, oder?«

»Übersetz einfach nur meine Fragen und halte dich ansonsten raus, ja?«, bat ich. »Dieses Gespräch erfordert Fingerspitzengefühl und einen scharfen Verstand.«

»Ich bin so glücklich, dass ich bei dieser Supershow dabei sein darf.« Adriano grinste fett. »Miss Marple und Superwoman – in einer Frau vereint.«

»Das verbitte ich mir«, stellte ich klar. »Miss Marple ist zu alt und zu schwatzhaft, Superwoman zu jung und zu blond. Außerdem bin ich intelligenter als die beiden zusammen.«

Eckermann prustete los. »Jedenfalls besitzt du Selbstironie. Das ist selten bei Frauen, dass man so herzlich über sie lachen kann.«

»Dann verkehrst du wohl in den falschen Kreisen.«

»Wie schön, dass sich das geändert hat.«

Es klang wirklich charmant, was er sagte und wie er es sagte.

In der Bar klemmte ein dunkelhäutiger junger Mann auf dem Hocker und hielt sich an einem Drink fest. Eckermann sprach ihn an, stellte mich vor. Ein paar Augenblicke später zogen wir uns an einen der hinteren Tische zurück. Dort herrschte weniger Betrieb und niemand konnte uns belauschen.

Anselmo taute nach und nach auf. Eckermann unterhielt sich mit ihm, ich verstand natürlich nichts, aber es drehte sich weniger um den Fall als um die allgemeine Weltlage, Fußball und die Chancen der brasilianischen Elf.

Dann setzte Eckermann zu einer sprachlichen Überleitung zum Grund des Treffens an. »Jetzt kannst du deine Fragen stellen«, meinte er.

»Frag ihn, ob er hier eine Freundin hat«, begann ich.

Anselmo wurde verlegen, plapperte dann aber los.

»Er hat keine«, übersetzte Eckermann.

»Und was hat er dir noch erzählt?«

»Nichts – nur dass er keine Freundin hat.«

»Dauert das Wort Nein bei euch immer so lange?«

»Er hat eine Freundin in Brasilien. Sie erwartet ein Kind. Und er will ihr treu sein.«

»Na, also!«

Der Kellner erkundigte sich nach unseren Wünschen.

»Wie heißen denn diese berühmten brasilianischen Cocktails?«, fragte ich.

»Ich bestell dir einen doppelten Caipirinha und anschließend hältst du eine Weile den Mund, ja? Die Fragerei und die Übersetzung machen das Ganze öde und ärgerlich.«

Eckermann bestellte und der Barmann verschwand.

»Du weißt doch gar nicht, was ich fragen will«, protestierte ich.

»Ich kann es mir denken. Ich unterhalte mich jetzt mit Anselmo und du hörst zu. Danach fasse ich das, was er gesagt hat, für dich zusammen. Ist das so in Ordnung?«

Zwei Stunden später hatte ich drei Caipirinhas intus und war in Hochform.

»Gib mir noch einen, Süßer«, lallte ich den hübschen Kellner an. »Aber lass dieses dämliche Schirmchen weg.«

Als wir die Bar verließen, war ich bester Stimmung.

»Und jetzt erzähl mir endlich, was er gesagt hat«, bat ich, als wir vor meinem Haus angekommen waren. »Wir nehmen noch einen Absacker! Los!«

»Ich soll mit nach oben kommen?«, fragte Eckermann.

»Na klar! Du kennst die Wohnung doch schon.«

»Aber jetzt sind wir beide allein.«

»O Mann! Wo liegt denn jetzt wieder das Problem?«

»Es gibt eigentlich keins, aber …«

»Ich verspreche dir, dass ich dich nicht auf den Boden schmeiße und dir die Kleider vom Leib reiße«, kicherte ich. »Ich mache auch keinen Striptease und begehe an dir keinen Samenraub. Ich will einfach nur wissen, was Anselmo erzählt hat.«

Machtspiel und Machogehabe

Es blieb dienstlich und gegen Mitternacht setzte sich Eckermann ins Taxi und ließ sich zu seinem Hotel bringen. Mit einem doppelten Espresso hatte ich meine Beschwerden nach dem Ausflug ins Reich der brasilianischen Cocktails bekämpft. Die Dinger schmeckten auf den ersten Schluck lecker, doch irgendwann klebten sie die Sinne zusammen. Wahrscheinlich fehlte es ihnen nicht nur an Sonne, sondern auch an frischen Früchten. Die Säfte in der Hotelbar waren im Tetrapack gereift und zwecks Haltbarkeit überzuckert.

Eckermann hatte Anselmo die richtigen Fragen gestellt, während ich mich den Drinks gewidmet hatte, und es gab jetzt etwas mehr Licht im Dunkel der Dreiecksbeziehung Toninho-Erika-Margit.

Die *schwarze Gazelle von Rio* war monatelang der Liebhaber von Erika Sauerwald gewesen, er hatte sich Anselmo gegenüber ausführlich über die erotischen Qualitäten der Frau geäußert. In der Beziehung war es um Sex gegangen – nichts weiter. Zumindest von seiner Seite aus.

Er war der beste Ficker, den ich je hatte – diesen denkwürdigen Satz hatte Erika Sauerwald bei dem Gespräch in der Klinik herausgeschleudert, bevor sie wusste, dass ihre Tochter im Wald gefunden würde.

Trotzdem bezweifelte ich, dass es auch ihr allein um Sex gegangen war. Frauen entwickeln heftigere Gefühle als Männer. Und Männer entwickeln erhebliche Abwehrkräfte, wenn sie nur Sex wollen und eine Frau mit Emotionen daherkommt.

An meiner Meinung änderte auch die liebestriefende SMS nichts. Männer lügen oft – um der Frau einen Gefallen zu tun, aber auch um ihre eigene Gefühllosigkeit mit romantischen Worten zu bemänteln.

Toninho hatte es genossen, Erika Sauerwald im Beisein ihres Mannes in Verlegenheit zu bringen, und hatte es manchmal auf die Spitze getrieben. Sauerwald hatte die beiden mal auf der Toilette in der VIP-Lounge im Stadion erwischt – sie saß auf dem Waschbeckentisch und er war in ihr. Toninho hatte das ziemlich lustig gefunden und überall herumerzählt.

Daraufhin nahm Sauerwald ihn sich vor und er blieb die nächsten Spiele auf der Bank sitzen. Er war erst wieder aufgestellt worden, nachdem er die Affäre mit Erika Sauerwald beendet hatte. Offiziell, denn die beiden trafen sich heimlich weiter. Auf ihren Wunsch, hatte Anselmo verraten – Erika Sauerwald war Toninho inzwischen lästig geworden. Anselmo hatte häufig Anrufe und einige überraschende Besuche von Erika Sauerwald mitbekommen und Toninho hatte sich hämisch über seine Exgeliebte geäußert.

Und dann hatte sich Margit in Toninho verliebt und diese Liebe wurde zu einer fixen Idee der jungen Frau. Sie trafen sich einige Male, doch Toninho blieb auf Abstand, floh zuletzt geradezu vor ihr.

Die Sympathiewerte des kleinen Machos bei mir waren nach Eckermanns Bericht gesunken. Herumvögeln konnten sie alle, aber mit Anstand und Menschlichkeit ihre Affären beenden, das gelang nur wenigen Männern.

Deshalb mache ich meistens zuerst Schluss, dachte ich, um mir das würdelose Gezänk am Ende zu ersparen.

Bevor ich ins Bett fiel, schaltete ich die letzte Nachrichtensendung des Abends ein. Toninhos Leiche hatte heute nach Brasilien überführt werden sollen. Sie brachten tatsächlich einen kurzen Bericht über den Festakt und ich sah den Sarg – bedeckt mit der Nationalflagge Brasiliens – in den Bauch des Fliegers rollen.

Zu der Trauergemeinde, die den Sarg zum Flughafen begleitet hatte, gehörte die komplette Mannschaft der Schwarz-Gelben, Bierstadts Oberbürgermeister sowie Präsidium und Vorstand des Vereins. Marcel Sauerwald, am Arm die Gattin. Die Mienen des Ehepaares wirkten wie versteinert.

Haben die den Fuß wohl wieder in den Sarg gelegt?, fragte ich mich. Wäre ja nett, dann kann er im Himmel Tore schießen.

Himmel? Nein, dachte ich, Toninho muss bestimmt erst ein paar Runden durchs Fegefeuer drehen, bevor er nach oben darf, dieser kleine Mistkerl!

Hurenglück und Bürgerehen

Es war Silvester und ich befand mich in einer satten Endzeitdepression.

Ich hörte Gustav Mahlers Bearbeitung von Schuberts *Der Tod und das Mädchen* für Streichorchester. War als Streichquartett schöner – authentischer, ruppig und an manchen Stellen wunderbar wild. Ich mochte einzelne Noten lieber als bombastische Musikteppiche.

Erika Sauerwald. Die Frau ging mir nicht mehr aus dem Kopf. Sie war die Hauptverdächtige.

Aber die Hauptverdächtige bei welchem Delikt?

Fürs Fremdgehen, fürs Versagen als Mutter? War sich der Lächerlichkeit preiszugeben auch ein Vergehen?

Die Dosierung macht's, seufzte ich innerlich, wie oft im Leben. Ein bisschen von allem, gerührt oder geschüttelt, hier eine rote Kirsche, da ein Stückchen Ananas und noch ein buntes Schirmchen reingespießt – und niemand schmeckt das Gift, zumindest nicht sofort.

Was hatte Erika Sauerwald wirklich im *Club Nachtschicht* gesucht?

Esther Klein, die Bordellchefin, vermietete Zimmer an Straßenmädchen und ihre Freier. Erika Sauerwald war keine Hure, aber vielleicht machte es ihr ja Spaß, sich wie eine zu fühlen und so behandelt zu werden. Sich dafür bezahlen lassen – das war eine verbreitete Frauenfantasie, noch vor dem Wunsch nach Spontansex mit einem attraktiven Fremden, der danach für immer verschwindet. Oder hatte Toninho den Ort als Treffpunkt bestimmt, um die Präsidentengattin noch mehr zu erniedrigen?

Ich wählte Harras' Telefonnummer. Er saß in seiner Karre und war auf dem Weg zu einer Silvesterparty.

»Willst du mitkommen?«, fragte er. »Ich dreh gern wieder um und hole dich ab.«

»Nein, nein«, beeilte ich mich zu versichern. »Darum geht es nicht. Denk mal zurück an den Abend im Bordell. Damals, als wir uns zufällig getroffen haben. Wer hat dir an dem Abend erzählt, dass Erika Sauerwald den Club besucht hat? War es Tanja?«

»Nein, ein anderes Mädchen.«

»Welches?«

»Die junge Frau, die die Zimmer aufräumt. Warum willst du das wissen? Kannst du heute nicht mal an was anderes denken?«

Ich wünschte ihm einen guten Rutsch, legte den Hörer auf und wählte erneut.

Esther Klein war zum Glück völlig unkompliziert. Sie lud mich ein zum Silvester-Hurenball, der in drei Stunden beginnen würde.

»Geschlossene Gesellschaft, keine Männer«, sagte sie. »Und kleiden Sie sich wie eine von uns.«

Frauentraum: einmal eine Hure sein, zumindest so aussehen wie eine. Verworfen und sexy. Die schwarzen Spitzenbodys waren mir zu dünn, die Temperaturen waren ausgesprochen schattig, so um die null Grad, und ich hatte keine Lust, das neue Jahr mit einer Lungenentzündung und erfrorenen sekundären Geschlechtsmerkmalen zu beginnen.

Schwarze Strumpfhose, wollenes enges T-Shirt, irgendwo hatte ich noch Reitstiefel rumstehen. Um die Hüften schlang ich mir ein wild gemustertes Tuch, das mit den Harras'schen Pulloverfarbkombinationen mithalten konnte. Dramatisch geschminkt und fertig. Ich sah aus wie eine Mischung aus Catwoman und Else Kling.

Ich passte auf, dass mich im Treppenhaus niemand zu Gesicht bekam, und flüchtete in mein Auto. Irgendwann, dachte ich, kaufst du dir eine dieser Karossen mit Sitzheizung.

Die Straßen waren schon ziemlich leer, die Stadtbevölkerung hatte sich in Wohnungen und Gaststätten geflüchtet.

Im Opernhaus gab es den Silvesterball mit Cabaret und Buffet für Bierstadts Spießer, in der Westfalenhalle fiedelte Dauergrinsbeutel André Rieu den ›Klassik‹-Freunden eins vor und die alternativ Angehauchten hatten sich im Kleinkunsttempel *Fletch Bizzel* zusammengerottet.

Ich ließ diese Etablissements hinter mir, fuhr in den Norden der Stadt und bekam sofort ein anderes Feeling: weniger Glanz, mehr Dreck, verlassene Häuser und Bumslokale.

Vor dem *Club Nachtschicht* fuhren die unermüdlichen unter den Freiern ›Streife‹, aber kaum ein Straßenmädchen bot sich heute für eine schnelle Nummer an.

Ich parkte direkt vor dem Club. Schnee rieselte und es pfiff mir eisig ins knappe Kostüm. Ich drückte die Klingel, winkte in die Kamera, es summte und ich war drin. Der Eingangsbereich war mit Luftschlangen und Ballons geschmückt.

»Oben in der Bar«, sagte ein Mädchen. Es war die Frau, die in den Zimmern Ordnung schaffte, wenn das Mitverhältnis beendet war. Genau die, die ich heute Abend brauchte. Aber ich wollte nicht gleich in die Vollen gehen.

Ich stieg die Treppe nach oben. Aus der Bar dröhnten Musik und Lachen.

Esther Klein winkte und kam auf mich zu. »Sie sehen ja wirklich aus wie eine von uns. Noch eine Maske und Sie könnten bei mir als Domina anfangen.«

»Vielleicht komme ich darauf zurück«, grinste ich. »Männer zu quälen, die dafür bezahlen, muss an manchen Tagen der Himmel auf Erden sein.«

»Leider bestimmen die Männer aber, was die Domina zu machen hat«, erklärte Esther Klein. »So kreativ, wie Sie glauben, ist der Job dann doch nicht. Lassen Sie uns mal ins goldene Zimmer gehen. Hier herrscht zu viel Lärm. Sie wollen doch bestimmt mit mir reden. Kommen Sie!«

Esther Klein schloss die Tür, der Geräuschpegel ging sofort nach unten. Ich ließ mich auf einen Hocker mit Volants fallen, sie setzte sich auf das goldige Bett.

»Irgendwie heimelig hier«, meinte ich. »Sehen eheliche Schlafzimmer nicht genauso aus?«

»Manche schon«, antwortete sie. »Meines allerdings nicht.«

»Sie sind verheiratet?«, fragte ich erstaunt.

»Nein, aber ich habe einen Lebensgefährten. Sie auch?«

»Im Moment nicht«, gestand ich. »Ich halte es nie lange aus. Oder die Männer halten es bei mir nicht lange aus. Vermutlich Bindungsangst.«

»Eine gesellschaftliche Krankheit«, sagte sie. »Angst vor Nähe, niemand will sich mehr auf den anderen einlassen. Nur nichts aufgeben.«

»Das läuft ja hier ganz anders«, meinte ich ironisch.

»Nein«, antwortete Esther Klein ernst. »Aber natürlich wollen die Einsamen auch mal Sex. Eines der wenigen Bedürfnisse, das den Menschen noch als Bestandteil der Natur klassifiziert.«

»Na ja, für die Männer ist das einfach«, widersprach ich. »Sie suchen sich ein Mädchen und kommen hier bei Ihnen unter. Aber wo ist denn das Etablissement für Frauen? Wo sind die jungen Männer, die sich auf der Straße anbieten für die einsamen, bedürftigen Frauen, die sich als Bestandteil der Natur begreifen?«

»Stimmt, da bleibt noch einiges zu tun. Aber warum sollte der Erotikbereich gleichberechtigter sein als der Rest der Gesellschaft?«

»Ein bisschen gleichberechtigter sind manche Frauen ja schon«, kam ich zum Thema. »Erika Sauerwald zum Beispiel, sie war ja Stammgast bei Ihnen.«

»Sauerwald?«

»Die Frau des Präsidenten von Schwarz-Gelb 09«, erklärte ich.

»Ach ja. Die Frau, deren Tochter sich das Leben genommen hat. Ich habe die Zeitungen gelesen. Schlimme Geschichte für die Mutter. Wieso glauben Sie, dass sie hier gewesen ist?«

»Ein Mädchen hat es einem Freund erzählt. Ein Mädchen, das in Ihrem Haus arbeitet.«

»Das wundert mich aber. Wir reden grundsätzlich nicht

über unsere Kundinnen und Kunden«, behauptete die Bordellchefin. »Ihr Freund muss sich verhört haben.«

»Frau Sauerwald hatte eine Affäre mit dem toten Fußballspieler, dem das Haus hier gehört. Sie haben die beiden nie bemerkt?«

»Erstens bin ich nicht immer hier und zweitens tauchen öfter schwarz-weiße Paare auf. Ich beobachte meine Kunden nur über den Monitor, wenn sie ins Haus kommen, und stelle mich ihnen nicht persönlich vor. Und bei der Bildqualität der Anlage sehen alle Schwarzen gleich aus – nämlich schwarz.«

Sie zieht sich gut aus der Affäre, dachte ich. »Theo Böhme kannten Sie auch.«

»Den kannte ich wirklich von Angesicht zu Angesicht. Diese arme Familie scheint vom Unglück verfolgt zu werden«, meinte Esther Klein. »Aber was kann ich dafür? Ich würde Ihnen wirklich gern helfen.«

»Lassen Sie mich ein paar Fragen stellen«, bat ich. »Ich werde und will Ihnen nicht schaden. Ihr Club bleibt aus der Berichterstattung raus.«

»Wenn Sie während des Balls mit ein paar Mädchen reden, habe ich nichts dagegen«, nickte sie und stand auf. »Lassen Sie uns also zu den anderen gehen.«

Die Mädchen hatten Oldies aufgelegt, in deren Texten sich alles reimte, was sich nicht ausdrücklich wehrte. Immer ging es um Liebe, Sehnsucht und Enttäuschung – wie im Leben außerhalb von Musiktiteln.

Ich hielt mich an einem Glas Weißweinschorle fest und sah den Frauen auf der Tanzfläche zu. Die jungen waren eher zu mager als zu mollig, mit langen Beinen, Tattoos und Piercings. Die zweite Gruppe hatte die dreißig längst überschritten und sich betont jugendlich herausgeputzt. Die

›Halbwertszeit‹ wurde in diesen Kreisen schneller erreicht. Lediglich die Frauen über fünfzig schienen locker, sie wirkten am entspanntesten.

Die junge Frau, die im Haus fürs Putzen zuständig war, lehnte an der Theke. Wie hieß sie noch? Ach ja, Ulrike. Ich stellte mich neben sie.

»Schreibst du über den Hurenball?«, fragte sie neugierig.

»Nein. Ich bin heute aus anderen Gründen hier. Frau Klein hat mich eingeladen.« Ich kramte in meiner Tasche nach einem Foto, das Erika Sauerwald und ihren Gatten zeigte, und hielt es ihr hin. »Kennst du die Frau da? War die mal hier?«

Ulrike drehte sich, hielt das Fotos ins Licht und betrachtete es. »Ja, sie war ein paarmal da – glaube ich. Aber ich habe sie schon lange nicht mehr hier gesehen. Sie ist mit dem Fußballer gekommen.«

»Weißt du, wer sie ist?«

»Die Sauerwald – die ist oft genug in der Zeitung.«

»Wann waren die beiden zuletzt da?«

»Keine Ahnung.« Das Mädchen schaute an mir vorbei. Ich drehte mich um und folgte ihrem Blick. Esther Klein lächelte zu uns herüber.

Ich hob mein Glas und sie prostete zurück.

»Überleg doch mal«, bat ich. »Es ist wichtig.«

»Wir dürfen nicht über unsere Kunden reden.«

»Deine Chefin hat mir erlaubt, ein bisschen herumzufragen«, sagte ich. »Du wirst also keine Probleme kriegen.«

Sie zögerte. »Das war im Herbst. September oder so.«

»Geht es nicht ein bisschen genauer?«

»Der Brasilianer hatte sich über den Trainer geärgert. Der hatte ihn nicht für das Spiel am nächsten Tag aufgestellt. Die beiden sprachen darüber, als sie aufs Zimmer gingen. War ziemlich laut das Ganze.«

»Wie lange sind sie geblieben?«

»Nur zehn Minuten. Hat mich gewundert, aber die beiden hatten wohl Stress.«

»Hast du das Zimmer danach aufgeräumt?«

»Klar. Da war aber nicht viel.«

»Was meinst du damit?«

»Keine Flecken, kein Präser. Nur das Bettlaken war ein bisschen verrutscht. Fast, als wär niemand da gewesen.«

Gesammelt und gefrostet

Am ersten Tag im neuen Jahr wachte ich erst gegen Mittag auf. Hatte ich gestern wirklich unter dem Applaus von leichten Mädchen eine Salsa aufs Parkett gelegt? Zusammen mit ihnen über zahlungsunwillige Freier hergezogen? Ihnen versprochen, mich dafür einzusetzen, dass die 22-Uhr-Grenze aufgehoben würde?

Grappa, du warst nicht ganz bei dir, dachte ich. Hoffentlich konnten sich die anderen auch nur noch verschwommen an den Hurenball und meine Rolle dabei erinnern.

Ein doppelter Espresso mit viel Zucker brachte mich wieder auf die Beine. *Keine Flecken, kein Präser. Fast, als wär niemand da gewesen* – hatte das Zimmermädchen erzählt. Die beiden hatten sich schon gestritten, bevor sie das Zimmer gemietet hatten.

Kopfschmerzen pochten. Ich schluckte zwei Tabletten und legte mich aufs Sofa. Musik und Lesen. Auf dem Tisch stapelten sich die Zeitungen. Doch schon bei der Lektüre des ersten Artikels fielen mir erneut die Augen zu und ich dämmerte weg.

Natürlich klingelte ausgerechnet jetzt das Telefon. Ich schreckte hoch und griff zum Hörer.

Beate Schlicht. »Störe ich?«

»Nein, nein«, beeilte ich mich zu versichern.

»Frohes neues Jahr, Grappa«, wünschte sie. »Hast du gerade mal ein Ohr?«

»Klar«, krächzte ich verschlafen.

»Dann lese ich dir mal was vor«, kündigte die Kommissarin an. »*In Frankreich hat ein mutmaßlicher Mörder und Vergewaltiger offenbar Sperma eines anderen Mannes am Tatort hinterlassen, um die Polizei auf eine falsche Fährte zu führen. Der 48-jährige Hauswart, der im September eine Studentin aus dem von ihm betreuten Wohnheim in Soisy-sur-Seine bei Paris umgebracht haben soll, habe Mülltonnen durchwühlt, um benutzte Präservative zu finden, teilte die Polizei mit. Er habe dies im Fernsehen gesehen und habe seine Tat verschleiern wollen. Nach Angaben der Zeitung* Républicain *fror der Mann die Kondome in seinem Kühlschrank ein, um sie später zu benutzen.*«

»Ja, und?«

»Verstehst du denn nicht?« Sie war ganz aufgeregt. »So kann es gewesen sein. Wir haben uns doch gefragt, wie das frische Material an den Tatort gekommen ist. Erika Sauerwald hat es aufgehoben, eingefroren und dann auf ihrer Tochter verteilt.«

»Igitt!« Ich schüttelte mich. »Aber merkt das denn der Gerichtsmediziner nicht, wenn die Spermien gefrostet wurden?«

»Nein – eben nicht. Guck mal im Internet nach, da gibt es hunderte von Beispielen von eingefrorenem Erbmaterial, aus dem später noch Kinder entstanden sind.«

»Okay. Dann müssen wir die Täuschung Erika Sauerwald nur beweisen. Wobei – das Sperma kann auch von jemand anderem auf Eis gelegt und im Wald verteilt worden sein.«

»Und von wem? Wer hatte denn sonst die Gelegenheit, an Toninhos Sperma zu kommen?«

»Ich denke drüber nach«, versprach ich. »Aber erst muss ich schlafen.«

Die Schmerzen im Kopf waren unerträglich geworden.

Drei Stunden später und um einiges frischer startete ich *Google*. In der Tierzucht wurde schon seit Jahren mit gefrorenem Sperma experimentiert, auch Samenbanken arbeiteten nach dem Prinzip. *Gefrorenes Sperma hält Dekaden*, berichtete eine populär wissenschaftliche Seite.

In Großbritannien ist ein Junge nach künstlicher Befruchtung gesund zur Welt gekommen. Das Besondere daran: Die verwendeten Spermien waren einundzwanzig Jahre lang eingefroren. Wie britische Reproduktionsmediziner aus Manchester berichten, wurden 1979 Spermien aus dem Ejakulat eines damals 27-jährigen Krebspatienten in einer Samenbank gefrostet, bevor der Mann wegen eines Hodentumors radio- und chemotherapeutisch behandelt wurde.

Auf eine Art war der *Club Nachtschicht* auch eine Samenbank, nur dass die Ausscheidungen der zahlreichen Männer, die sich dort ›erleichterten‹, nicht aufbewahrt wurden.

Ich wählte die Club-Nummer und hatte Glück. Esther Klein wollte am Neujahrstag nicht auf ihre Mieteinnahmen verzichten und hatte geöffnet.

»Was machen Sie mit den gefüllten Kondomen, die in den Zimmern zurückbleiben?«, fragte ich unverblümt.

»Sondermüll«, antwortete sie lapidar.

»Erika Sauerwald war im September das letzte Mal bei Ihnen«, sagte ich. »Mit Toninho Baracu. Kann es sein, dass sie das gefüllte Kondom mitgenommen hat?«

»Sie haben doch mit dem Zimmermädchen gesprochen«,

antwortete Esther Klein. »Hat sie Ihnen nicht gesagt, dass das Zimmer fast unberührt gewesen ist?«

Neues Jahr und altes Elend

Der zweite Januar war ein überraschend milder Tag, der Schnee schmolz dahin und gab Erde und Matsch frei. In den Vorgärten steckten die Narzissen schon die Spitzen heraus – aber vielleicht waren es auch erst die Schneeglöckchen.

Ich war froh, wieder zur Arbeit gehen zu können. Schon auf dem Parkplatz begegnete mir Simon Harras. Er hatte die Lederjacke über die Schulter geworfen und zeigte sich mir in einem neuen Pullovermodell. Es hatte breite Streifen in Rot, Blau und einem dunklen Grün, die Farben verliefen an den Rändern ineinander. Zu allem Überfluss waren auch noch Taschen aus Leder aufgenäht worden.

Er sah meinen verwirrten Blick und grinste. »Ein Geschenk von meiner Tante.«

»Das dachte ich mir. Das Teil ist wunderhübsch«, log ich.

»Danke. Sie strickt auch den WM-Schal.«

»Wie bitte?«

»Sie war gestern Abend im Fernsehen.«

»Wer? Die Tante?«

»Nicht allein. Zusammen mit ihren Strickkameradinnen.«

»Na, toll.«

Wir gingen nach oben. Es war noch nicht viel los. Zwei Sekretärinnen schlitzten mit missmutiger Miene die Post auf und versuchten nicht, sich an Schnelligkeit zu übertreffen.

Harras wünschte Sara und Stella ein »wunderschönes neues Jahr« und ihre Mienen erhellten sich. Ich schloss mich den Wünschen an und bekam sie zurück, wenn auch nicht so herzlich wie mein Kollege.

»Einen Pott Kaffee für Sie, Herr Harras?«, flötete Sara.

»Aber gerne, Sara«, lächelte Simon.

»Mir bietet sie Warmgetränke niemals so charmant an«, flüsterte ich. »Was hast du, das ich nicht habe?«

»Soll ich dir's zeigen, Grappa?«

»Lass mal stecken, Süßer. Ein Schock so früh im neuen Jahr wirkt sich bestimmt negativ auf die restlichen Monate aus.«

Sara trat mit zwei Tassen Kaffee in den Händen aus der Küche. Sie reichte Harras eine und ich streckte die Hand nach dem anderen Becher aus. Mein Unterarm blieb in der Luft hängen. Sara tat so, als habe sie meine Geste übersehen.

»Dein Gesichtsausdruck ist köstlich«, lachte Simon, als sich die Sekretärin wieder der Post zugewandt hatte.

»Das merke ich mir«, drohte ich. »Das nächste Paket mit einem Leichenteil darf sie öffnen.«

»So funktioniert eben die Demokratie«, salbaderte er weiter. »Wer Kaffee will, muss freundlich sein.«

Schmollend verzog ich mich an meinen Schreibtisch. Ich fuhr den PC hoch und schaute nach den Mails. Verzichtbar: die Angebote zur Penisverlängerung genauso wie die flehentliche Bitte der Großenkelin des letzten Königs von Uganda, ihr bei der Suche nach verschwundenen Millionen ihres Urahns zu helfen. Auch an bewegten Bildern von den Erlebnissen blutjunger Schülerinnen, die an Autobahnraststätten Lkw-Fahrern zu Willen sein mussten, hatte ich kein Interesse.

Ich drückte furios die Löschtaste und hätte fast eine Mail übersehen. Sie stammte von Bluthund Wayne Pöppelbaum.

Guckt dir das mal an, Grappa! Öffne den Stream und wundere dich. Schönes neues Jahr.

Der Media-Player aktivierte sich und der Film lief ab.

Zuerst konnte ich nicht viel erkennen, doch dann zoomte die Kamera auf zwei Personen, die an einem Tisch saßen.

Die Umgebung sah nach Restaurant oder Café aus. Eine der Frauen war unverkennbar Esther Klein, die zweite saß mit dem Rücken zur Linse, doch als ich das dicke, helle Haar wahrnahm, war mir klar, dass es sich um Erika Sauerwald handelte. Die Frauen unterhielten sich, leider waren die Aufnahmen ziemlich unscharf. Es war nicht auszumachen, ob sie nett oder weniger nett miteinander plauderten.

Erika Sauerwald griff neben sich, holte einen Umschlag aus ihrer Tasche und legte ihn auf den Tisch. Diese Geste war eindeutig unfreundlich und heftig. Esther Klein ihrerseits schob ein kleines Päckchen daneben.

Das Bild flackerte. Doch plötzlich sprang Erika Sauerwald auf, nahm das Päckchen und ging weg. Esther Klein wartete eine Weile, steckte den Umschlag ein und winkte den Kellner zu sich. Dann wurde es schwarz auf dem Monitor.

Ich rief Pöppelbaum an.

»Den Grimme-Preis kriegst du zwar nicht, aber an sich ist der Film ein Hammer«, sagte ich. »Wann hast du die Aufnahmen gemacht?«

»Am Tag vor Silvester. Im *Salinas*. Ich war zufällig dort und sah die Sauerwald reinkommen und sich zu der anderen Frau setzen. Irgendwas kam mir komisch vor bei den beiden. Also hab ich einfach mal draufgehalten. Wer ist die andere Frau?«

»Du kennst sie nicht? Das ist Esther Klein, die Chefin vom *Club Nachtschicht!*«

Pöppelbaum pfiff durch die Zähne.

Das Ganze roch nach Erpressung. Ich dachte an die Videoanlage im *Club Nachtschicht*. Vielleicht gab es Bilder, für die Erika zahlte.

»Kannst du mir einen Gefallen tun, Bluthund?«, fragte ich.

»Klar.«

»Auch wenn es – sagen wir mal – ein bisschen grenzwertig ist?«

»Kommt drauf an, wie grenzwertig.«

»Ruf die Sauerwald an – unter falschem Namen. Sag, dass du den Film hast.«

»Meinen Film?«

»Einen Film. Du meinst deinen, sie meint aber einen anderen. Wenn alles so ist, wie ich denke.«

Schweigen. Dann: »Ich versteh kein Wort.«

Ich erläuterte ihm meine Theorie.

»Warum machst du das nicht selbst?«

»Weil sie meine Stimme kennt.«

»Klaro.«

»Du rufst sie also an?«

»Okidoki.«

»Du sagst nichts über den Inhalt des Films, sondern nur dass du ihn hast, und vereinbarst ein Treffen mit ihr, falls sie drauf anspringt. Meinetwegen im *Salinas*.«

»Ich soll mich mit ihr treffen?«

»Nein, Baby. Du nicht. Das mache ich dann schon.«

»Aber dann weiß sie doch, dass du dahintersteckst.«

Heilige Einfalt, seufzte ich innerlich. »Das ist zu dem Zeitpunkt egal. Außerdem will ich dich nicht in Schwierigkeiten bringen.«

»Dann bin ich also nur ein Lockvogel?«

»Erfasst! Du lockst und ich schlage zu. Capito?«

Stricken in Loch Ness

Langsam kehrten auch die Kolleginnen und Kollegen aus dem Kurzurlaub zur Jahreswende zurück. In der Redaktionskonferenz waren wir dann alle wie gewohnt versammelt.

»Da gibt es einen Frauenclub in Unna«, berichtete Peter Jansen. »Die stricken einen Weltmeisterschaftsschal. Hab ich gestern Abend im Lokal-TV gesehen. Die Damen heben wir heute ins Blatt. Grappa? Kannst du das machen?«

»Muss das sein?«, fragte ich. »Ich habe vom Stricken keine Ahnung.«

»Das glaub ich nicht! Hast du nicht das Puddingabitur?«, fragte mein Chef.

»Doch. Aber mein Schwerpunkt lag auf Klöppeln.«

Alle lachten.

»Du musst nicht mitstricken«, grinste Jansen. »Aber die Mädels passen vom Alter her bestens zu dir.«

»Was ist mit Harras?«, wehrte ich mich. »Seine Tante ist die Oberstrickerin in dem Club.«

Alle schauten auf Simon. Der machte ein Pokerface. »Ich weiß nicht, wovon Grappa spricht.«

»Guckt euch die Pullover an, die er immer trägt«, startete ich einen letzten Versuch. »Die sind doch Beweis genug.«

»Grappa! Stricken ist ein Frauenthema. Du wirst sehen, die Story wird deinem Leben einen neuen Sinn geben.«

Strickende Omas. So weit war es schon gekommen. Man traute mir nicht mehr zu, die Mordgeschichte ordentlich zu Ende zu bringen. Und alle amüsierten sich auf meine Kosten.

Ich versuchte, mich wieder auf normale Betriebstemperatur zu bringen. Also auf zu den Strickerinnen. Ich absolvierte den Termin in kurzer Zeit und stellte fest, dass die alten Mädels ganz nett und vor allem dankbar waren, dass schon wieder jemand ihr Engagement würdigte.

WM-Schal von Unna über Bierstadt bis nach Gelsenkirchen, titelte ich, als ich wieder hinter meinem Schreibtisch saß.

Zwei eifrige Frauenclubs haben sich die Aufgabe gestellt, im Vorfeld der Fußballweltmeisterschaft einen gigantischen Schal mit den Flaggen aller teilnehmenden Nationen zu stricken. Insgesamt haben sich fast hundert ›Stricklieseln‹ aus Unna und Bönen zusammengetan: der Club *Loch Ness* sowie der Verein *Bestrickend schön.*

Das Ziel der fingerfertigen Frauen: ein WM-Schal, der von Unna bis zur *Luna-Arena* und von der *Luna-Arena* bis zur Arena in Gelsenkirchen reichen soll.

Ich beschrieb das kollektive Werk mit liebevollen Worten, schlug dann ein Ei drüber und speicherte den Text ab.

»Superartikel, Grappa-Baby«, unkte Jansen beim Mittagessen in der Kantine. »Du hast wirklich was auf dem Kasten! Weiter so!«

»Dein Lob macht mich stumm vor Glück«, behauptete ich.

»Ja, wirklich«, schwärmte Jansen. »Du hat so eine warme und weiche Ader, wenn man dich nur lässt.«

Harras schlurfte mit seinem Teller heran.

»Wie war's bei Tante Ruth?«, fragte er.

»Ich soll dich von ihr grüßen«, sagte ich. »Dein neuer Pullover mit dem Logo des *Tageblattes* ist schon in Arbeit. Noch ein Ärmel und du kannst deinem Arbeitgeber endlich mal zeigen, wie sehr du ihn schätzt.«

Ein Freier dreht durch

Eine Stunde später gab Pöppelbaum grünes Licht.

»Wie hat sie denn reagiert?«, fragte ich.

»Als ich von dem Film anfing, begann sie zu kreischen«,

erzählte er. »Aber sie hat Ja gesagt. Heute Abend im *Salinas.* Brauchst du Hilfe?«

Ich überlegte. »Ja, setz dich einfach unters Volk. Und halte deine Kamera in Bereitschaft.«

»Mein Baby und ich sind immer bereit«, protzte er.

»Na prima. Misch dich aber bitte nicht ein und lass mich machen, kapiert?«

»Das Leben retten darf ich dir aber schon?«

»So weit wird es nicht kommen«, prophezeite ich. »Die Präsidentengattin wird mich doch nicht in einer voll besetzten Kneipe abknallen.«

»Diese Frau ist mit den Nerven fertig, und wenn du sie unter Druck setzt …« Er ließ offen, was das für Folgen haben könnte.

»Ich will doch nur die Wahrheit wissen«, sagte ich. »Mehr nicht.«

Die Wahrheit – das größte Problem in diesem Geflecht von Lüge, Erpressung und Mord.

Ein letzter Versuch, dachte ich, wenn er wieder nicht zündet, lässt du die Sache fallen und fängst auch an zu stricken. Harras würde bei seiner Tante bestimmt ein gutes Wort für mich einlegen und ich könnte dem Strickclub beitreten.

Ich postierte mich vor dem *Salinas,* um zu sehen, wann Erika Sauerwald kommen würde. Und ob sie allein war.

Kurz dachte ich daran, Beate oder Brinkhoff anzurufen, aber ich hatte wenig Lust, mich zu blamieren, wenn die Sache den Bach runterginge.

Pöppelbaum befand sich schon im Lokal und hatte sich an seinen Stammtisch verzogen.

Es war schon zehn Minuten über der vereinbarten Zeit und ich hatte den einzigen Eingang im Blick. Wo blieb sie nur?

Ich rief Wayne Pöppelbaum an, doch er ging nicht an sein Handy. Verdammt! Wir hatten vereinbart, dass er sein Telefon auf den Tisch legen sollte, damit ich ihn jederzeit und trotz des Lärms erreichen konnte.

Eine Gruppe von Frauen näherte sich der Tür. Sie schwatzten fröhlich miteinander, hatten wohl gerade Feierabend und freuten sich auf den abendlichen Absacker.

Mein Handy vibrierte in der Manteltasche. Auf dem Display stand *Bluthund*, der Name, unter dem ich Pöppelbaum in meinem Telefonbuch gespeichert hatte.

»Ja?«, sagte ich.

»Du kannst kommen, sie ist hier.«

»Wieso? Ich hätte sie sehen müssen.«

»Komm. Sie ist hier!«, sagte er mit Nachdruck und beendete das Gespräch.

Da läuft was schief, dachte ich.

Ich pirschte mich ans *Salinas* heran, wartete, bis wieder ein Pulk von Menschen die Sicht von der Kneipe auf die Straße behinderte, und entdeckte den Bluthund an seinem Tisch. Er war nicht mehr allein.

Verblüfft zog ich mich zurück, überlegte, wählte Beate Schlichts Nummer und erklärte ihr die Situation und meine Erpressungstheorie.

»Warte auf mich«, sagte sie. »Ich lasse mir was einfallen. Und geh da auf keinen Fall rein, verstanden?«

»Guten Abend«, sagte ich.

»Hallo, Frau Grappa«, lächelte Esther Klein. »So ein Zufall.«

Sie war ganz Dame, hätte Erika Sauerwald locker das Wasser reichen können in Sachen Eleganz und Stil.

»Bitte setzen Sie sich doch«, forderte die *Nachtschicht*-Chefin.

Die nimmt dir die Regie dieses Treffens voll aus der Hand, dachte ich. »Ich bin mit Frau Sauerwald verabredet«, sagte ich. »Aber sie scheint noch nicht da zu sein. Solange kann ich mich ja setzen.«

»Frau Sauerwald wird nicht kommen«, erklärte Klein.

»Schade. Was hindert sie denn?«

»Ich habe ihr geraten, zu Hause zu bleiben und mir die Sache zu überlassen. Sie ist psychisch krank und Ihnen nicht gewachsen.«

»Klingt ja ganz so, als seien Sie gute Freundinnen«, sagte ich. »Als ich Sie neulich mal nach ihr gefragt habe, haben Sie behauptet, sie nicht zu kennen.«

»Diskretion ist in meinem Geschäft unerlässlich.«

»Warum hat Frau Sauerwald Ihnen Geld gegeben?«

»Ich weiß nicht, wovon Sie reden.« Sie wirkte einen Moment irritiert.

»Vor drei Tagen hat Ihnen Frau Sauerwald an diesem Tisch da hinten einen Umschlag gegeben«, erklärte ich.

»Ach so. Ich will das Haus kaufen. Damit meine Mädchen nicht auf der Straße stehen.«

»Das haben Sie aber passend formuliert«, meinte ich.

»Erika hat mir einen Zuschuss zum Kauf des Hauses gegeben.«

»Von bargeldlosem Geldverkehr hat Frau Sauerwald wohl noch nichts gehört, was?«

»Ihr Mann soll nichts davon erfahren«, erläuterte die Bordellchefin. »Deshalb hat sie den Betrag in bar abgehoben.«

»Was war in dem Päckchen, das Sie ihr im Austausch für den Umschlag gegeben haben?«

Der Kellner fragte nach unseren Wünschen. Zeit genug für Esther Klein, sich eine Antwort auszudenken, und Zeit genug für mich, einen Blick auf die anderen Leute in der Kneipe zu werfen. Beate war noch nicht da.

Pöppelbaum saß teilnahmslos am Tisch – als würde ihn der Schlagabtausch zwischen Esther Klein und mir kein bisschen interessieren.

»Ein paar Unterlagen, die das Haus betreffen«, erklärte sie. »Ich wollte sichergehen, dass ich den Zuschlag für das Gebäude bekomme, wenn Toninhos Nachlass geordnet wird.«

»In dem Päckchen war ein Film«, sagte ich. »Aufgenommen in Ihrem Club. In jedem Zimmer sind Kameras und Mikrofone versteckt. Was ist in der Nacht im September passiert, als Erika Sauerwald und Toninho aufs Zimmer gegangen sind? Was ist auf dem Film zu sehen?«

Im Augenwinkel bemerkte ich, dass sich jemand näherte. Es war Beate Schlicht. Ich atmete auf.

»Guten Abend«, sagte sie. »Kriminalhauptkommissarin Schlicht.« Sie präsentierte ihren Dienstausweis. »Frau Klein?«

»Ja.«

»Wir haben einen Anruf aus Ihrem Etablissement erhalten«, behauptete Beate. »Eine junge Frau befindet sich in Gefahr. Ein Freier ist durchgedreht und hat sich im Haus verbarrikadiert. Ich habe das Spezialeinsatzkommando zum Club geschickt. Würden Sie mir bitte folgen?«

Waffengewalt

»Das hast du sauber hingekriegt«, kicherte ich. Wir saßen in Beates Wagen und folgten dem Polizeitransporter.

»Es war ein Notruf über die 110«, erklärte sie. »Eine aufgeregte Stimme. Gefahr im Verzug.«

»Werden die Anrufe denn nicht aufgezeichnet?«

»Doch. Aber ich glaube nicht, dass die meine Stimme erkennen.«

»Als deutsche Beamtin bist du eine Katastrophe«, stellte ich fest.

»Das ist nichts Neues«, entgegnete sie ungerührt. »Eine Durchsuchungserlaubnis für den Club hätte ich legal niemals bekommen. Und wenn deine Theorie von der Erpressung stimmt, heiligt das Ergebnis die Mittel. Sie wird Erika Sauerwald nicht nur einmal gefilmt haben. Und wer weiß, wer sonst noch erpresst worden ist.«

Sie sah in den Spiegel. »Da folgt uns jemand.«

»Das ist Wayne«, erklärte ich. »Immerhin brauche ich für meinen Artikel Fotos von der Polizeiaktion.«

»Auch das noch!«, stöhnte sie. »Halt dich aber bitte im Hintergrund, Grappa, und leine deinen Bluthund an.«

Wir erreichten unser Ziel. Zwei Mannschaftswagen standen vor dem Gebäude – das rotierende Blaulicht auf Stumm geschaltet. Beate sprang aus dem Auto und ging auf die Beamten zu, die zusammen mit Esther Klein vor dem Haus warteten. Kurz danach verschwand die Gruppe im Haus.

»Schleich mal um den Club rum«, sagte ich zu Wayne, der inzwischen ebenfalls eingetrudelt war. »Halt überall drauf, knips, was du kriegen kannst, und pass auf, dass du nichts verwackelst.«

»Danke, dass du mir immer meinen Job erklärst«, muffelte er.

»Sei doch nicht gleich eingeschnappt!«, forderte ich. »Es läuft doch alles eins a.«

»Du behandelst mich wie deinen Diener«, sagte Wayne. »Ich hatte verdammte Angst, als die Alte plötzlich auftauchte und mich zwang, dich reinzulocken.«

»Zwang? Hat sie dir den Zeigefinger in die Rippen gestoßen und Hände hoch gesagt?«

»So ähnlich. Ihre Waffe sah allerdings ziemlich echt aus.«

»Ich hab eben keine gesehen«, rief ich verdattert aus.

»Sie hat sie ja auch wieder in der Handtasche verschwinden lassen.«

»Verdammt! Sie ist im Haus und hat eine Knarre! Und Beate weiß von nichts.«

Mit zitternden Fingern drückte ich Beates Handynummer.

»Die Klein hat eine Waffe in der Tasche«, schrie ich. »Sei vorsichtig!«

»Keine Sorge, ich hab das Ding. Klein ist von einer Kollegin durchsucht worden. Das gehört bei uns zum Standardprogramm.«

»Habt ihr drinnen schon was gefunden?«

»Allerdings.«

»Filme?«

»Nein. Erika Sauerwald. Nicht ansprechbar. Sie kauert in einem Zimmer und ist völlig betrunken.«

Der Einsatz war beendet. In einem Safe hatten die Beamten tatsächlich eine Menge Filme entdeckt.

»Und Kopien von Filmen, die vermutlich schon bezahlt worden sind«, erklärte Beate. »Die Duplikate lagen in einer Extrakiste. Vielleicht liegt der Sauerwald-Film ja auch drin.«

»Wer ist denn auf den Filmen zu sehen?«

»Ich hab nur kurz reingeschaut«, antwortete sie. »Und niemanden erkannt. Der Plot ist einfach: Männer und Frauen beim Sex.«

»Jemand Bekanntes dabei?«

»Keine Ahnung. Die Typen sehen mit heruntergelassener Hose alle gleich aus. Mir graut jetzt schon davor, mir das alles ansehen zu müssen.«

»Die Prominenz kenne ich gut – wenn auch nicht unten ohne. Ich helfe dir gern – aber lass uns erst was essen gehen, bevor uns richtig schlecht wird«, schlug ich vor. »Am Bahnhof gibt's einen guten Türken, der noch offen hat.«

»Kein Gammelfleisch.« Sie verzog das Gesicht. »Ohne Döner ist das Leben schöner. Wie wär's denn mit MacSoundso?«

»Nicht diesen US-Fertigfraß«, gab ich zurück. »Der Kompromiss wäre eine Pizza – aus meinem Kühlschrank geholt und aufgetaut. Und bring die Filme mit. Während ich die Pizza in die Mikrowelle werfe, kannst du dich schon mal am Videorekorder versuchen.«

Die Filme waren ordentlich beschriftet und mit Daten versehen. Leider gab es aber keine Namen, sondern nur Nummern.

»Die Nummern sind wahrscheinlich Chiffren für die Kunden«, mutmaßte Beate. »Jeder Kunde eine Nummer.«

»Wie passend. Das erleichtert die Sache nicht gerade«, gähnte ich.

Die Flasche Wein war längst leer, von der Pizza waren nur noch die Ränder übrig. Wir hatten uns schon einige der Streifen angesehen, die Handlung war immer gleich, das ›Happy End‹ kam mal mehr, mal weniger zügig und zum Schluss wurde nicht geheiratet.

»Warum nur«, sinnierte ich, »wird eigentlich so viel Aufhebens um Sex gemacht? Rein, raus, abschlenkern und eine rauchen – das isses doch.«

Beate Schlicht grinste. »Ich hatte keine hochromantischen Szenen erwartet. Aber lass uns Schluss machen – ich hab ein paar Kommissarsanwärter, die freuen sich bestimmt aufs Fernsehgucken.«

Schreib, Grappa, schreib!

Wayne Pöppelbaum hatte gute Fotos gemacht: Polizeiwagen vor dem Club, die Neonreklame leuchtete über dem Blaulicht und Bilder, die merkwürdig anrührten: leichte Mädchen im Gespräch mit Polizisten, ein erschreckter Freier, der Fersengeld gab und sein Gesicht verbarg, und zwei leicht bekleidete Huren, die durch die Razzia auf die Straße getrieben worden waren, froren und sich gegenseitig in einer Umarmung wärmten.

»Du hast hundert Zeilen auf der Drei und zwanzig als Anreißer auf der Eins«, sagte Jansen. »Dreh mal richtig auf, Grappa!«

»Was ist denn jetzt los?«, fragte ich verwundert. »Sonst pfeifst du mich doch gerne mal zurück. Plötzlich soll ich aufdrehen?«

»Ja, sollst du«, meinte er grimmig. »Und ich sage dir auch, warum. Ich hatte heute ein Schreiben von Marcel Sauerwald in der Post. Er fordert uns auf, eine Unterlassungserklärung zu unterzeichnen.«

»Ist ja doll! Und was sollen wir unterlassen?«

»Jegliche Berichterstattung über seine Familie.«

»Hast du dem Kerl eine ordentliche Lektion in Sachen Pressefreiheit erteilt?«

»Auf so etwas reagiere ich nicht«, antwortete mein Chef. Ich hatte ihn selten so entschlossen erlebt. »Schreib, Grappa, schreib! Und zieh alle Register! Aber so, dass er uns nichts kann.«

»Aye, aye, Sir!«

Razzia im Bordell – Polizei findet verwirrte Erika Sauerwald, titelte ich. Voll aufdrehen, hatte Jansen gesagt.

Was macht die Frau des Präsidenten von Schwarz-Gelb 09 in einem stadtbekannten Bordell? Bei einem Polizeieinsatz fanden die Beamten die 48-Jährige völlig betrunken und unansprechbar in einem Zimmer, in dem sonst nur Huren und ihre Freier verkehren. Vorausgegangen war der Notruf einer Frau, die sich von einem

Freier bedroht fühlte. Als das Spezialeinsatzkommando am *Club Nachtschicht* eintraf, war die Lage zunächst unübersichtlich. Die Polizisten drangen in das Haus ein, durchsuchten die Zimmer und beschlagnahmten Akten und Filme. Nach Angaben der Einsatzleiterin, Hauptkommissarin Beate Schlicht, muss das Material jetzt gesichtet und ausgewertet werden.

Unsere Zeitung erfuhr, dass das Gebäude, in dem sich das Bordell befindet, dem getöteten brasilianischen Stürmer-Star Toninho gehörte. Erika Sauerwald, so Bekannte des Fußballspielers, war die letzte Geliebte des jungen Mannes, der entführt worden war und dann wahrscheinlich bei einem Fluchtversuch ums Leben gekommen ist. Seltsamerweise wurde dem Toten anschließend noch der Fuß abgehackt.

Die Familie Sauerwald wurde in den letzten Monaten vom Unglück verfolgt – geschäftlich und privat. Zuerst riss Dr. Marcel Sauerwald durch gewagte Börsenspekulationen den Bierstädter Bundesligaverein Schwarz-Gelb 09 ins finanzielle und sportliche Chaos, dann wurde die Tochter der Familie überfallen. Das Mädchen beging Selbstmord. Schließlich wurde Sauerwalds Schwager, der WM-Manager Theo Böhme, tot in seiner PR-Agentur gefunden. Die Behörden gehen davon aus, dass die Todesfälle miteinander in Zusammenhang stehen.

Die Bordellbetreiberin wurde gestern vorläufig festgenommen, musste aber später wieder freigelassen werden.

Inzwischen setzte Präsident Dr. Sauerwald unsere Zeitung mit einem Schreiben unter Druck und droht Verleumdungsklagen an, wenn die Berichterstattung über seine Familie nicht eingestellt wird. Dass sich das Bierstädter Tageblatt durch solche Drohungen nicht einschüchtern lässt, beweist dieser Artikel.

»Klasse, Grappa! Das wird dieses aufgeblasene Arschloch zur Weißglut treiben«, freute sich Jansen nach der Lektüre meiner Zeilen.

»Irgendwie ist mir nicht ganz wohl bei der Sache«, murmelte ich. »Der Artikel ist eine Kriegserklärung.«

»Dann ist es eben eine!«, sagte Jansen trotzig.

»Was ist los mit dir?«

»Es muss was passieren«, antwortete er. »Sauerwald muss weg. Der Typ hat ja noch nicht mal seine Familie im Griff – wie kann er dann einen Bundesligaverein erfolgreich managen?«

»Er hat seine Familie so viel oder so wenig im Griff wie tausend andere«, widersprach ich. »Er hat sich zu wenig um Frau und Tochter gekümmert. Aber er hat es ja nicht gerade einfach. Seine Frau trieb es im Bordell mit der *schwarzen Gazelle von Rio* und die Tochter bringt sich um.«

»Glaub mir, Grappa, das lässt den Kerl kalt. Der tickt anders als unsereins.«

Zum Anfang zurück

Ich rief Beate Schlicht im Büro an.

»Wie sieht's aus?«, fragte ich.

»Hier laufen die Videorekorder heiß«, berichtete sie.

»Und? Irgendwas Interessantes?«

»Die Kolleginnen und Kollegen werden bestimmt vier Jahre lang keine Lust mehr auf Sex haben.«

»Hat die Klein eine Kopie von dem Sauerwald-Film angefertigt?«

»Jeder vernünftige Erpresser macht eine Kopie für alle Fälle«, glaubte Beate. »Wir müssen sie nur finden.«

»Erinnerst du dich noch an den Tag, als Margit Sauerwald gefunden wurde?«, fragte ich.

»Natürlich.«

»Sie war doch vor dem Überfall im Wald bei einer Freundin gewesen«, sagte ich. »Hast du dieses Mädchen damals eigentlich selbst vernommen?«

»Ein Kollege hat das gemacht. Ich bin ja erst später hinzugezogen worden, weil die Spuren auf den Serientäter hinwiesen.«

»In der Akte müsste aber der Name dieser Freundin stehen, oder?«

»Klar. Ich verstehe aber nicht, worauf du hinauswillst.«

»Ich grübele seit einiger Zeit herum, warum diese falsche Spur gelegt worden ist – das Sperma, meine ich. Dieser unumstößliche Beweis, dass Toninho der Täter war.«

»Ja, ja. Die These vom Samenraub. Du solltest sie vergessen.«

Beate holte sich trotzdem die Ermittlungsakte und begann wieder am Anfang.

Margit Sauerwalds Freundin lebte im Studentenwohnheim. Das Heim lag unmittelbar neben der Universität – ein Hochhaus mit kleinen Wohnzellen. Die Sauerwald-Freundin hieß Rebecca Bergin.

Leider öffnete sie nicht, als wir die Klingel traktierten.

»Es ist noch kein Betrieb an der Uni«, sagte Beate. »Das Jahr hat gerade erst angefangen – da arbeiten Studenten noch nicht.«

»Ich will aber hier rein!« Ich presste meine flache Hand auf zwanzig Klingelknöpfe. Irgendeiner würde uns schon ins Haus lassen.

Der Türöffner summte mehrmals und ich drückte die Tür auf.

»Was willst du denn hier? Das Mädchen ist nicht da.«

»Egal. Sie wird Freunde haben, Nachbarn. Es ist einen Versuch wert.«

Zum Glück verfügte das Haus über einen Aufzug. Sehr

vertrauenerweckend sah das Ding nicht aus – die Tür war verbeult und das Innere zierte das übliche Graffiti-Zeugs: Keine politischen Parolen wie zu meiner Studentenzeit, sondern sinnlose Runen und merkwürdige Strichmännchen.

Rebecca Bergin wohnte im sechsten Stock. Die Lifttür öffnete sich mit einem Ruckeln.

Auf der Wohnungstür prangte ein Plakat mit dem Antlitz von Leonardo di Caprio, das auch schon bessere Zeiten gesehen hatte. Jemand hatte dem Schönling einen Vollbart gemalt und die Wimpern getuscht.

Das hätte früher mal jemand mit meinem geliebten Che-Guevara-Poster machen sollen, erinnerte ich mich, ich hätte ihn vor das Frauen-Femegericht meiner Politgruppe gestellt.

Beate klingelte. Wieder nichts.

Ich mustere das Namensschild nebenan: *Luigi Knotek.*

»Das ist doch der Typ, der Margit gefunden hat«, rief ich aus.

»Was?«, meinte Beate verdattert.

»Erinnerst du dich nicht? Der Bekannte, der sie gesucht und verletzt im Wald gefunden hat.«

»Verdammt, das ist mir durchgegangen.«

Ich drückte die Klingel.

»Was is?« Ein Paar schwarze Augen guckten misstrauisch durch den Türspalt. Wärme und ein merkwürdiger Geruch zogen in den Hausflur. Beate und ich warfen uns einen Blick zu – diesen Geruch kannten wir, das war Haschisch.

»Guten Tag«, begann Beate. »Wir sind von der Kriminal-polizei. Herr Knotek?«

Prompt wollte er die Tür zudrücken, doch sie hatte schon nach bester Vertretermanier den Fuß in den Spalt gestellt.

»Es geht nicht um Ihren Drogenkonsum«, erklärte sie. »Wir sind von der Mordkommission. Lassen Sie uns bitte hinein.«

»Denk nich dran.« Seine Artikulation war nicht mehr präzise.

»Überlegen Sie doch mal, Herr Knotek. Ich kann die Kollegen vom Drogendezernat anrufen. Die freuen sich über solche Leute wie Sie. Die nehmen sich Ihre Bude richtig sorgfältig vor. Wir beide wollen jedoch nur mit Ihnen reden. Also, was ist Ihnen lieber?«

Knoteks Wohnung hatte einen Messie-Touch. Schon im Flur stiegen wir über Flaschen, Papierberge und Kartons, dann gelangten wir in eine Art Wohnraum.

»Ich war auf Besuch nich eingerichtet«, nuschelte Knotek.

»Machen Sie sich bloß keine Umstände wegen uns«, beruhigte ich ihn. »Ist doch richtig gemütlich bei Ihnen.«

»Hier mein Ausweis«, sagte Beate und hielt ihn unter seine Nase. »Damit Sie sehen, dass wir echt sind. Wo ist das Bad? Ich muss mal.«

Knotek deutete mit dem Kinn in eine Richtung. Verlaufen konnte man sich in dieser Bude kaum.

Als die Kommissarin verschwunden war, musterte ich den jungen Typen. Er war ganz hübsch, nur völlig verkommen, und wenn er sich noch ein paar Jahre dermaßen zudröhnte, würde die Zahl der Drogentoten in Bierstadt um einen Fall mehr ansteigen.

Luigi Knotek – das könnte eine genetische Kombination einer italienischen Mutter und eines polnischen Vaters sein, dachte ich. Schade um den Jungen.

»Was studieren Sie?«

»Biologie.«

Beate kehrte zurück. »Nicht zu fassen«, meinte sie kopfschüttelnd. »Im Bad gibt es zwar eine Wanne, doch über die hat er Bretter gestellt und zieht sich darauf seinen Cannabis in Blumentöpfen. Waren wir früher auch so?«

»Ich hab immer lieber Wein getrunken«, antwortete ich. »Davon kriegt man keinen Lungenkrebs. Mit dem Rauchen kam ich nie klar.«

Sie schob einige Papiere und leere Jogurtbecher beiseite und setzte sich vorsichtig auf das Sofa.

Ich hatte einen wackeligen Stuhl ergattert, Knotek hockte auf dem Boden – an ein Bücherregal gelehnt.

»Rebecca Bergin. Wann ist sie wieder da?«

»Sie kommt gar nicht mehr zurück«, antwortete er. »Hat das Studium geschmissen.«

»Und wo ist sie jetzt?«

»Auf Reisen. Einmal die Welt und zurück. Oder per Anhalter durch die Galaxis.« Er kicherte.

»Und wer bezahlt ihr das Ganze?«

»Sie hat Geld gewonnen. Im Lotto.«

Das war bestimmt gelogen. Ich hatte noch nie einen Studenten getroffen, der dem kleinbürgerlichen Glücksspiel frönte.

»Seit wann ist sie denn weg?«

»Seit ein paar Wochen.«

Das passte. Jemand hatte ihr das Verschwinden finanziell ermöglicht.

»Kennen Sie Margit Sauerwald?«

»Klaro.«

»Sie haben sie im Wald gefunden. Wissen Sie, dass sie tot ist?«

»Ja. Stand ja groß genug in den Zeitungen. Gehen Sie jetzt, ja? Es gibt nix mehr zu erzählen.« Knotek versuchte, sich hochzurappeln, doch er war zu bekifft.

Beate ging in die Knie, hob den Kopf des Jungen an und sah ihm in die Augen.

»Sagen Sie uns, was Sie wissen. Was war an dem Abend im Wald?«

»Ich hab doch schon alles erzählt«, jammerte er.

»Ist Margit wirklich überfallen worden?«, schrie Beate. »Oder war alles nur eine Lüge?«

Er stieß Beate weg und verbarg den Kopf in den Armen. »Alles ist schrecklich, alles ist kaputtgegangen«, schluchzte er.

»Waren Sie am Abend des Überfalls mit Margit und Rebecca zusammen?«

Keine Antwort.

»Was ist passiert? Was habt ihr ausgeheckt? Nun reißen Sie sich zusammen oder ich lasse Sie ins Präsidium bringen!«

Knotek schaute uns mit tränenverschleierten Augen an.

»Ich habe mir das alles nicht ausgedacht«, jammerte er. »Aber sie wollten nicht auf mich hören.«

»Erzählen Sie«, sagte Beate. »Sagen Sie die Wahrheit und Ihnen wird nichts geschehen.«

Finden lassen und gefunden werden

Der Plan war gemein und sollte Toninhos Karriere und Ruf zerstören. Knotek sprudelte schließlich los, schien froh, endlich alles erzählen zu können.

»Becca war so was wie der Chef. Sie sagte, wo's langging. Maggi war ein bisschen labil. Aber es lief ganz gut, wir hingen oft zusammen rum. Doch dann verliebte sich Maggi in Toninho.«

»Wann ist das passiert?«, fragte ich.

»Im Sommer. Beim Spiel gegen Borussia Mönchengladbach. Toninho war verletzt und saß oben am Präsidententisch. Sauerwald war unten am Spielfeldrand, aber die Alte war oben mit dabei.«

»Wusste Margit nicht, dass ihre Mutter und Toninho …?«

»Nein, da noch nicht. Aber ihre Mutter hat es ihr schnell gesteckt. Damit sie die Finger von Toninho ließ.«

»Hat Maggi sich dran gehalten?«, fragte ich.

»Nein. Sie war echt verknallt in diesen Heini.«

»Wie ging es weiter?«

»Sauerwald war stinkwütend. Das mit seiner Alten war ihm ziemlich egal, aber dass der Typ auch noch seine Tochter anbaggerte, war zu viel. Er nahm sich Toninho vor und der ließ anschließend die Finger von Maggi.«

»Wer hat Margit vergewaltigt?«, fragte Beate.

Knotek zögerte mit der Antwort.

»Nun sagen Sie schon«, forderte ich. »Margit ist tot – was soll das Schweigen also noch?«

»Sie wurde nicht vergewaltigt. Rebecca macht Judo und hat ihr eins aufs Auge gehauen. Margit hat es ihr befohlen. Sie hat Toninho gehasst, weil er sie nicht wollte.«

»War da noch jemand im Wald?«, fragte ich. »Frau Sauerwald vielleicht?«

Eine halbe Stunde später hatten wir alle Informationen zusammen. Toninho hatte die Beziehung zu Erika beendet und wollte auch von der Tochter nichts wissen. Margits Verliebtheit war ins Gegenteil umgeschlagen.

Beide Frauen beschlossen, Toninho zu vernichten, und dachten sich den Plan mit der Vergewaltigung aus. Die Spuren sollten auf Toninho hinweisen, und wenn er wegen des Überfalls vor Gericht gestellt worden wäre, wäre sein Ruf für immer ruiniert gewesen.

Rebecca bekam eine nette Summe für ihr Schweigen.

»Hat Frau Sauerwald Ihnen auch Geld gegeben?«, fragte ich.

»Ja. Dreitausend Euro. Aber dann wurde Toninho entführt und ich hab versucht, die Sache zu vergessen.«

»Margit hat mit jemandem geschlafen, bevor sie im Wald gefunden wurde«, sagte Beate. »Das haben die Ärzte festgestellt.«

»Ich hab nicht begriffen, warum sie plötzlich mit mir vögeln wollte.«

»Sie hat mit Ihnen …?«

»Sie hatte plötzlich ein Kondom und zog mich ins Bett.«

Ganz schön abgebrüht, die Kleine, dachte ich.

»Als Toninho dann verschleppt wurde, wussten wir nicht mehr, was wir machen sollten«, berichtete Knotek. »Der Plan brach zusammen. Und Margit drehte völlig durch, als die Leiche gefunden wurde. Das hatte sie natürlich nicht gewollt.«

»Und wie verhielt sich ihre Mutter?«

»Die versuchte zu retten, was zu retten war. Becca und ich bekamen die Kohle und Maggi wurde aus dem Krankenhaus geholt und in ein Sanatorium gebracht, damit sie nichts erzählen konnte.«

»Sie wissen, dass Sie die Aussage vor Gericht wiederholen müssen?«, versicherte sich Beate.

»Es ist gut, dass es vorbei ist.«

»Und diese Rebecca Bergin schnappe ich mir auch noch«, sagte Beate grimmig, als wir wieder auf der Straße standen. »Haut ihre Freundin grün und blau und lässt sich Geld dafür geben!«

Nur zwei Tage

»Gute Arbeit, die Damen! Nur leider ist die Entführung damit noch nicht aufgeklärt«, stellte Hautkommissar Brinkhoff fest. »Ich habe Marcel Sauerwald zur Vernehmung vorgeladen.«

»Der wird sich wehren und nicht kommen«, prophezeite

ich. »Außerdem wird er die Sache seinem toten Schwager in die Schuhe schieben.«

»Er steht nicht über dem Gesetz«, sagte Brinkhoff. »Die Verdachtsmomente gegen ihn sind so stark, dass er der Vorladung folgen muss. Nur sagen muss er natürlich nichts, wenn er sich dadurch selbst belastet.«

»Eben.«

»Seine Frau auch nicht«, meinte Beate. »Die ist bestimmt eh unpässlich.«

So war es auch. Erika Sauerwalds Anwalt legte ein ärztliches Attest vor, das ihr jede Aufregung verbot. Seine Mandantin habe sich in stationäre Behandlung begeben.

Marcel Sauerwald erschien tatsächlich bei Brinkhoff – flankiert von hoch bezahlten Rechtsbeiständen, die gleich loszeterten und der Polizei und allen anderen »Feinden« ewige Verdammnis und Schadensersatz- und Verleumdungsklagen bis ins dritte Jahrtausend in Aussicht stellten.

»Brinkhoff ist absolut cool geblieben«, schwärmte Beate. »Von dem Kollegen kann man echt was lernen.«

»Was hat Sauerwald denn nun gesagt?«

»Nichts.«

»Na, toll«, sagte ich. »Alle Mühe war umsonst. Wie heißt es doch so schön? Vor dem Gesetz sind alle gleich.«

Frustriert fuhr ich in die Redaktion zurück, sah nicht nach rechts und links, ging in die Redaktionsküche und kochte mir einen starken Kaffee.

»Was ist los, Grappa?«, fragte Jansen, der mir gefolgt war.

»Nichts, gar nichts«, meinte ich missgelaunt. »Die Reichen kommen mal wieder davon und werden nicht bestraft. So ist das in dieser kapitalistischen Ellenbogengesellschaft, in der man sich fast alles kaufen kann.«

»Dein rudimentärer Steinzeitkommunismus hat mich schon immer amüsiert«, grinste Jansen. »Könnten zwei Mandelhörnchen deine Sichtweise ein bisschen verfeinern? Ich kann den Volontär schicken.«

»Nein. Aber du kannst mir einen anderen Gefallen tun.«

»Und welchen?«

»Gib mir zwei Tage frei.«

»Wieso das? Jetzt, wo es gerade interessant wird.«

»Ich muss die Sache zu Ende zu bringen.«

»Zwei Tage?«

»Genau.«

»Was hast du vor?«

»Erika Sauerwald. Ich will ein letztes Gespräch mit ihr. Wenn das zu nichts führt, trete ich dem Strickclub von Harras' Tante bei.«

»Wie willst du die Sauerwald finden? Sie ist doch in einer Klinik«, meinte Jansen. »*Siebenstein* vielleicht?«

»Glaub ich nicht. Dort ist ihre Tochter gestorben. Außerdem kann ich mir nicht vorstellen, dass ihr Gatte sie aus den Augen lässt. Mein Gefühl sagt mir, dass Erika Sauerwald zu Hause ist.«

»Kommst du mit?«, fragte ich Beate.

»Ich kann das nicht machen«, erklärte sie. »Wir müssen das Attest anerkennen. Wenn ich mit dir da auftauche, hat Sauerwald alle Richter auf seiner Seite.«

»Verdammter Mist!«, fluchte ich. »Wenn sie mir was erzählt und es später widerruft? Ich brauche einen glaubwürdigen Zeugen.«

»Grappa! Ich kann dir nur versprechen, dich zu retten, wenn du Unsinn machst. Aber frag doch Eckermann – er ist an die Weisungen der deutschen Polizei nicht gebunden.«

Ich erwischte Eckermann zwei Stunden später in seiner Pension. Es war gegen Mittag und er frühstückte gerade. Während er das Ei köpfte, brachte ich ihn auf den neuesten Stand. Was gar nicht nötig war, denn er war voll im Bilde.

»Warum lungerst du eigentlich noch hier rum?«, fragte ich. »Ist es dir in Brasilien zu heiß? Oder liegt es an meinem Charme, dass du dich von Bierstadt nicht trennen kannst?«

»Das sind drei Fragen auf einmal«, wich Eckermann aus. »Das ist für ein Männerhirn zu heftig. Also kriegst du nur auf die erste Frage eine Antwort. Ich lungere noch hier rum, weil ich meinen Besuch in deiner schönen Heimat mit einer kleinen Vortragsreise verbinden konnte.«

»Bringst du den Leuten Samba bei? Oder wie man Drinks mixt?«

»Knapp daneben. Es geht um Ethik im Sport.«

»Echt?«

»Echt. Und jetzt erzähle mir, was du willst.«

Nach meinem Bericht stimmte Eckermann zu, mit mir zu Erika Sauerwald zu fahren. Er glaubte auch, dass sie im Haus sein musste.

»Ich muss nochmal kurz auf mein Zimmer«, sagte er. »Lass schon mal den Motor deines Cabrios warm laufen.«

Die Sauerwald-Hütte lag zwischen Wald und Wiese, so idyllisch, wie es in der Gegend um Bierstadt nur möglich war. Natürlich gab es einen Zaun mit Kameras.

»Hast du eine Waffe dabei?«, fragte ich.

»Nein, wieso? Glaubst du, wir brauchen eine?«, fragte Eckermann.

»In Filmen machen die Detektive solche Kameras immer mit einem gezielten Schuss ins Objektiv unschädlich.«

»Die Kameras sind nur Attrappen«, behauptete er. »Mach dir also keine Sorgen.«

»Woher weißt du das?«

Er antwortete nicht, denn am Haus tat sich was. Eine Frau verließ das Haus, stiefelte durch den Vorgarten, setzte sich in ein kleines Auto und fuhr weg.

»Die Hausangestellte«, erläuterte Eckermann.

»Langsam kommst du mir komisch vor«, wunderte ich mich. »Es scheint fast so, als würdest du hier aus und ein gehen.«

»Ich war einige Male hier«, gestand er. »Vor ein paar Wochen. Sauerwald hatte mich eingeladen. Immerhin bin ich ja gekommen, um seinen Fußballstar zu retten.«

»Der Kerl ist ganz schön abgebrüht«, meinte ich. »Du aber auch.«

»Man ist immer nur so gut, wie die Feinde schlecht sind. Dann mal los.«

Eckermann stürmte an mir vorbei zur Tür und klingelte Sturm.

»Ja?«, sagte eine müde Stimme.

»Post. Ein Paket.«

»Supertrick«, höhnte ich leise.

»Der klappt immer«, raunte er zurück.

Tatsächlich: Es dauerte zwar eine Weile, aber schließlich wurde die Tür geöffnet.

»Hallo, Erika«, sagte Eckermann. »Wir sind gekommen, um dir zu helfen.«

Sie schaute ihn an wie vom Donner gerührt, trat zur Seite und ließ uns ein.

Das Wohnzimmer war riesig und hatte eine gläserne Front zum Garten. Nein, es war eher ein Park, der sich zum Haus hin öffnete – mit in Form geschnittenen Kiefern und Lebensbäumen, die wie Zypressen wirkten. Im Frühjahr und Sommer musste der Ausblick traumhaft sein.

Ich hatte es aufgegeben, mich zu wundern. Eckermann schien ein Freund der Familie oder zumindest der Hausfrau zu sein, wusste mehr, als wir alle geahnt hatten, und steuerte sein Ziel direkt an.

»Wir haben das nicht gewollt«, sagte Erika Sauerwald mit leiser Stimme. Sie war ungeschminkt, einfach gekleidet und wirkte jünger als sonst.

»Nicht gewollt?«, meinte ich. »Sie und Ihre Tochter wollten Toninho eine schwere Straftat anhängen!«

»Wir waren beide verletzt«, versuchte sie zu erklären. »Er wollte von uns beiden nichts wissen. Aber es war meine Schuld. Ich habe Margit da reingezogen. Aus verletztem Stolz.«

»Was ist auf dem Film aus dem Club?«, wollte ich wissen.

»Der Film liegt da auf dem Tisch.« Sie deutete auf eine Kassette. »Schauen Sie ihn an oder nehmen Sie ihn mit, mir ist das inzwischen egal.«

»Erzählen Sie, was zu sehen ist.«

»Toninho und ich – im Streit. Er verhöhnte und beleidigte mich. Nachdem er es mir nochmal besorgt hatte – aus Mitleid.«

»Hat er das so gesagt?«, fragte ich.

»Ja, da hatte er keine Hemmungen. Ich habe es Margit erzählt und wir wollten ihn irgendwie bestrafen.«

»Was ist dann geschehen?«, mischte sich Eckermann ein. »Wann kommt Marcel ins Spiel?«

»Margit hat ihm im Krankenhaus erzählt, dass sie den Vergewaltiger erkannt habe. Ninho. Marcel drehte vor Wut durch. Er sagte mir, dass Toninho endgültig zu weit gegangen sei und dass er die Sache ein für alle Mal erledigen würde.«

»Was meinte er damit?«, fragte ich.

Sie lachte auf. »Glauben Sie, dass er mir das gleich auf die Nase gebunden hat? Jedenfalls wunderte ich mich nicht, als Toninho entführt wurde.«

»Also war sein Tod tatsächlich ein Unfall?«

»Nein. Marcel hatte nie vor, ihn freizulassen oder ein Lösegeld zu verlangen. Er wollte ihn von Anfang an umbringen. Die Entführung war nur Tarnung.«

»Warum hat er ihm den Fuß abgehackt?«, fragte ich.

»Er wollte es eben spannend machen«, sagte sie bitter. »Am liebsten hätte er ihn ja kastriert, aber das wäre zu offensichtlich gewesen.«

»Und Böhme?«

»Theo hat immer das gemacht, was Marcel befohlen hat. Jahrelang ist er ja auch gut damit gefahren. Marcel schaffte alle Beweise in Theos Büro – den zweiten Schuh, die Karnevalssachen und das ganze Zeug.«

Ich atmete durch. »Dazu gehört schon was – einem Menschen den Fuß mit dem Beil abzuschlagen!«

»Glauben Sie mir, wenn ich alles rückgängig machen könnte – ich würde es tun!«

Das glaubte ich ihr wirklich. Eine böse Intrige war zu einer Lawine von Unheil angewachsen und niemand hatte sie anhalten können.

Erika Sauerwald weinte lautlos. Adriano holte sein Handy aus der Jackentasche und wählte eine Nummer. »Es kann losgehen!«

Wenig später schellte es. Eckermann erhob sich und ging zur Tür.

Im Flur waren Stimmen zu hören und kurz darauf standen Hauptkommissar Brinkhoff und einige seiner Leute im Zimmer.

Der Hauptkommissar präsentierte Erika Sauerwald einen Durchsuchungsbeschluss, wies seine Leute an, zügig vorzugehen und möglichst wenig Unordnung anzurichten.

»Die Werkstatt ist im Keller«, meinte Eckermann zu zwei Beamten. »Achtet besonders auf ein Beil.«

Erika Sauerwald machte keine Anstalten, die Polizeiaktion zu verhindern. Sie verlangte noch nicht einmal, mit ihrem Mann telefonieren zu dürfen.

Das Volk und sein Gespür

Zwei Tage später gaben Staatsanwaltschaft und Polizei die Ergebnisse ihrer Ermittlungen bekannt. Ich hatte mich von Brinkhoff und Eckermann überreden lassen, so lange nichts zu schreiben, bis sie grünes Licht gaben. Niemand sollte erfahren, dass ich hautnah dabei gewesen war, um Sauerwalds Anwälten keinen Grund zu liefern, die Ermittlungen als illegal zu klassifizieren.

»Viel Spaß, Grappa-Baby«, sagte Jansen aufmunternd, als er mir das Fax mit dem Termin reichte.

»Der Spaß wird sich in Grenzen halten«, meinte ich. »Die Ermittlungen gestalten sich zäh und schwierig, sagt Beate. Erika Sauerwald hat sich noch nicht erholt, ist psychisch belastet und hat erhebliche Gedächtnislücken und Marcel Sauerwald schiebt alles auf seinen toten Schwager. So hatte ich mir das Ende des Falles nicht vorgestellt.«

»Lass mal gut sein«, tröstete Jansen. »Davon erholt sich der Präsident nicht mehr – glaub mir. Das Volk hat ein gutes Gespür für falsche Töne und faustdicke Lügen. Und wenn die Sauerwald ihren Gatten vor Gericht in die Pfanne haut – dann adios Marcel Sauerwald. Gibt es im Knast eigentlich auch *Public Viewing* während der Weltmeisterschaft?«

»Im Werkstattraum des Hauses Sauerwald haben wir ein Beil sichergestellt. Es diente zur Zerkleinerung von Kaminholz«, erläuterte der Staatsanwalt im Konferenzraum des Polizeipräsidiums.

Mal wieder hatten sich die üblichen Kollegen versammelt, angereichert durch die Berichterstatter der überregionalen Nachrichtenagenturen.

Bluthund Wayne Pöppelbaum hatte – ein gutes Geschäft witternd – mehrere Kameras und einen Laptop dabei, mit dem er seine Fotos und Filme online in alle Welt versenden konnte.

»Obwohl das Werkzeug gereinigt und geölt worden ist, haben wir Knochensplitter und geringe Mengen Blut festgestellt. Beide Spuren können eindeutig dem Geschädigten Toninho Baracu zugeordnet werden. Das Beil ist Beweisstück Nummer eins.«

Mit einem eleganten Schwung legte Brinkhoff das Teil auf den Tisch. Blitzlichtgewitter, Raunen und Flüstern.

»Nach Aussagen des Verdächtigen Marcel S. hatte er das Beil seinem Schwager Theo B. geliehen. Marcel S. gibt an, das Werkzeug zwei Tage nach dem Verschwinden des Geschädigten Toninho Baracu zurückerhalten zu haben. Inwieweit diese Aussage einer Überprüfung standhält, wird die Zukunft zeigen.«

»Was sagt Frau Sauerwald denn zu der Sache?«, fragte ich.

»Die Vernehmung der Zeugin gestaltet sich kompliziert. Sie ist in ständiger ärztlicher Behandlung.«

»Und was ist mit den Herztabletten? Wer hat denn nun die Pillen des Geschädigten Theo B. mit dem wirkungslosen Mittel vertauscht?«, fragte ich in dem Sprachcode des Staatsanwaltes.

»Wir können bisher nicht mit Sicherheit nachweisen, dass es wirklich zu einem Vertauschen kam und wer der Verursacher sein könnte. Theo Böhme kann sich auch selbst vertan haben. Seine Angestellten haben zu Protokoll gegeben, dass er seine Pillen gewöhnlich in einer kleinen Dose aufbewahrte. Er könnte versehentlich ein wirkungsloses Zinkpräparat eingefüllt haben. Die beiden Medikamente ähneln sich in Form und Größe.«

»Na, toll«, raunte ich Pöppelbaum zu. »Alles aufgeklärt und keiner ist es gewesen.«

»Und der rote Schuh?«, rief ich dann laut. »Warum hatte Böhme einen roten Stöckel an, als er tot aufgefunden wurde? Hat er einen Infarkt bekommen, sich dann schnell den roten Schuh angezogen, um in Schönheit zu sterben, oder was?«

Der Staatsanwalt geriet ins Schwimmen. »Das wird noch ermittelt«, sagte er. »Sie können nicht verlangen, dass wir Ihnen heute ein komplett fertiges Beweispaket präsentieren.«

»Es war Toninhos Schuh«, ergänzte ich. »Wer hat ihn Böhme angezogen?«

»Wir wissen nicht, was in den Köpfen von Menschen vorgeht, die sich in der Nähe des Todes befinden«, dozierte der Staatsanwalt. »Vielleicht war es ein Anflug von Reue? Oder es ist ein Hinweis, den wir noch nicht deuten können.«

Brinkhoff sah mich ernst an, nur Adriano Eckermann – zwischen dem Hauptkommissar und dem Staatsanwalt sitzend – lächelte in sich hinein.

Am nächsten Tag gab Marcel Sauerwald den Rücktritt von allen Ämtern im Verein Schwarz-Gelb 09 bekannt. Der Gesundheitszustand seiner Frau sei durch den Freitod der gemeinsamen Tochter Margit so labil, dass er sich ständig um sie kümmern müsse.

»Hab ich doch vorausgesagt«, meinte Jansen.

»So ein widerlicher Kerl«, muffelte ich. »Spielt den tollen Vater und Ehemann, nur um sich aus der Schusslinie zu bringen. Drei Tote gehen auf sein Konto.«

»Das wird nur schwer nachzuweisen sein. Sauerwald wird sehr darunter leiden, künftig ein kleines Licht zu sein. Keine

Macht mehr, kein Fußballverein und vor allem keine Fußballweltmeisterschaft.«

»Der gehört in den Knast!«

»Klar. Aber schon lange. Spätestens seit er mit dem Geld
der Aktionäre von Schwarz-Gelb 09 riskante Geschäfte
getätigt hat. Tausende haben ihr Erspartes verloren. Schreib
deinen Abschlussartikel, Grappa-Baby. Ich bin froh, dass
diese Sauerwalds nichts mehr zu bestellen haben in unserer
schönen Stadt.«

Ausklang

Es war Sommer. Brasilien gegen Japan in Bierstadt. Die
Sushi-Bars rollten sich einen Wolf und aus allen Ecken tönte
Sambamusik. Das Stadion war ausverkauft und die brasilianischen Fans ließen es so richtig krachen. Ich saß neben
Simon Harras und wir warteten auf den Einlauf der Mannschaften. Die Kapelle stand bereit, um die jeweilige Natio-
nalhymne zum Klingen zu bringen.

Brasilien lief ein: schöne, junge, schwarze Männer, mit
strahlendem Lächeln, denen ihre Fans entgegenjubelten.
Brasilianische Flaggen und Musik.

Plötzlich sah ich ihn. Er war von einem merkwürdigen
Licht umgeben. »Nein!«, schrie ich. »Siehst du das?«

Harras schaute mich verstört an. »Was meinst du?«

»Toninho! Er ist wieder da.«

Er war es, stand auf beiden Füßen und trug rote Lack-
schuhe. Das rechte Bein steckte allerdings in einer blanken
Stahlprothese, die in der Sonne blitzte.

»Ach so«, meinte Harras. »Wusstest du nicht, dass er wieder zurück ist? Du solltest meine Artikel lesen, Grappa. Die
schwarze Gazelle von Rio war durch niemanden zu ersetzen.

Und er spielt mit seinem neuen Fuß besser als je zuvor. Und besser als alle anderen Nasen auf dem Platz.«

Brasilien gewann gegen Japan mit fünf zu null. Alle fünf Treffer versenkte Toninho höchstpersönlich im Netz des Gegners – mit dem rechten Fuß.

Letzter Ausklang

»Frühstück ist fertig!«, erklang es aus der Küche. Ich räkelte mich in meinen Kissen, noch ganz benommen und erheitert durch meinen Traum.

»Kommst du?«

Ich mochte es, wenn Männer meine leiblichen Bedürfnisse befriedigten – auch die nach Kaffee und Knusperbrötchen.

»Ich bin gleich da.«

Katzenwäsche im Bad und kurz mit der Bürste durchs Haar.

Er saß in der Küche und grinste, als er mich erblickte.

»Was ist?«, fragte ich.

»Ganz schön schlimm ist das mit dir«, sagte mein Liebhaber.

»Was hab ich denn jetzt schon wieder gemacht?«, fragte ich.

»Du hast im Schlaf fünfmal ›Tor‹ geschrien. Hast du von unseren Höhepunkten in den letzten Stunden geträumt?«

»Bilde dir bloß nichts ein!«

»Was war es dann?«

»Toninho war wieder da«, erklärte ich. »Und er hat besser denn je gespielt. Fünf Tore gegen Japan.«

»Hatte er wenigstens die roten Schuhe an?«, fragte er und goss mir Kaffee ein.

»Ja. Hast du den Traum auch geträumt?«

»Nein. Aber ich muss dir etwas gestehen.«

»Aha.«

»Als du damals in Böhmes Büro warst – du erinnerst dich?«

»Aber sicher.«

»Du hättest mich fast erwischt«, berichtete er. »Ich hatte Böhme gerade auf dem Klo gefunden und ihm den Schuh angelegt.«

»Du warst das? Warum hast du nie was gesagt?«

»Es war ein spontaner Einfall«, gestand er. »Ich wollte darauf aufmerksam machen, dass etwas mit Böhmes Tod nicht stimmte.«

»Und du glaubst, dass Brinkhoff das nicht herausgekriegt hätte?«

»Doch.«

»Aha.«

»Also gut: Ich habe manchmal theatralische Anwandlungen.«

»Eckermann! Ihr Brasilianer seid wirklich ein wildes Volk«, lachte ich. »Geile Drinks, gutes Wetter, heiße Männer und schräger Humor. Hab ich noch was vergessen?«

»Hast du«, lächelte er. »Die Erotik – zum Beispiel. Oder überragende Intelligenz.«

»Sag mal, hast du eigentlich Karten für die WM?«, fragte ich.

»Klar.«

»Brasilien gegen Japan in Bierstadt am 22. Juni?«, vergewisserte ich mich.

»Genau dafür.«

»Nimmst du mich mit?«

»Hast du denn nur noch Fußball im Kopf, Grappa?«, fragte Adriano.

»Wen sollte ich denn sonst im Kopf haben?«, fragte ich.

»Mich zum Beispiel.«

»Gegen Fußball kommst selbst du nicht an«, sagte ich mit Euphorie. »Fußball ist ein geniales Spiel. Du bist entweder Gott oder Bratwurst.«

Krimis von Gabriella Wollenhaupt 1

Grappas Versuchung
Der erste Krimi mit Maria Grappa
ISBN 3-89425-034-8
Reporterin umkreist charmanten Bösewicht.

Grappas Treibjagd
Der zweite Krimi mit Maria Grappa
ISBN 3-89425-038-0
Wer ist der angesehene »Onkel Herbert«?

Grappa macht Theater
Der dritte Krimi mit Maria Grappa
ISBN 3-89425-042-9
Geheimbund kontrolliert Kulturleben in Bierstadt.

Grappa dreht durch
Der vierte Krimi mit Maria Grappa
ISBN 3-89425-046-1
Nackte Tatsachen in einem Bierstädter Filmstudio

Grappa fängt Feuer
Der fünfte Krimi mit Maria Grappa
ISBN 3-89425-050-X
Griechische Mythen werden Wirklichkeit.

Grappa und der Wolf
Der sechste Krimi mit Maria Grappa
ISBN 3-89425-061-5
Spannendes Duell im Umfeld
eines Plutoniumschmuggels

Killt Grappa!
Der siebte Krimi mit Maria Grappa
ISBN 3-89425-066-6
Schönheitschirurgie und Satanismus

Grappa und die fantastischen Fünf
Der achte Krimi mit Maria Grappa
ISBN 3-89425-076-3
Toter Teppichhändler und Erpresserbande

grafit

Grappa-Baby
Der neunte Krimi mit Maria Grappa
ISBN 3-89425-207-3
Die menschliche Reproduktion zwischen Himmel und Hölle

Zu bunt für Grappa
Der zehnte Krimi mit Maria Grappa
ISBN 3-89425-224-3
Provence: Ein Toter im Melonenfeld
und ein unbekannter van Gogh

Grappa und das große Rennen
Der elfte Krimi mit Maria Grappa
ISBN 3-89425-232-4
Wer meuchelte die drei prominenten Sozis
im Bierstädter Wahlkampf?

Flieg, Grappa, flieg!
Der zwölfte Krimi mit Maria Grappa
ISBN 3-89425-256-1
Wilde Tiere, tote Callboys und aggressive Neonazis

Grappa und die acht Todsünden
Der dreizehnte Krimi mit Maria Grappa
ISBN 3-89425-267-7
Tödliches Festmahl für sieben Männer und Frauen

Grappa im Netz
Der vierzehnte Krimi mit Maria Grappa
ISBN 3-89425-278-2
Bierstadts OB ist verschollen und untreue Ehemanner
werden gekillt.

Grappa und der Tod aus Venedig
Der fünfzehnte Krimi mit Maria Grappa
ISBN 3-89425-290-1
Grausame Verbrechen und eine Hommage
an Thomas Manns Venedig

grafit